El sitio

Esta novela fue escrita con el apoyo del Sistema Nacional de Creadores de Arte (FONCA) y de la Fundación John Simon Guggenheim.

Ignacio Solares

El sitio

ALFAGUARA

EL SITIO
© 1998, Ignacio Solares

ALFAGUARA M.R.

De esta edición:
© D. R. 1998, Aguilar, Altea, Taurus, Alfaguara, S.A. de C.V.
Av. Universidad 767, Col. del Valle
México, 03100, D.F. Teléfono 688 8966

- Distribuidora y Editora Aguilar, Altea, Taurus, Alfaguara, S.A.
  Calle 80 No. 10-23 Santafé de Bogotá-Colombia.
  Tel: 635 12 00
- Santillana S.A.
  Torrelaguna, 60-28043. Madrid.
- Santillana S.A., Avda. San Felipe 731. Lima.
- Editorial Santillana S.A.
  Av. Rómulo Gallegos, Edif. Zulia 1er. piso
  Boleita Nte. Caracas 1071. Venezuela.
- Editorial Santillana Inc.
  P.O. Box 5462 Hato Rey, Puerto Rico, 00919.
- Santillana Publishing Company Inc.
  2043 N. W. 86 th Avenue Miami, Fl., 33172 USA.
- Ediciones Santillana S.A.(ROU)
  Javier de Viana 2350, Montevideo 11200, Uruguay.
- Aguilar, Altea, Taurus, Alfaguara, S.A.
  Beazley 3860, 1437. Buenos Aires.
- Aguilar Chilena de Ediciones Ltda.
  Pedro de Valdivia 942. Santiago.
- Santillana de Costa Rica, S.A.
  Apdo. Postal 878-1150, San José 1671-2050 Costa Rica.

Primera edición en Alfaguara: septiembre de 1998

ISBN: 968-19-0357-9

Diseño:
Proyecto de Enric Satué
© Foto cubierta: Lourdes Almeida

Impreso en México

Estoy a la puerta y llamo. Si alguien oye mi voz y me abre, entraré en su casa y cenaré con él.

APOCALIPSIS 3,20

Para Myrna

Temo no estar a la altura de mi sufrimiento, Monseñor.

De las innumerables acusaciones que se me hacen una es cierta, lo confieso abiertamente: bebía demasiado a últimas fechas. Sobre todo a raíz de la muerte de mi madre. Aunque no tengo por qué engañarlo a usted, cuál es el caso: desde antes bebía demasiado.

Si es verdad que cada vicio tiene su demonio, el del alcoholismo se había entronizado en mis entrañas de modo tal que, cuanto más le otorgaba yo, más exigía él, despierto siempre y enderezando mis potencias a la de beber en todo tiempo y en cualquier lugar, alguna que otra ocasión en el confesionario mismo. Qué sabor tan peculiar tiene ahí el alcohol, le aseguro.

Más de un penitente que aguardaba mi absolución en la rejilla del confesionario, recibió tan sólo un estentóreo ronquido o un eructo apestoso a ron añejo. O, si acaso, una respuesta dictada por la desesperación:

—Rapidito, rapidito, qué más, qué más. Un avemaría y un padrenuestro. *Ego te absolvo a pecatis tuis*. Vete en paz, pero vete, vete.

O al contrario, algo extrañísimo. Lograba concentrarme en ciertas confesiones —siempre las más

pecaminosas— hasta hacerlas mías, vivirlas a plenitud. Como si gracias al alcohol se filtraran en mí
pensamientos, vivencias y sueños ajenos. El vuelco
que sufrió mi vida tuvo que resultarme estremecedor.

Mis nervios estaban alterados desde tiempo
atrás (conozco los reportes que sobre ese tema le
hicieron llegar a usted, infames en su mayoría), pero
algo se precipitó a raíz de la muerte de mi madre.
Todo cuanto me rodeaba se ensombreció y perdió
sentido. Aun aquello que más me gustaba, como la
música, se volvió causa de irritación. Pero no sólo
la música, sino hasta el simple tañer de una campana; algo tan consustancial a la fe.

Antes de la muerte de mi madre (y de mi
afición a la bebida, claro), yo escuchaba ese tañer como un verdadero llamado al cielo, ya no
digamos a misa. No concebía mi día sin el grave
lamento de la campana al colmarse y estallar, como
una burbuja de oro, en el aire de la mañana que
nacía. El mundo quedaba inaugurado. A lo largo
del día, las campanas abrían sus grandes círculos
concéntricos y me envolvían en una esfera protectora. ¿Qué sucedió en mí, pregunto yo, para que
después cada golpe del badajo en el bronce se
convirtiera en una tortura, y aún más su eco, ani-
dado en la henchida bóveda de la cúpula?

La misa que oficiaba, los sermones que
decía, las confesiones que escuchaba, los trabajos
rutinarios, en fin, ¿podían dejar de contaminarse
de mi atribulado estado de ánimo?

Aquella hipersensibilidad al ruido llegó en
mí a un grado tal que durante mis desvelos noc-

turnos se me volvía intolerable el simple movimiento de las ruedecillas interiores de los relojes, el crujir más refinado de las maderas resecas, la salmodia de un viento lejano en la calle y hasta el gemir o roncar de alguien en un departamento vecino, como si mis nervios se ramificasen por todo el edificio y recogieran sus más secretas resonancias.

La desazón fue concentrándose y esclareciéndose hasta lograr en mí una lucidez premonitoria. La gente tropezaba si yo la imaginaba tropezándose. Soñaba con accidentes que veía confirmados al día siguiente en los periódicos. En el teatro, los actores se equivocaban justo cuando yo suponía que podían equivocarse.

Recuerdo una meritoria representación de la *Vida y muerte de Jesús* que hicieron los alumnos preparatorianos de una escuela cercana a mi parroquia, de la que fui el invitado especial. En la escena final, con enormes esfuerzos, levantaron una alta cruz en el centro del escenario, a donde treparon al muchacho —admirable actor a pesar de su edad, por cierto— que hacía el papel de nuestro redentor. Todo iba muy bien hasta que, me pareció, la cruz se movía y producía un leve pero creciente chirrido, sólo perceptible a mis finísimos oídos —ocupaba yo una primera fila—, señal inequívoca de que estaba a punto de irse a pique con todo y su ocupante, quien inconsciente del peligro miraba con ojos candorosos hacia lo alto y cuestionaba a su Padre por haberlo abandonado.

No podía permitirlo. Había que hacer algo para evitar el golpe, quizá fatal.

Ante el asombro de los espectadores —la mayoría de ellos padres de familia, con toda seguridad reverentes a la investidura de mi sotana—, subí al escenario gritando:

—¡Bájenlo de ahí, rápido, por Dios, bájenlo de ahí enseguida, se va a matar!— y acto seguido me abracé a la cruz para detenerla.

Lo que provoqué fue un malentendido, Monseñor: todos a mi alrededor —la Virgen, los legionarios, los apóstoles— supusieron que, al abrazarla con tanta fuerza y angustia, yo mismo estaba haciendo caer la cruz, y trataron de desprenderme de ella.

—Lo va a tirar, padre, déjelo que termine la escena. No se preocupe, es sólo una representación, de veras. Es sólo una representación.

Yo, que tenía un oído dentro del chirriar creciente de la madera, me aferraba a ella como el marinero al mástil en plena tormenta.

El crucificado mismo, al sentirse bambolear, gritaba desesperado que me alejara —"¡cura fanático!", me llamó— y hasta alcanzó a atizarme un par de groseras patadas en plena cara.

Yo también quise gritar, pero aquel último grito de alarma se quebró en mis labios y, al momento en que me obligaron a soltarla, la cruz se fue al suelo. Nadie, qué pena, se enteró de mi loable intención de salvar al joven actor del porrazo, no demasiado grave, por suerte.

Tui erant, et mihi eos dedisti, et sermonem tuum servaverum. Tuyos eran y me los diste a mí y guardaron tu palabra. ¿Guardaron su palabra gracias a mí? Habría que dudarlo, a pesar de lo que ellos decían y de las continuas manifestaciones de cariño que me daban:

—No crea que me importa que esté medio bebido, padre. Nomás escúcheme porque vengo de muy lejos a verlo y me recomendaron mucho con usted.

—Perdóname tú a mí —y en alguna ocasión hasta me hinqué ante algún desconcertado penitente para pedirle, yo a él, su bendición.

Aquel rebaño que me confió Nuestro Señor para que lo vigilase y lo encaminase a los prados eternos, ¿qué hice de él? Los menesterosos, los enfermos, los solitarios, las viudas desconsoladas, los confundidos de mi parroquia, ¿qué tipo de orientación religiosa pudieron encontrar en mí si hasta a los bautizos llegaba ya medio borracho?

Las constantes crudas que padecía en la madrugada —después de salir de sueños que no eran míos, o no sólo míos— me mantenían en una posición de frontera en la cual vida y muerte, realidad e irrealidad, se me confundían a cada momento. Me veía entre dos noches: la de abajo, es decir, la del mundo, cuyas formas y colores me resultaban lejanos y movedizos —la cama literalmente daba vueltas—, y la noche de arriba, en la que mis ojos no vislumbraban ni el más leve signo de amanecer verdadero.

Era una como masa que se iba espesando: gritos nocturnos, sombras repentinas, sustos que se alzaban en mí sin causa aparente, o provocados por causas más bien antiguas e incluso —era lo más probable— ajenas.

Me moría de cansancio pero bastaba un leve abandono, entrar en esa segunda capa de negrura que trae consigo el insomnio al apretar los párpados, para sentir un vaivén en el cráneo: la cabeza parecía llenarse de cosas vivas que giraban a su alrededor.

*

Así, aquella noche a la que usted se refiere, dormí unas cuantas horas, desperté muy crudo y ya no volví a dormirme: el cuerpo con escalofríos, preso en el embrujo.

Me había impuesto la disciplina de no empezar a beber tan temprano (cuando, paradójicamente, sólo una copa podía curarme), esperar por lo menos, digamos, hasta después del desayuno. Un traguito de tequila o de ron —prefiero el whisky, pero ya comprenderá usted que me resultaba inaccesible— o un par de cervezas para aguantar hasta el mediodía.

Intenté escribir un poco en mi diario (tengo dos cuadernos: en uno hago notas y en el otro paso lo que considero ya cernido y definitivo), práctica que me ha ayudado en los momentos más difíciles de mi enfermedad. ¿Qué sería de mí sin esta torpe escritura que practico desde hace años? Al igual que hoy, ante usted, Monseñor, confesiones como la que he de realizar atestiguan que a toda culpa profunda sobrevive, en los hombres de buena voluntad, esta angustiosa necesidad de *rendir cuentas*. ¿Ante quién? ¿Ante un jurado invisible, como el que usted representa? ¿Ante mí mismo? ¿Ante la posteridad? Tal vez. Pero, ¿no se tratará también, involuntariamente, de anticipar a través de la escritura el encuentro con Aquel que nos dio el alma y que quizá la reclamará de vuelta en el momento menos sospechado? Nada que atempere ese encuentro puede resultarnos banal.

Intenté escribir un poco, decía, pero se había ido la luz y decidí permanecer estoicamente acostado en una sola posición, recé, intenté relajarme. El reloj-despertador picoteaba el tiempo, sin piedad, desde el buró.

Al amanecer, en ese sueño que es y no es, duermevela que disuelve la frontera entre la vigilia y el dormir, oí el ruido como de cadenas arrastrándose.

Al principio lo relacioné más con la hipocondria de la cruda, tan común entre los alcohólicos, como usted sabrá: la opresión en el pecho nos hace temer un infarto; la pesadez en la nuca, un derrame cerebral; los calambres en el costado, una cirrosis hepática; los escalofríos, una pulmonía fulminante; hay como una consunción de todo el cuerpo. Pero el ruido aumentó y terminó por independizarse.

Fui a la ventana y miré por un resquicio de las cortinas. Primero pasaron varios camiones con soldados —inmóviles, fantasmales, las bayonetas atrapando los últimos rayos de la luna— y al final los tanques, rodando morosamente, traqueteando por el centro de la calle, oscuros pero a la vez contundentes, como surgidos de lo más profundo de la noche que se iba.

Algunos soldados descendieron de uno de los camiones y se apostaron abajo de nosotros, a la entrada del edificio.

Regresé a la cama y volví a meterme bajo las cobijas, ovillado, tembloroso, apretando los puños. Me cubrí un momento la cara con la almohada y repetí interiormente: "No es cierto, no es cierto, nada de esto es cierto. Dejo de beber hoy mismo. Si es necesario voy a Alcohólicos Anónimos, pero que nada de esto sea cierto, Dios mío".

Sudaba a mares y, creo, logré dormir —o dormitar por lo menos— algunos minutos más.

Pero era inútil tratar de engañarme. Me volví a poner de pie y fui a la ventana. Con movimientos muy lentos —las manos apenas me respondían— me asomé por entre las cortinas, como por el ojo de una cerradura, y confirmé lo evidente, lo que no tenía lugar a dudas.

Ahí estaban los soldados abajo de mí, ahora inmóviles, como las figuras de cera de un museo del terror.

Salí del departamento así, en piyama, con sigilo —no quería despertar tan temprano a la tía con la que vivo—, y bajé a averiguar qué sucedía, pero apenas abrí la puerta de la calle dos fusiles se cruzaron ante mí con un chasquido de cuchilla que cae.

Un culatazo brutal me regresó al interior del edificio y alcancé a oír que el soldado decía unas palabras que sólo hoy, aquí, ante usted, me atrevo por fin a poner por escrito:

—Ahora vas a ver tú, cabrón borracho, ¿me escuchas?

Esa amenaza de un soldado anónimo: "ahora vas a ver, cabrón borracho", ¿cómo olvidarla? ¿Cómo asimilarla a mi vida diaria?

Enseguida surgió, rasposo, el ruido de la doble llave en la cerradura.

Al tiempo que jaloneaba el picaporte, les grité mi pobre indignación, ahogada e inútil. Estaba en tal estado de exaltación que apenas me percaté del portero y de los vecinos del tres, instándome a la resignación (ellos a mí, qué pena).

—Es por demás, padre, no nos dejan salir —dijo el portero.

—El problema ha de ser de lo más grave porque también nos cortaron la energía eléctrica y el teléfono —dijo el vecino del tres, un viejito calvo y rojo, con una bata azul, desteñida, en cuyas grandes bolsas escondía las manos.

—Seguro que tampoco funcionan los celulares —acotó su esposa con voz chillona y todavía una red en la cabeza.

—¿Puede alguien decirme qué está sucediendo? —preguntó otra vecina, recién llegada.

Subía de dos en dos los escalones para regresar al departamento, cuando la ola de nuevos vecinos interrogantes se me vino encima:

—¿Qué sucede, padre? Díganos usted, por favor.

Me encogí de hombros y les ofrecí bajar en un momento.

Así lo hice después de tranquilizar a mi tía en la medida de lo posible (las emociones fuertes enseguida le suben la presión arterial): por Dios, alguna explicación tenía que haber, que desayunara y tomara sus medicamentos. Ah, y que se asomara lo menos posible a la ventana: es más, que no se asomara para nada.

—¿Crees que podrían disparar sobre los departamentos, hijo? —preguntó abriendo mucho los ojos.

Por supuesto que no iban a disparar sobre los departamentos, contesté, a quién se le ocurría suponerlo. Aunque era preferible no mirarlos, hacer como si no existieran.

—Como si no existieran —repitió en tono compungido y me pidió que no tardara.

Mis nervios también iban a estallar. Antes de salir del departamento fui a la recámara y del ropero tomé la botella de ron —con demasiada precipitación, ese fue mi error— y le di un largo trago. Dos tragos. Entonces vi a mi lado, diminuto, a uno de los supuestos soldados que nos impedían salir a la calle. ¿Empezaba yo a alucinar? Un soldadito como de juguete que apretaba los labios hasta la caricatura, levantaba su fusil y me demostraba cómo sostenerlo, le daba vueltas tomándolo por la culata, acariciándolo, le abría la recámara, comprobaba la posición de la mira, hacía vibrar el gatillo, cortaba cartucho, me lo extendía en forma imperiosa. Sacudí la cabeza y di dos pasos hacia atrás.

—¡No! ¡No lo quiero! —le dije.

Entonces el soldadito —ridículo a pesar de lo amenazante— sacó la pistola de la funda, hizo girar el panzudo tambor, lo cargó con seis balas y con un golpe seco juntó la cacha y el cañón. Subió la pistola a la altura del rostro, entrecerrando un ojo, y me apuntó con ella.

—Tú tienes la culpa de todo y debes morir...

Pegué un grito:

—¡Están aquí adentro tía, están aquí adentro!

La tía entró en la recámara trastabillando (con la presión arterial por las nubes seguramente) y se puso a mirar hacia todos lados, obnubilada.

—¿Quiénes, hijo, quiénes?

—Ellos tía, los soldados de abajo. Aquí estaba uno hace un instante. Muy pequeñito, como de juguete. Me echó la culpa de todo y me apuntó con su pistola.

—¿Una pistola? —preguntó ella, con unos ojos que le papaloteaban en las órbitas.

—Una pistola como de agua.

—Pero, ¿dónde?

La tía se puso a lanzar manotazos al aire, como si espantara moscas invisibles, y luego buscó abajo de la cama, lo que me pareció grotesco y me obligó a reaccionar. Además, aproveché que ella estaba agachada para esconder la botella en uno de los cajones del ropero.

—Ya entiendo, tía —le dije, con la risa de cuando me ganan los nervios: un cacareo insufrible que no puedo evitar—. Fue una como alucinación por lo alterado que estoy, qué barbaridad. Los encierros siempre provocan visiones así, ¿no sabías? No te preocupes. Perdóname.

—¿Visiones?

Me miró con sus ojos diminutos, que entremezclaban el juicio y la pena, movió la cabeza a los lados y me suplicó que no bebiera más, Cristo Jesús, iba a matarla y a matarme, que recordara cuánto había sufrido mi pobre madre sus últimos días al verme beber como bebía: yo, su hijo consentido (en realidad el único), al que consideraba poco menos que un santo, representante de Dios Nuestro Señor en la Tierra, casi nada.

Pero la tía, a diferencia de mi madre, ha conservado siempre un cierto humor aun en los momentos más difíciles, y para concluir el regaño señaló el ropero:

—Además, soy una pobre vieja enferma y estoy más asustada que tú, ¿no te das cuenta? Por lo menos dame un poco de ese ron añejo que tienes ahí escondido, tacaño.

Lo que la tía no sabía es que no tenía una, sino seis botellas de ron escondidas. ¿Para cuánto tiempo podían alcanzarme si me bebía casi una diaria?

*

La joven del veinte estaba ya despierta cuando la luz de la mañana extendía en los vidrios de la ventana unos paños azulosos.

El embarazo de ocho meses y medio la obligaba a dormir boca arriba, hundida hasta las orejas en la espumosa almohada, como si la nuca hubiera empleado la noche en un tenaz trabajo de excavación. Pero dormía bien, hasta eso, por lo menos mejor que durante los primeros meses, cuando se la pasaba dando vueltas en la cama y padecía constantes crisis de llanto.

Metió una mano reptante dentro del camisón y se puso a acariciarse circularmente la rotunda barriga, asombrosa para ella misma, para sentir los rápidos movimientos de la criatura submarina sumergida en ese mar primigenio, las pataditas discontinuas, incluso dolorosas si las alentaba —ya bebé, ya, párale, no tanto, se decía—, como si él se hubiera acostumbrado a responderle a su madre en una clave morse apremiante y perentoria. Sonrió y se aplicó unas palmaditas rítmicas donde sentía los golpeteos para hacerles contrapunto. Le pareció que la emoción se le subía al pecho y le aceleraba el corazón (quizá aceleraba el de los dos), con unos ojos que ella llenaba, infatigable, de una mirada de enfurecido éxtasis; una mirada alusiva a un triunfo secreto, intransmisible.

Con movimientos dificultosos y lentos, se puso de pie y fue al baño. El espejo del botiquín le confirmó una sonrisa forzada. Miró con simpatía a la muchacha morena, de ojos pequeños pero luminosos, pelo enmarañado y labios finos, que le devolvía desde el espejo cumplidamente su buena disposición. Decidió que se sentía bien, ¿por qué no?, que estaba contenta, muy contenta. Eran cosas que ahora, cada mañana, conforme se acercaba el momento del parto, tenía que decidir para afirmarlas, para clavarlas a un lado de su escritorio con una tachuela en la tabla de corcho de los pendientes del día.

El camisón cayó al suelo con un movimiento de gran ala blanca. De refilón, miró sus senos voluminosos navegar en el espejo, algo tendría que hacer después para recuperar su peso normal. Esperó a que el agua saliera bien caliente y entró en la pequeña cabina con azulejos blancos. La esponja iba y venía por el pecho, por las axilas, por los brazos, se detenía morosamente en la gran barriga, bajaba hasta el sexo y los muslos, llevándose los últimos, persistentes signos de la noche.

Yo no quería verla, le juro que no quería verla, Monseñor, y menos en circunstancias tan penosas, pero por más que trataba de impedirlo (no dejé de rezar) las imágenes chisporroteaban en mi interior.

Modelaba su cuerpo minuciosamente con la espuma del jabón. Le preocupaba lo hinchados que tenía los pies, con unas venas sinuosas que descendían a cada lado.

Le hablaba a su bebé al enjabonarse el vientre: le decía hijito mío de mi alma, en unos días podremos abrazarnos, ¿me oyes, mi chiquitín, mi pescadito?

Estaba dispuesta a ir a la oficina hasta el día anterior al parto. Muy especialmente porque en esa oficina trabajaba también —ahí nomás, en el cubículo translúcido de al lado—, el padre de la criatura, y era una forma de recordárselo, de llamarle la atención al respecto, por más que sólo cruzaran las palabras indispensables que exigía el trabajo diario (él era su jefe).

Desde su escritorio, lo veía todo el tiempo —y ella sabía que él sabía que lo veía todo el tiempo—, la cara sumergida en la argentada luz neón, tan guapo y formal, lejano, impalpable, como un cuadro, un recuerdo. Como si más que verlo, lo imaginara así, sentado en su sillón giratorio, entrelazando los dedos sobre la cubierta volada del escritorio, sonriente ante los demás, abismándose en un altero de papeles, o de espaldas al escribir en la computadora que tenía al lado —aun de espaldas, ella sabía que él sabía que lo veía todo el tiempo.

Cuando le informó que estaba embarazada, él le recordó su difícil situación —casado, con hijos pequeños— y le ofreció dinero para que abortara, qué otra cosa podía hacer.

Entre borbotones de llanto y gestos como de ir a arañarlo, ella lo llamó poco hombre, ni falta que le hacía su mugre dinero, ni su apellido, ni su compañía, podía tener y mantener sola a su hijo como hacía con sus padres enfermos, ya lo había demostrado, y que él se fuera mucho al puritito carajo.

Al poco tiempo, él le mostró unos ojos devastados y le pidió perdón, era creyente en Dios, ella lo sabía, que le permitiera ayudarla, darle su apellido al niño, verlo aunque sólo fuera de vez en cuando, estar pendiente de su salud, de su educación, de su desarrollo espiritual, del encauzamiento y salvación de su alma, también era su hijo, quién podía ponerlo en duda. Incluso, él habló con los padres de ella, quienes le ofrecieron tratar de convencerla.

La respuesta de ella, sin embargo, fue a partir de entonces sencilla y la misma: que se fuera mucho al puritito carajo. Si quería ver a su hijo y darle su apellido, tendría primero que divorciarse, punto.

Tanto la afectaron los primeros meses las dudas, los remordimientos y el rencor, que casi sufre un aborto. Pero no le iba a dar ese gusto a él, antes prefería morir junto con el bebé, y ahora, gracias a Dios, estaba por dar a luz y la salud de los dos era inmejorable. Podía (podían) superar cualquier dificultad, aun esa saliva amarga, intragable, que le nacía en la boca al llegar a la oficina y que casi la obligaba a vomitar, como otro oleaje submarino, rebelde, de su propio cuerpo grávido.

La espuma de jabón se le metía a la boca al reír y volvía a pensarlo: si tanto se afectaba ella al verlo, cuánto no se afectaría él —pobre tipo, finalmente— al verla llegar todas las mañanas con su panza cada vez más y más inflada, a punto de reventar como una gran burbuja, ante el cuchicheo constante y las risitas por lo bajo de los compañeros de la oficina. Había nomás que ver la mirada que abría él cuando la llamaba para pedirle algún papel o tomar algún dictado, hasta ternura le provocaba a veces.

Ella se le sentaba enfrente lo más despatarrada posible y le sonreía como le sonreía cuando empezaron a gustarse, tomaba el dictado muy digna pero de preferencia llevaba vestidos que pudieran abrirse un poco a la altura del ombligo —nunca falta por ahí un botón que se suelta— para que él se lo viera, se lo viera bien, redondo y laberíntico, expandido, como un gran ojo omnipresente que lo buscaba, lo seguía y lo acusaba.

—Señorita, hágame el favor —para todo se lo decía, muy turbado—: Señorita, hágame el favor...

O si ocasionalmente se encontraban en otro piso del edificio, él hacía un esfuerzo sobrehumano por parecer amable y natural, se notaba.

—Señorita, qué sorpresa.

Pero la joven embarazada no estaba para eufemismos y le volvía la cara.

Por eso también, al ponerse de pie, trataba que de preferencia él la viera de perfil, para que no le quedara dudas del feto que traía adentro, producto de su calentura, de su lascivia, de su lubricidad, de las veces en que la llevó a aquel horrendo hotel de paso, hasta con telarañas atrás de la puerta —nunca debió permitirlo—, y en que le dijo la primera vez, mientras le arrancaba una punta de la sábana con que ella trataba de cubrir su apenada desnudez:

—A ver, ¿qué conocía de ti en la oficina? Unos ojos muy negros, un cuello largo, unas pantorrillas duras, tu manera tan dulce de reír, lo derechita que te sientas a tu escritorio. Trozos de mujer, pues. Lo que conoce de ti toda la gente en tu anónima, vestida existencia diaria. Pero desde el cuello a las rodillas, ¡ah!, he ahí el gran misterio, la que escondes, la que eres tú más plenamente. Eres y serás siempre más tú en estos senos desnudos, por ejemplo, que antes eran para mí sólo una forma marcándose en la blusa, y ya ves, son más grandes y hermosos de lo que imaginaba —acariciándoselos muy suavemente con las yemas de los dedos.

¿Qué mujer no se rendiría ante palabras como ésas, olvidaba el estado civil de él, las telarañas atrás de la puerta?

En el momento en que cerró la llave del agua y sacó la mano para alcanzar la bata, que colgaba a un lado de la pequeña cabina, oyó la voz destemplada de su madre, llamándola a gritos, al tiempo que golpeaba la puerta.

—¿Qué sucede, mamá?

—¡Voy a tirar la puerta y no me oyes!

—Me estoy bañando, ¿qué te pasa?

—No vas a poder salir del edificio. Nadie puede salir del edificio, ¿me oyes?

—¿Nadie qué?

—Que no vas a poder salir del edificio, hija, y ni siquiera funciona el teléfono.

*

Los vecinos se habían reunido en el hall, con el miedo más en los ojos y en los gestos que en las conjeturas descabelladas: romper la puerta y salir a la fuerza, descolgarse por una de las ventanas, brincar a la azotea del edificio de junto, corromper a los soldados con un billete por abajo de la puerta.

Alguno más cauto, como yo, en mi calidad de sacerdote, les mostraba las manos abiertas y pedía calma, resignación, mucha resignación, esperar a que se marcharan los soldados: no podían quedarse ahí demasiado tiempo, algún mensaje tenía que darnos el gobierno tarde o temprano.

—El problema es de qué gobierno estamos hablando a partir de hoy, padre —comentó alguien—. O sólo que se trate de alguna epidemia y quieran mantenernos en cuarentena.

—Algo hubieran dicho, ¿no? —opinó el vecino del nueve.

—Eso. ¿Cómo andará la situación en el país para que no quieran que nos enteremos de nada? —preguntó el psicoanalista del dos, muy nervioso.

Otros, como el periodista del quince, iban a las causas más profundas: la guerra sucia entre los partidos políticos, la delincuencia desatada, el desprestigio del ejército por lo del narcotráfico, la intolerancia norteamericana, el Fondo Monetario Internacional, se veía venir desde la última devaluación, cuál control de precios cuál, qué sería del Presidente y de su gabinete económico, tan blandos finalmente, la indignación que habría en el mundo, las veces que estarían mencionándonos en los noticieros internacionales, dicho casi con orgullo.

El vecino del seis, el único ya con traje y corbata, aseguraba que su chofer estaba por llegar y nos informaría: tendrían que dejarlo pasar porque su auto traía bien visible el sello de la Secretaría de Comunicaciones y Transportes.

La vecina del siete le suplicaba entre sollozos que, si lograba salir, hablara enseguida a la oficina de su marido, le parecía extrañísimo que no hubiera llegado por la noche.

El del trece era médico militar, iba a ponerse el uniforme, se asomaría por la ventana y en tono perentorio ordenaría que le abrieran la puerta de la calle, lo íbamos a ver.

—Ese uniforme ya ni te cierra —acotó su mujer con un chasquido humillante.

—¿Y la llave? —preguntó otro; no recordé de qué departamento, aunque por las noches a veces llegábamos juntos y cruzábamos sonrisas—. ¿A qué hora cambiaron la chapa de la puerta? Acabo de probar mi llave y ni siquiera entra en la cerradura.

Miramos inquisitivamente al portero: juró y perjuró no saber nada ni haber oído ruidos durante la noche. Alguien soltó una carcajada y dijo que el portero tenía el sueño tan pesado que no hubiera despertado aunque cañonearan el edificio.

—Es absurdo buscar culpables por lo de la chapa de la puerta, por ahí no vamos a llegar a ningún lado —interrumpió la vecina del ocho, la de más atractivo físico del edificio, aunque en ese momento con un kimono rosa y el pelo enmarañado. Vivía sola con un perrito, hacía yoga y tenía fama de recibir hombres ya entrada la noche. Siempre la había visto bien vestida y tardé en reconocerla. Debía de ser buena lectora de novelas por la conclusión—: ¿Quién entrega la llave a sus propios carceleros?

—Hay tantas formas de engatusar a alguien... —refutó el vecino del diez, que continuaba mirando feo al portero.

Hubo más comentarios encontrados hasta que se concluyó que sólo restaba esperar.

El hijo de los vecinos del cuatro —un adolescente jovial al que conocí de niño cuando llegamos al edificio, hacía cinco años— se ofreció a hacer una guardia permanente en la azotea para mantenernos informados.

Otro joven, creo que del once, proponía acompañarlo: ponían cara de ir a jugar a la guerra, a los policías y los ladrones, a los buenos y los malos.

Si supieran que se trata de soldados enanos, casi como de juguete, pensé por lo de mi alucinación.

Ya regresábamos a nuestros departamentos, pero los vecinos del tres y del diez aún continuaron acusando acremente al portero del trabajo que costaba despertarlo después de las once de la noche.

La mañana clara (pero tan lejana para nosotros) se filtraba por los ventanales corrugados de las escaleras. A esas horas ya debía estar en la iglesia, pero sentía tal cansancio y malestar en el estómago que casi agradecí al cielo que las circunstancias me rebasaran.

*

El vecino del siete descubrió un buen día que le era del todo imposible dormir en su propia casa, algo catastrófico —los cuatro niños de todas las edades, que danzaban a su alrededor desde muy temprano con gritos y llantos feroces, el gato que se trepaba a la cama, lo arañaba y lo llenaba de pelos, los ronquidos retumbantes de su mujer, juegos y desastres domésticos durante la frustrada siesta—, y que si le continuaban los insomnios (los sedantes más fuertes apenas le hacían efecto) simple y sencillamente enloquecería o moriría. O, lo que era peor, le resultaría imposible trabajar en una agencia de publicidad, con cocteles y desveladas constantes, y en consecuencia mantener a su amada familia.

Después de darle todas las vueltas posibles al problema, como a una fruta mental, decidió no cambiar de trabajo, que le encantaba, sino alquilar un departamento diminuto en un edificio cercano: total, había que verlo como una inversión, lo puso a nombre de sus hijos, si dormía bien no tardarían en subirle el sueldo. Inventó constantes compromisos de trabajo para irse a dormir ahí, primero de vez en cuando, luego todas las noches, con un sueño plácido, por fin de corrido, a pierna suelta, de preferencia los fines de semana y los días feriados, sin gritos ni llantos ni maullidos ni ronquidos, hasta casi media mañana, lo que no le sucedía desde la adolescencia. Eligió uno que daba a un patio interior: era más silencioso y económico.

Subía de dos en dos los escalones, entraba en el departamento y encendía la luz de la pequeña estancia. Esperaba hasta recuperar la respiración, y entonces el aire de la estancia vacía —sin siquiera las horribles cajas de cartón de quien acaba de mudarse— le infundía una súbita sensación de calma, le llenaba con un particular, amistoso cansancio; lo inducía a empezar por recostar (sí, por recostar) un hombro en la jamba de la puerta.

—Amo y señor de mi casa —se decía.

Suspiraba y se dirigía, lento y en silencio, a la recámara, con la gran cama metálica en su centro. El asiento de una silla hacía las veces de mesita de noche y sobre otra silla había una piyama y ropa interior arrugada. El cuarto de baño, al fondo, estaba abierto y el color verdoso de los azulejos brillaba suave y líquido. Se lavaba los dientes: costumbre absurda si acababa de hacerlo en su casa, después de cenar, pero le parecía indispensable para empezar a agarrar el sueño. Silbaba, se ponía la piyama, entraba en la cama y se sentía coincidir enseguida con la forma cóncava que abría su cuerpo en el blando colchón, saboreaba cada centímetro de sábana. Permanecía un momento despierto e inmóvil, largo, pesado, corrido hacia el centro cálido de la cama, boca arriba, con una pierna doblada en escuadra y un brazo rodeando su cabeza, los labios sonrientes, reconstruyendo en principio, con delectación, la convincente imagen de él mismo acostado y dormido. A veces daba realidad a la imagen y con ella misma se quedaba dormido.

Sólo para dormir, no quería el pequeño departamento —ni por la cabeza le pasaba la idea— para otra cosa.

La noche anterior al encierro, después de cenar —siempre cenaban con sus hijos, les preguntaban por la escuela, las tareas, los amigos, los juegos, conseguían una convivencia de lo más agradable— su mujer cruzó la habitación con un rápido paso insospechable sobre la alfombra mullida, arrastrando por momentos una sandalia desprendida. Él, muy serio, se anudaba la corbata frente al espejo del ropero y ella se le plantó a un lado, contraída, derrotada de antemano, presintiendo lo que iba a suceder.

—¿De veras no volverás tarde? —preguntó ella. Llevaba un vestido blanco de algodón, desnudos los brazos redondos. Una expresión infantil le cubría la cara de plenilunio, desde la frente estrecha hasta el flojo mentón.

—No, no volveré tarde, mujer, ya lo sabes. No después de la una.

Ella lo buscaba con una mirada recta y fija, como si se comunicara mejor con el hombre que se escondía dentro del espejo.

—¿Hasta la una?

Siempre preguntaba ella a qué hora iba a llegar y él respondía que no después de la una, y ella replicaba: ¿hasta la una?

Luego, él le daba la única razón de peso que poseía:

—Oh, ya sabes cómo son estos cocteles de publicidad. No des lata, mujer.

Ella seguía mirándolo muy fijamente. Todo él más flaco a últimas fechas, su cuello largo sostenía la cabeza dura, sin gestos. El rostro de cuando no quería hablar, impasible, irreal, como un rostro durmiendo, poblado de ensueños que ella nunca habría de conocer.

Entonces, incapaz de contenerse más, la mujer regresaba con su voz tiplada a la cantaleta tercamente ensayada. (La oigo y la oigo desde hace meses, Monseñor.)

—Antes te interesabas por nosotros, ¿no? Nunca salías de noche sin mí. ¿Qué te ha sucedido? Hasta los niños me hablan de cuánto has cambiado. Si hay otra mujer, más vale que me lo digas. Total, yo nunca te pediré que permanezcas a mi lado a la fuerza, te lo he dicho mil veces, ¿a poco no?

Las manos de él temblaban ligeramente al dar un jalón a una de las puntas de la corbata (azul, con pintitas blancas). Pero sus ojos seguían pareciendo tranquilos, y hasta insinuaban una pobre sonrisa humilde, como pidiendo perdón para sí mismo y la suciedad de la vida.

—Por favor —dijo, sin mirarla, yéndose al fondo del espejo, empezando otra vez el nudo de la corbata, nunca lograba que coincidieran las dos puntas.

—¿O será que todo cuanto no se relaciona con tu trabajo te aburre, eh? Es peor. ¿Qué esposa iba a aguantar que asistieras a cocteles de publicidad todas las noches, sin excepción? Casi, hasta preferiría que hubiera otra mujer porque contra ella sí podría luchar, enfrentármele, demostrarte cuál de las dos es más mujer, eso. Ahora hasta cuando quieres ser cariñoso, parece que cumples una obligación. Enseguida vuelves a meterte en tu concha y nadie te saca ni a rastras. No hay derecho, no hay quien lo soporte. Pregúntale a los niños, a tus amigos, a tus compañeros de la oficina, ¿no?

El hombre sabía que después de ese último ¿no? le tocaba a él y estaba preparado (es más fácil la convivencia diaria a partir de ciertas escenas bien aprendidas). Sacudía la cabeza, inquieto, como un animal que despierta, y se volvía a mirar de frente a la mujer, endilgándole unos ojos furiosos, desencajados, que supuestamente ella desconocía. La tomaba por el cuello de la blusa y le espetaba la sola palabra pegajosa, inevitable, de tres sílabas —"¡cá-lla-te!"—, cinco, diez, quince veces, cada vez con más fuerza, igual que si remachara un clavo. A cada palabra, sus músculos se endurecían y la nuez del cuello le subía y le bajaba como un émbolo.

Entonces, a consecuencia de los gritos, los cuatro niños aparecían como pequeños fantasmas en la puerta, apretujados, temblorosos, pero en realidad, bien visto, con un miedo o un llanto disminuido, que ya les tardaba en salir noche a noche; incapaces de dar un paso más dentro de la pieza, como si se tratara de una zona prohibida. Alguno de ellos, incluso, con una sonrisita burlona que ahogaba con la mano.

—¡Váyanse a dormir! ¿Qué hacen aquí? —les decía él, entre aspavientos.

Luego regresaba al espejo con la misma rapidez con que había salido de él, y la mujer iba al baño a llorar, con un paso tan suave como si flotara sobre la alfombra.

A los pocos minutos, antes de marcharse, él se arrepentía y le tocaba la puerta desesperado, la llamaba, le pedía perdón, era un idiota, un canalla, un infeliz, un mal padre, un mal marido, de qué le servía creer en Dios: ella y los niños eran su razón de vivir, ¿qué estaba haciendo de sus vidas? Tanto trabajo lo tenía con los nervios de punta, fuera de sí, ya sabía cómo era esto de la publicidad, qué horror, el peor trabajo del mundo, el peor.

Ella abría la puerta cabizbaja, con los ojos dentro una nube. Él la abrazaba, la estrujaba, sin besarla le restregaba la boca en la mejilla, y se confesaba entre borbotones de llanto y pucheros: que lo perdonara, no había ninguna otra mujer, se lo juraba, cómo iba a haberla si tanto la amaba, el problema era su insomnio crónico, por fin se atrevía a decírselo, sí, que alivio decírselo: dormía en otro sitio, un departamento minúsculo que compró cerca de ahí especialmente para eso, sin ruidos ni despertadores, un lugar sagrado al que sólo iba a dormir, a nada más, y para que continuara siendo sagrado no debía conocerlo nadie más, nadie más, ¿lo entendía? Ella sabía de su problema mejor que nadie, lo había padecido tanto, viéndolo dar vueltas y vueltas en la cama, una enfermedad que lo tenía al borde de la locura, ¿o de la muerte misma? ¿No lo intentó todo para curarse: pastillas, tapaojos, tapones de oídos, almohadas ortopédicas, música para inducir el sueño, libros sobre el tema, que viera nomás su librero: *El libro del bien dormir, Cómo vencer el insomnio, Dormir y soñar, La cura del insomnio a través de la homeopatía...*? Pero ya estaba curándose, volvía a jurar, y pronto retornaría al hogar el hombre de antes, el de cuando se conocieron y se enamoraron, el de cuando se casaron, el que hasta la ayudaba a preparar la leche de los bebés, el hombre que se acostaba y dormía seis o siete horas de corrido como cualquier persona normal y le hacía el amor apasionadamente cada semana. ¿Cómo podía él pensar en hacer el amor en las condiciones en que se encontraba? Pero ella debía tenerle confianza y no preguntarle más, nada más, y le puso un índice en los labios, sellándoselos. Porque de otra manera él se vería obligado a marcharse de su casa definitivamente, lo tenía decidido, era un asunto de vida o muerte, de instinto de conservación, de una fuerza huracanada que lo arrastraba a dormir en donde de veras pudiera dormir, y había nuevas lágrimas y sinceridad en sus ojos enrojecidos. Ella se limitaba a bajar la cabeza, encogiéndose, y suspiraba.

—¿Y si me lo enseñas? —decía ella con su voz que temblaba, adelgazada, casi en maullido—. Yo te ayudo a amueblarlo.

Por toda respuesta él le volvía a sellar los labios con un índice perentorio, le daba un último beso en la mejilla, le decía te quiero, sólo a ti te quiero, le volvía la cara, tomaba la maletita con ropa limpia que tenía preparada para el caso, y se marchaba con un paso de gato, casi en puntas de pies, cuidando de dar vuelta al picaporte con suavidad para que los niños no lo oyeran.

Un criminal que huyera del lugar del crimen, que huyera del espectáculo insoportable de su víctima, que huyera del remordimiento y de la compasión, no se hubiera sentido tan liberado como él en esos momentos.

Al llegar a la calle tragaba bocanadas de aire. El cielo extendido y la derramada luz de un farol alentándolo a la fuga. Era libre. Libre de todo recuerdo y de toda previsión. Libre, aunque sólo fuera por unas horas, del pasado inevitable y del porvenir contaminado por ese pasado. Libre de vivir sólo el presente, en el sitio al que su cuerpo lo arrastrara. Con la ventaja de que el departamentito estaba tan cerca que podía ir a pie. O corriendo.

No llegaba a dormir, le decía, Monseñor
—no había dormido en su casa hacía meses— y
sólo regresaba por la casa a la hora de la comida,
en que besaba con efusiva naturalidad a sus hijos
y a su mujer, les llevaba un cuaderno para ilumi-
nar y unos lápices de colores, un queso, una lata
de sardinas, unas flores. Nadie hacía referencia a
la noche anterior. Como si nada especial hubiera
sucedido, como si se hubieran visto al despertar,
con los repiqueteos punzantes del reloj-despertador, en piyama, al bajar al gato de la cama a
manotazos, al apurarse para ganar el baño, el agua
caliente, la última toalla seca, durante el café con
leche y los regaños a uno de los niños porque no
quería desayunar y acababa de echarse encima el
jugo de naranja, y al buscar las llaves del auto que
él siempre olvidaba en el saco del día anterior.

Hasta los niños se acostumbraron (los niños
se acostumbran a todo, hay que tenerlo presente, Monseñor), y lo recibían al mediodía con la misma frase,
dicha en el mismo tono, aprendida a la perfección, al
detalle después de las severas lecciones de mamá:
era, quizá, la única posibilidad de no terminar de
perder a su padre, tenían que entenderlo:

—¡Hola, papá, qué bueno que ya llegaste!

Pero aquel mediodía del primer día de encierro, el vecino del siete no llegó a su departamento, no podía llegar, le era del todo imposible llegar.

*

Y la verdad es que el primer día encerrados en el
edificio resultó de lo más pesado: sin hacernos aún

a la idea, con los nervios de mi tía, que se estremecía al pasar cerca de la ventana.

—Ahí siguen abajo, míralos.

—Con que no vuelvan a meterse en la casa... —le decía yo con mi voz lenta y distraída, intentando una risa falsa, llena de dientes apretados.

Ella se limitaba a mover la cabeza a los lados y abría sus peores ojos: los que entremezclaban el juicio y la pena.

La pobre, sin la distracción única de su telenovela predilecta en pleno clímax. Quién podría juzgarla, Monseñor.

—Imagínate —me resumió con emoción creciente—, resulta que fue el hermano el que embarazó a la novia. Un pariente, que era médico, se dio cuenta porque ella se desmayó al bailar un vals. La llevó a una recámara y al revisarla le desabrochó la apretada faja del traje de novia y enseguida saltó como globo la pancita de por lo menos cinco meses de embarazo. El médico habló con el novio, quien no salía de su sorpresa: nunca estuvieron juntos, él quiso respetarla y reservarse para esa noche, lo juraba por todos los santos. Entonces el hermano, vestido de etiqueta como todos, irrumpió en la habitación hecho un demonio, ya muy bebido, y se puso a gritar: "¡Es mía, es mía, es sólo mía!". Su rostro se congeló en la pantalla con una mueca monstruosa y terminó el capítulo. Ahí me quedé.

Por más velas que encendimos, el rosario que rezamos, los comentarios filosóficos y religiosos que hice y hasta la copita que nos tomamos juntos, no hubo manera de ahuyentar el espanto.

—*Locus solus*, tía. Esto es: el lugar vacío lleno de soledad. Fíjate qué imagen. Nuestro edificio en estos momentos por contraste, ¿no te parece?

—Qué tiene que ver —contestó, tajante.

—Aparentemente es el opuesto, y sin embargo... piénsalo. Un edificio del que nadie puede salir o una ciudad llena de casas vacías. Los dos llenos de soledad. ¿Puedes imaginar una ciudad llena de casas vacías, tía? Papini la imaginó una vez y la hizo visitar por Gog durante una noche de luna en el Extremo Oriente. Se trataba de una ciudad misteriosamente abandonada por sus habitantes... ¿Por qué se fueron? ¿Y qué quedó de ellos en la ciudad vacía, si es que quedó algo? Como diría el propio Papini: si todos se van, ¿quién cuidará las puertas del infierno?

Pero me interrumpió, siempre me interrumpe cuando saco a colación el infierno (y a cada rato lo saco a colación).

—Como mala católica que soy —dijo—, no creo en el infierno ni en su polo opuesto, ya lo sabes. Creo en el purgatorio, o sea, en la purificación del alma por más enferma que esté. Aunque sus pecados sean como la púrpura, en el purgatorio se volverán blancos como nieve, así.

—¿Esta imagen te parece del infierno o del purgatorio? Se cuenta que los cristianos de Abisinia veían en la peste un mensaje divino, eficaz para ganar la eternidad. Por eso, los que no estaban contaminados se envolvían en las sábanas de los pestíferos para asegurarse de morir por ese medio, y así salvarse. ¿Será muy aventurado suponer que alguien que quisiera salvarse viniera a encerrarse aquí con nosotros?

—Qué asco.

Al llegar a callejones tan estrechos, prefiero no insistir y trato de cambiar de tema. Pero la tía no me lo permitió porque aún hizo un comentario final, estremecedor.

—Algo vi en un programa de televisión sobre Nostradamus parecido a lo que estamos viviendo aquí, estoy segura.

Antes de irnos a la cama, la tía me llevó al refrigerador (que ya no funcionaba) y a la alacena y me dijo: mira hijo, si esto se prolonga más de tres días no tendremos qué comer, estaba por ir al supermercado precisamente hoy. Y repitió: precisamente hoy, si por lo menos hubiera hecho ese supermercado, por algo decía mi padre que vivió la Revolución: hay que tener siempre llena la alacena, uno nunca sabe con nuestros gobiernos.

Le di la bendición, un beso largo en una mejilla y me reí de lo aprensiva que era, por Dios, tía mía, cuartelazo o no al día siguiente tenían que abrirnos la puerta y vámonos todos al trabajo, a la escuela y a la iglesia, no se diga a los centros comerciales que es en donde de veras quieren nuestros gobernantes que estemos el mayor tiempo posible. ¿O cuándo había leído en un libro de Historia (a la tía, decía, le encantaba la Historia) de un gobierno, de cualquier gobierno, militar o civil, cuya estrategia fuera mantener a la pujante y productiva población clasemediera sitiada en sus propios, sombríos inmuebles?

Parecía que el miedo le anduviera alrededor, revoloteándole como un insecto alado y peligroso: ¿sitiados?

De nuevo reí —cacareé— mirando hacia lo alto, muy nervioso. Mi voz también intentaba reír —todo el día había tratado de reír; las horas siguientes no haría sino tratar de reír—, pero yo sabía que mi voz vacilaba y se ablandaba.

—Lo dije por decir. No supondrás que es un sitio real para matarnos de hambre.

Pero para qué lo dije: ella agarraba al vuelo la sombra tétrica, inevitable, de mis palabras y construía su propio escenario funesto.

—Fíjate qué estrategia política para hacer de nosotros lo que quieran: el hambre. Es más sencilla que darnos de comer a todos, a los veinte millones que habitamos esta ciudad, ¿no crees?

Sus ojos luminosos parecían presenciar ya lo que temían.

*

El periodista del quince se estremeció al sentir la mano suave de la mujer resbalar lentamente por su pecho, enredarse en la zona oscura del vientre, acariciar de pasada el sexo, que dormía de lado, provocar una cosquilla repelente en las ingles, rematar en la dura terraza de una rodilla.

—Oh, espérate.

—Tengo muchas ganas, te lo advierto —le dijo a él, que la conocía punto por punto, su piel y los repliegues de su piel, que podía repetir de memoria las palabras con que ella pedía y se manifestaba en el amor, y que hasta podía evocar la gama de sus gestos y expresiones a lo largo del día para concluir, ya dormida, con la respiración silbante y apresurada, muy pegada a la oreja de él.

Insistía, con un brillo de fiebre en los ojos:

—¿De veras ya no quieres otra vez? No lo puedo creer —atrapándole una pierna entre las suyas, erizándole el vello, regresando la mano por un tortuoso recorrido hasta el sexo para tratar de despertarlo, alentarlo, roborarlo.

El periodista del quince se replegaba negándose, se arqueaba cimbreándose, eso no, ya sabes que así no, me va a hacer daño, me haces cosquillas, no podría tan pronto, la boca apretada, la voluntad de no ceder.

—¿Y si tratas un poco?

—¿Tantas ganas tienes?

—Muchas. ¿No tanto dices que una buena relación se cifra en la confianza sexual? —la mujer se enderezó en la cama. Era pequeña, delgada, la cara muy blanca y unos ojos con el más suave de los tonos, verde claro.

—Por eso te digo que no quiero otra vez, por la confianza que te tengo —terminó él, riendo sin ruido, desprendiendo la mano de la mujer como un pequeño animal enquistado—. Voy a encender un cigarrillo.

—¿Prefieres fumar a estar conmigo otra vez? —preguntó ella.

—Sí, prefiero fumar.

El periodista del quince aguantó el cigarrillo con dos dedos mientras se acercaba al rostro la llama de la vela. En el tupido vello de la mano se le enredaban briznas de luz.

—Qué buena vela, ¿de dónde la sacaste?

—Le compré varias a la vecina del siete, que tiene una caja. Supuse que ibas a necesitarlas para trabajar.

—Piensas en todo —las líneas de humo salían casi rectas.

—¿Cuándo crees que vuelvan a dejarnos salir a la calle?

Él miró automáticamente hacia la ventana. Afuera sólo había oscuridad, sin los ruidos comunes de la noche, que en un día normal a esa hora empezaban a amontonarse abajo, las primeras luces de los faroles que se irían alineando bajo el cielo todavía pardo, y que hoy no llegarían.

—No tengo la menor idea.

—¿Pero entonces? —estremeciéndose—. Yo si miro hacia la ventana se me quitan las ganas de hacer el amor, de hacer todo. Me digo: los voy a olvidar, los voy a olvidar, pero no los olvido. Siguen ahí, como ya integrados al cemento de la calle.

—No los vas a olvidar.

—Quiero olvidarlos —dijo ella dilatando la nariz.

—Como bien sabes, el olvido y la memoria son glándulas tan endocrinas como la hipófisis y la tiroides, reguladoras que decretan vastas zonas crepusculares para que en la vida diaria no tropecemos con la misma piedra o hundamos el auto en el bache que lleva meses abierto en la esquina.

—Nadie recuerda los baches de su propia calle, menos va a recordar los de las otras calles. Bache éste en el que hemos caído, y que nos tiene con el agua hasta el cuello.

—Bah, no le des tanta importancia. Tiene que pasar. Vivimos quejándonos de que nunca ocurre nada interesante en nuestra pobre cotidianidad. Pero cuando ocurre (y sólo una cosa tan insólita como este encierro puede ser interesante) la mayoría se inquieta.

—¿Se inquieta? Hay quienes están a punto de enloquecer, te lo aseguro. Entre otros, yo misma.

—Aprende a vivir el momento —apretando la boca, dejando que el humo saliera por la nariz curvada—. En el fondo, lo que nos inquieta es que estamos viviendo una, ¿cómo llamarla?, una especie de suspensión del futuro. Ah, el futuro, ese fantasma horrendo que no hay manera de verle el rostro y dominar. Y qué bueno.

—Pues yo preferiría tener ya abierta la puerta de la calle y salir a comprar un frasco de champú.

La mujer intentó envolverse en la cobija pero arrastró toda la ropa de cama y finalmente la dejó caer al suelo.

—Acuérdate de *La peste* de Camus. Las plagas son algo común en la vida de los hombres pero difícil de creer cuando las ve uno caer sobre su propia cabeza. ¡Esto no me podía pasar a mí!

Ha habido en el mundo tantas pestes como guerras y sin embargo, pestes y guerras cogen a la gente siempre desprevenida.

—Imagínate vivir pensando qué clase de plaga está por caerte encima —tenía las manos cruzadas sobre el pecho y ahora se puso a reír para arriba.

—Pues sí, pero cuando estalla una guerra la gente se dice: esto no puede durar, es demasiado estúpido. Y sin duda una guerra es demasiado estúpida, pero eso no impide que dure. La estupidez insiste en durar, date cuenta, basta ver un poco más allá de nuestras narices para comprobarlo —y le dio un leve garnucho en la nariz—. Las plagas no están hechas a nuestra medida, ése es el problema, por lo tanto nos decimos que la plaga es irreal, un mal sueño que tiene que pasar cuanto antes. Pero no siempre pasa, y de mal sueño en mal sueño, somos nosotros los que pasamos, y más pronto los hombres de buena voluntad porque nunca están prevenidos.

—Dios dirá, como dice mi mamá. Por eso... mientras tanto... —dijo mostrándole las uñas, unos ojos malévolos, la nariz fruncida.

—No te atrevas —echándose él hacia atrás, con una curva de aparente asombro en las cejas.

Entre borbotones de risas ella se lanzó como tromba sobre él para hacerle cosquillas en las axilas. Él la dominó con una mano que era como una tenaza en el antebrazo. Tironeándola la sacó de la cama y la llevó a la ventana. La sentía resistirse, no comprender por qué de un manotón él había corrido la cortina y estaba abriendo la puerta del balcón.

—Me rindo, está bien, perdón.

Le puso la mano en la boca para que se callara y desnudos salieron al balcón. La forzó a ir hasta el barandal, bajo la luz de una media luna. La sintió deshacerse entre sus brazos, la besó en el cuello, la obligó a asomarse a mirar a los soldados, nebulosos, inmóviles en la calle, como figuras de humo.

—Nos vamos a caer, oh, espérate, estás loco, van a disparar sobre nosotros.

—Mira cómo nos ven. ¿Ves cómo nos ven? ¡Míralos! Los corroe la envidia de que te tenga así como te tengo ahora. ¡Eh, ustedes, ahí abajo, véanos bien!

—Uno de ellos de veras nos está apuntando, te lo dije.

—Si disparan sobre nosotros y nos vamos de boca sobre ellos, qué muerte maravillosa. Imagínate. ¿Qué reacción tendrían ante nuestros cuerpos desnudos y sangrantes? Capaz que recuperaban la fe en Dios y en el amor y se salían del ejército. Cómo verían a nuestras almas subir entrelazadas al cielo.

—Por el golpe, yo diría que nuestras almas se irían más abajo, al infierno.

—¡Eh, ustedes! ¿Me oyen?

—Ya, métete.

De nuevo en la cama, ella se durmió enseguida y él encendió un último cigarrillo y lo fumó lentamente, dibujándole el humo helechos en la cara con la leve claridad que se colaba por la ventana.

Pensó en los compañeros de trabajo que había visto hasta el día anterior al encierro. ¿Qué estarían haciendo ahora? La gente anónima con la que se había cruzado en la calle, en el café, en el teatro, ese día anterior al encierro. Gente, lugares, momentos que habían llegado a él desde una nada anterior y volvían, despacio, a perderse ahí. Pensó en la ciudad enorme que lo rodeaba, paralizada, donde ahora se hundían cosas y seres. ¿Y el futuro? Lugares y gente que existían ya, desde hacía años, y que bruscamente —en la calle, en el café, en el teatro— pondrían mañana ante él sus rostros y sus gestos anónimos. ¿Mañana?

*

Ya en mi recámara, esa primera noche de encierro, leí mi breviario y recé mis oraciones —lo que me lleva por los menos una hora—, tomé sólo un par de copitas más (empezaba a preocuparme la falta de alcohol) y miré con angustia creciente la cama destendida, el embozo de la sábana tan bien doblado por mi tía, la almohada: ese inmenso campo blanco para poner a galopar las pesadillas.

¿Cuáles pesadillas hoy?

Todo cuanto viviera a partir del momento en que me fue imposible abrir la puerta de la calle, tendría sin remedio para mí un carácter nocturno, algo como de embate contra una pared esponjosa, de humo y de corcho.

Si no luchaba contra la angustia, me decía, si lograba abandonarme a ella y mantener *tranquilamente* la conciencia de estar angustiado, si podía a cada momento ubicarla, reconocerla, si hasta la amaba, la merecía y se la agradecía al Señor, entonces, pensaba, quizá quedaría a salvo de sus efectos más nocivos. Recordé a Kierkegaard: "Si el hombre fuese un animal o un ángel, no sería nunca presa de la angustia. Pero es a la vez un animal y un ángel y, por tanto, a causa de su doble identidad, se angustia, vive angustiado, y cuanto más hondamente se angustia tanto más grande es un hombre".

¿Pero tenía que ser así? ¿Y si en lugar de torturarme al escribir —y al beber— simplemente rezaba otro rato, me acostaba, dormía a pierna suelta siete horas seguidas y luego, al abrir los ojos por la mañana, resultaba que la puerta de la calle ya estaba abierta?

Salía a la calle, ¿y? Eso, ¿y?

Como a la media noche cerré mi cuaderno y apagué las velas que había puesto frente al espejo para que la luz rebotara e iluminara más. Pensé que el encierro y la falta de energía eléctrica me obligaban a trasladarme a una época muy antigua. Esa ventaja tenían.

Para mi desgracia, en ese preciso momento, por la ventana abierta empezó a bajar, inclemente, la acalorada discusión de los vecinos del departamento arriba del nuestro.

Con frecuencia los oía discutir hasta altas horas de la noche —son una lata—, pero ahora,

con el encierro, sus gritos me sonaban verdaderamente patéticos.

Se trataba de un matrimonio de edad al
que, por lo visto (y oído), mantenía la hija, una
joven de lo más atractiva, con unas ampulosas
caderas que balanceaba rítmicamente al caminar,
y que trabajaba como secretaria en una oficina
gubernamental, o algo así. La voz de ella, interrum-
piéndose por momentos, como aplastada en algodón contra la blandura de los ahogos, resurgía una
y otra vez para exigir su derecho a volverse dueña
de su vientre y a tener un hijo del hombre que se le
pegara la gana, aunque ese hombre fuera su propio
jefe, casado y con hijos pequeños. Y que además, si
así lo decidía, tampoco volvería a ver al padre de la
criatura, ni aceptaría dinero de él, y ni siquiera le daría
su nombre, ella lo mantendría y lo educaría sola y que
por favor sus padres no se metieran donde no los
llamaban.

—No permitiré que me castren. Y menos
permitiré que castren al hijo que voy a tener —gritaba, seguramente sin entender del todo el significado de sus palabras.

Y repetía:

—Son ustedes unos padres castrantes, eso
es lo que son.

La influencia de la psicología moderna en
nuestra vida cotidiana ha sido nefasta, estará usted de acuerdo, Monseñor.

Las voces, los pasos —además de los gestos de desesperación que les adivinaba, que veía
como dentro de esas lucecitas que nos nacen al

frotarnos los ojos: detalles tan nimios pero tan claros como la franja de la bata de ella, que le viboreaba alrededor de las piernas—, las voces, los pasos, iban de una habitación a otra porque se opacaban o subían de tono. En ocasiones eran verdaderos chillidos.

El padre —corpulento, de ancho bigote canoso y, se decía, con unos ataques de asma que levantaban miasmas a su alrededor— resoplaba, tosía, contestaba con un grito o hacía largos silencios, la boca temblorosa y hasta un poco hinchada, como sujetando alguna frase particularmente hiriente.

—El dinero que das en esta casa no te autoriza...

La madre se mantenía sentada a la mesa, marginada, dentro de un sollozo, achicándose cada vez más hasta casi desaparecer, con un pañuelito en la boca o dirigiendo oblicuas y envenenadas miradas a su hija.

—Ese hombre jugó contigo, hija, ¿no lo ves? Pero está arrepentido. Acepta lo que quiere darte. Total, de lo perdido lo encontrado. Hazlo por tu hijo.

—¿Que jugó conmigo? ¿Él conmigo? Ay, mamá, tú qué sabes lo que es jugar con un hombre o que él juegue contigo.

—No le contestes así a tu madre, ni te burles de ella. Mientras vivas en esta casa...

—¿Mientras viva en esta casa qué?

Abriéndole los brazos a su padre con un melodramático gesto patibulario, como ya crucificada.

Elegí el calor y cerré la ventana. Encendí el pequeño ventilador de pilas que tenía sobre la cómoda —tal parece que el alcohol hubiera aumentado en forma permanente la temperatura de mi cuerpo—, con la esperanza de que, además, el girar obsesivo de las aspas se bebiera las palabras de los vecinos. Pero no fue así. Me acosté sobre las cobijas y me hundí en la almohada boca abajo, pero en ese momento sentí las voces en la nuca, como un gran peso:

—Hay tantas maneras de matar a un padre —con una voz carrasposa, a punto de un ataque de tos.

—Dale el apellido de su padre a ese niño, por Dios.

—No tenemos para pagar un dentista, menos vamos a tener para pagar un parto.

—Pues doy a luz en una clínica del Seguro Social. ¡Y ya déjenme en paz, por favor!

—Es tu jefe, vas a tener que seguir viéndolo cada vez que vayas a la oficina. ¿O también pretendes renunciar a tu trabajo? ¿De qué vamos a vivir entonces? Tu padre ya no puede trabajar, lo sabes muy bien.

—Lo único que yo quisiera es reventar de una buena vez, mujer —ya dentro del ataque de tos.

Tuve que pararme de la cama e ir a tientas a buscar la botella en el ropero. Quizá gracias a los efectos inmediatos del ron, me puse a sollozar y sentí una gran pena por ella, por la criatura que iba a nacer, por sus padres, por su jefe, por la mujer de su jefe, por los hijos de su jefe, por mí, por todos los que habitamos este descascarado y herrumbroso edificio, Monseñor.

Una sombra tétrica cruzó frente a mí:

¿Y si ahora, con el pretexto del encierro, les daba a los vecinos del veinte por discutir día y noche?

*

El periodista miró calmoso y encorvado las raspaduras de la puerta, el descascarado 16 en la chapita de metal. Tocó con el puño, una, dos veces. Supuso que lo habían oído, que el silencio que se produjo al dejar de tocar había provocado otro silencio dentro de la habitación, una inmovilidad desconfiada y expectante.

Pero tuvo que volver a tocar, con más fuerza, tres, cuatro veces, para por fin escuchar la voz cascada en el interior:

—¿Quién es?

—Yo, señora, Barragán.

Abrió la tía del sacerdote, arreglándose la bata. Asomaba los ojos por unas breves ranuras en los párpados.

—Tengo el agua del fregadero abierta y no lo oí. Pase usted.

El periodista entró con timidez. Tenía una sonrisa inquieta que se asomaba y se iba.

—El padre me dijo que viniera como a las nueve, pero preferí que dieran las nueve y media.

—Es rarísimo que no se haya levantado. Desde el amanecer ya anda dando vueltas por ahí. Déjeme ir a despertarlo. Siéntese —y le seña-

ló una de las sillas del comedor—. Luego le ofrezco un café.

Siempre era lo mismo cuando lo tenía que
despertar, lo que casi nunca sucedía porque él
apenas si dormía. Pero en ese momento sí estaba
dormido, y bien dormido, y la tía sabía a lo que
se arriesgaba. Lo movió suavemente por la espalda, como si lo arrullara, esperando lo peor.

—Juan, Juan.

El sacerdote despertó con un gemido ronco, una sacudida convulsiva de las piernas y las
manos, un rechazo de todo el cuerpo y toda la voz
de algo horrible que arrastraba desde el fondo del
sueño como un enorme trozo de materia pegajosa.
Ella trató de calmarlo:

—Tranquilo, tranquilo, soy yo. Afuera está
Barragán, el periodista. Dice que le dijiste que
viniera.

—¿Yo le dije que viniera? ¿Para qué? —pasando una mano por el pelo revuelto, la mandíbula un poco levantada mientras la frente corría hacia
atrás como resbalando aún en la almohada.

—No creo que lo haya inventado.

—Pues no lo recuerdo.

La tía señaló la mesita de noche.

—Es el colmo, dejas el vaso con restos de
alcohol encima del breviario, siquiera ponlos aparte. Pareces niño chiquito.

—Eso, niño chiquito. Qué falta de respeto
con un cura que además es tu sobrino consentido —se quejó él, enderezándose en la cama como
si se rompiera los huesos al hacerlo.

—Si sigues bebiendo como bebes vas a terminar amarrado como un recién nacido.

—Dormí muy mal, peor que nunca. ¿Continúan ahí? —preguntó él para cambiar de tema, mirando hacia la ventana.

—Sí, continúan ahí —tomando el vaso con una manifiesta sensación de asco.

—Al amanecer me asomé a verlos. Son las mismas caras, de eso no tengo duda. ¿Si hacen tantas rondas por qué a la entrada del edificio continúan los mismos?

—Dios lo sabe.

—Casi no había dormido. Recé y me volví a dormir. Anoche estuve leyendo y escribiendo hasta muy tarde, y justo cuando me iba a dormir empezaron a discutir a gritos los vecinos del veinte. No los soporto. Es una de las mayores pruebas que me ha mandado Dios.

—Los oí. Pobre muchacha, a punto de dar a luz y con esos padres tan latosos sobre ella.

Se sentaron a la mesa del comedor y la tía les ofreció unos huevos con jamón, había que aprovechar el jamón porque se iba a echar a perder sin refrigeración. Una cafetera bufaba entre nubes de humo y la tía también se preguntó en voz alta cuánto tiempo más tendrían gas.

—Día a día un poco menos, señora, de eso puede estar segura —le dijo el periodista.

El sacerdote bostezaba y pasaba las manos frente a la cara como si apartara telarañas. Cada vez que veía al periodista recordaba las noches en que la tía había tenido que golpear la pared con el palo de la escoba para callarlos a él y a su esposa porque ella gritaba descaradamente al hacer el amor, Virgen Santísima.

—Que lo hagan —decía la tía, ruborizando a su sobrino— pero sin hacernos partícipes. ¿No crees? A mi edad, y todavía logran inquietarme. Diles que aprendan a hacerlo calladitos. La vecina del catorce me contó que durante la Revolución, en un campamento villista, ella aprendió a hacerlo con su esposo sin emitir un solo ruido y hasta sin moverse. Diles que le pregunten, que aprendan.

El sacerdote trató de comentárselo al periodista con delicadeza —pocos temas lo perturbaban tanto—, hombre, no le hablaba el cura sino el vecino, era incapaz de meterse en las vidas ajenas, bastante tenía con el confesionario, nomás que intentara que su esposa no gritara de esa manera, se enteraba todo el edificio, que pensara en las personas de edad como la tía, teniéndola tan al lado. El periodista también se turbó y no supo qué hacer con las manos, apenadísimo, le aseguraba que no volvería suceder, se lo juraba por ésta —y besó la cruz—, estaba dispuesto a ponerle una almohada en la cara a su mujer, a no volver a hacerlo si era necesario, y cambiaron de tema.

Quizá por esa circunstancia —que continuaba repitiéndose, aunque menos, según informaba la tía—, pero al sacerdote no le simpatizaba del todo. Digamos que no sentía ese nexo, ese mimetismo progresivo del juego amistoso en que aun las oposiciones más abiertas giran dentro de algo común que las enlaza y las sitúa.

Un punto de vista algo exagerado, Monseñor: simplemente me hartaba que llegara a las horas más inapropiadas a leerme sus reportajes y a hablarme de su irredento agnosticismo, y eso para un periodista susceptible, como lo son todos, puede verse como una forma de rechazo, que tampoco había.

El periodista apenas si picó la comida y se puso a fumar con ese aire que se aprende en las películas de suspenso.

—Anoche recordé a Chaucer. ¿Usted sabe que escribió *Los cuentos de Canterbury* mientras a Londres la azotaba la llamada Muerte Negra y apenas si hace una mención de pasada a la epidemia, y esa mención es de carácter cómico? Imagínese que yo me pusiera ahora mismo a escribir una novela sin referirme al encierro en que estoy metido.

—*Fascinatio nugactiatis* —dijo el cura, quien hacía citas en latín cuando no tenía mayor cosa que contestar—. La fascinación por lo trivial...

—Qué bien conozco yo esa fascinación, padre. Hacer tonterías por el puro placer de hacerlas, me encanta, aunque mi capacidad se haya limitado con la edad.

—Ignorar la muerte hasta el último momento; después, cuando ya no puede ser ignorada, saturarse de morfina y entrar insensiblemente en estado de coma. Todo muy razonable, humano, científico y divertido, ¿no? —dijo el sacerdote, sintiéndose mal consigo mismo por el tono solemne, y a esas horas de la mañana.

—¿O es mejor estar consciente de todo? Mire el terror que nos ha traído ser conscientes de todo. La ciencia investiga la célula, el átomo, el cielo estrellado, o nos manda a pasear a la luna, ¿y qué ha logrado sino multiplicar el terror que sentía Pascal ante el Universo? Estamos muy atareados por ensanchar las fronteras de la conciencia, pero ya se perciben las resquebrajaduras y por ellas aparecerá el terror, mejor dicho, para nosotros ya apareció, aquí y ahora.

—¿Será? ¿Por una simple noche de encierro? —preguntó el sacerdote dando un trago a su café tibio y fofo, como siempre le quedaba a la tía cuando andaba de mal humor.

—Usted sabe lo que pienso sobre la intuición, padre. La admiración de algunos tipos frente a un microscopio electrónico no me parece más fecunda que la de la mujer reumática a la que curó el brujo del mercado de San Ángel. Pues bien, mi admiración actual viene de que anoche, releyendo algunos de mis reportajes, descubrí que estamos bajo los escombros de un edificio que se ha derrumbado.

—Dios mío, ¿no le parece suficiente con que nos hayan cerrado la puerta y no nos dejen salir a la calle? —dijo el sacerdote aplastando la mejilla en una mano.

—Eso es lo de menos. El problema es lo que hay abajo. Mejor dicho, lo que hay arriba.

—¿Por fin?

—Déjeme contarle. Fue durante el terremoto del 85 —el sacerdote puso una cara tan amable como una gelatina, absolutamente falsa—. Creíamos que había pasado lo peor después de aquella fatídica mañana, pero lo peor aún quedaba por suceder. Para escribir mi reportaje, me metí con los brigadistas, los médicos y otros periodistas a un edificio semidestruido en Tlatelolco, y entonces volvió a temblar. Ya se imaginará lo que sucedió ahí. El camino hacia la salida nos pareció laberíntico, copado de herramientas, cajas con medicinas, tanques de gas, maderos, pero, sobre todo, con demasiadas personas, unas diez, como para abrirse camino con la rapidez necesaria. Todos, como autómatas, caminamos hacia la salida, sorteando los obstáculos. "¡Despacio, despacio, que no cunda el pánico!", pidió alguien. Pero a partir de la petición, el pánico siempre cunde, ahí lo aprendí. Algunos intentaron correr y sólo consiguieron empujar y hasta hacer tropezar a los de adelante. Después de día y medio de recorrer la ciudad en ruinas, de recoger datos y cifras en Tlatelolco sobre los posibles muertos y atrapados, de escuchar las voces quebradas, casi inaudibles, de los que buscaban entre los escombros a los suyos, aún después de todo ello me faltaba a mí mismo vivir lo peor, se lo aseguro. Lo que fue un crujido leve al principio, un ronroneo de gato con desprendimiento de pequeños trozos de concreto, una esfera de polvo que nos envolvió, terminó en esa fuga en la que una fila india de diez personas se dirigía hacia una posible salida, cada vez más lejana, con la impresión de pisar ya sobre el aire. ¿No iba a terminar nunca el movimiento de tierra bajo nuestros pies? ¿Y nosotros compadecíamos a los que estaban atrapados en los escombros y escuchábamos sus quejidos apagados como lejanos, como imposibles de pertenecer a este mundo, a nuestro mundo? Confieso que en aquellos momentos (pero fue sólo un instante) mi temor no era morir, sino quedar enterrado vivo. Como ahora, aquí.

—Hombre, le digo que por una noche... —comentó el sacerdote, seguro de que sólo un chorro de ron en el café salvaría a su pulso de empezar a temblar.

—¿Usted no se siente enterrado vivo, a punto de despertar a su destino?

—Me siento peor, pero no exactamente como un enterrado vivo a punto de despertar a su destino.

—Pues yo sí y así me sentí allá. Maldito privilegio de los periodistas de meternos donde no debemos —frase que despabiló al sacerdote y lo obligó a levantar un índice acusador—. El ruido como de una ola que iba a reventar a nuestro lado nos hacía sentir ya la soledad y la asfixia. La idea de la asfixia era insoportable. Había vigas de apuntalamiento que empezaban a caer. Alguien de atrás gritó: "¡No puedo moverme, estoy atrapado!", pero nadie se volvió —el periodista hizo una pausa y repitió—: Nadie se volvió para no convertirse en figura de sal, digamos.

—Digamos —concedió el padre.

—Primero había que salir, luego pensaríamos en regresar a rescatar a los que hubieran quedado atrapados con ese segundo temblor. Afuera volverían a comenzar y a girar la reflexión, la culpa y la vida misma. Ya casi a la salida de la nube de polvo, cayeron trozos más grandes de concreto, vidrios, y creo que también algunas láminas. Señales de que todo estaba por terminar y yo no encontraba la resignación por ningún lado.

—Ah, la resignación...

—Usted ayúdeme a conseguirla, padre, se lo digo en serio —le dijo, tomándole un brazo. Quizás a otra hora del día, pensó el sacerdote, hubiera respondido en forma más efusiva, pero en ese momento se limitó a asentir con la cabeza y a poner él también una mano sobre la del periodista, quien continuó, enfervorizado:

—A través de un angosto espacio de menos de un metro pasábamos tres y cuatro a la vez. El último escalón casi me hace resbalar y me detuve de la puerta, muy mareado, como si me bajara de un volantín. Los rostros pasmados de los soldados, de los policías, de los brigadistas, de los mirones, de los que esperaban ver salir a sus familiares rescatados, nos regresaron a la realidad.

—¿A cuál de todas? —dijo el padre sonriendo, arrepintiéndose de nuevo de decir lo que decía, porque además el periodista ni siquiera lo escuchó.

—Los gritos me llegaban como de muy lejos: "¡Se quedaron otros adentro, no salen!" "¡Hay más derrumbes, oigan!" "¡Apártense, se va a venir abajo el resto del edificio!" Pero no se vino abajo, salimos todos los que entramos y dejó de temblar. Sin embargo, en lo que se me aplacaba el mareo, como si el terremoto continuara únicamente dentro de mí, corrí a refugiarme a un lugar seguro, en uno de los jardines. Tenía más miedo que cuando estaba adentro del edificio. Me moría de miedo y no podía respirar a pesar de tener encima el cielo abierto, de un azul muy profundo... Pero ahí no termina mi historia.

—¿No? —enjugándose una gota de sudor de la frente con el borde del índice.

—Vea mi terquedad, padre. Ya más tranquilo (¿aunque qué clase de tranquilidad sería aquélla?) fui con los brigadistas. Había que regresar al lugar del miedo, total, lo único indigno del miedo es no enfrentarlo. ¿Por qué cancelar la posibilidad de rescatar a quien buscábamos si el edificio seguía en pie? Y regresamos. Volví a subir el escalón que casi me hace resbalar, me adentré en la nube de polvo, oí el crujido de las vigas de apuntalamiento y el ronroneo creciente del gato. Y estuve adentro durante horas interminables hasta que los brigadistas abrieron en la tierra un agujero imposible y lo que sólo eran quejidos apagados de otro mundo se transformó en gritos y llantos y una pareja que resucitaba tomada de la mano. En fin, tuve el sentimiento, por primera vez en mi vida, de haber llegado al mero mero fondo de la ciudad en que habito. Hoy, aquí, es la segunda.

—Eso es cierto: yo también me siento más en la ciudad de México que nunca.

—Lo peor es que nos falta sufrir el segundo terremoto. Que nos cerraran la puerta fue apenas el primero. Porque, además, déjeme decirle que anoche no dormí.

—Yo tampoco. Acababa de agarrar el sueño cuando usted llegó.

—Pero yo no dormí por estar en la azotea —con orgullo, dando una larga fumada a su cigarrillo, mitad ceniza—. Establecí cierta comunicación a señas con un vecino de un edificio contiguo, quien me hizo saber que ellos estaban en la misma situación que nosotros.

—Era de preverse.

—Pero lo más preocupante es que el cerco no parece tener fin porque ni siquiera con los binoculares se alcanza a distinguir alguna luz a lo lejos, a no ser las de la rondas de los soldados y los reflectores que nos echan los helicópteros.

El sacerdote hizo una mueca muy rara, casi como si fuera a gritar o a ponerse a llorar, sosteniéndose las manos una con otra. La tía andaba en la cocina, entre el tintineo de las tazas y los vasos que lavaba. El periodista pensó que quizás estaba siendo inoportuno, algo se lo decía, aplastó la colilla en el cenicero y se puso de pie.

—Creo que ya me voy, padre. Perdóneme si lo desmañané.

—Yo me levanto temprano, pero el día de ayer fue muy especial, como usted habrá comprobado, y ahora tengo que rezar mis oraciones para acabar de despertar.

—Lo entiendo —iba a salir cuando se detuvo antes de abrir la puerta—. ¿Me permite traerle algunas de las notas que tomé anoche? Me gustaría que me las comentara.

—Cuando quiera, cuando quiera —contestó el padre, a punto de correr rumbo a su recámara.

*

Al mediodía tuvimos una nueva reunión en el hall. Que por cierto no agregó nada a lo que ya sabíamos —mejor dicho, a lo que no sabíamos— y sólo sirvió para difundir y acentuar nuestro aborrascado estado de ánimo.

Los jóvenes del cuatro y del once hablaron con entusiasmo incomprensible de tanques y helicópteros como listos a disparar, nuevos turnos de soldados que se apostaban a la entrada de nuestro edificio y de todos los edificios y casas de la zona que alcanzaban a mirar con unos binoculares japoneses de muy larga vista que les prestó el médico militar. (¿Por qué yo siempre les vería las mismas caras a los soldados que teníamos afuera?)

La del siete continuaba llorando inconsolable: su marido nunca apareció.

El tipo del seis —¿para qué la camisa de cuello duro si no podía salir a la calle?— confirmó lo que suponíamos: su chofer no llegó a pesar de que su auto llevaba un muy visible sello de la Secretaría de Comunicaciones y Transportes.

Una joven mujer, creo que del catorce, gritó que su madre padecía insuficiencia renal y moriría si no conseguía ayuda médica.

Los del veinte tenían una hija que iba a dar a luz en esos días, dijo alguien señalándolos.

—Madre soltera —agregó otro por lo bajo, pero suficientemente fuerte para que varios lo oyéramos, entre otros la propia señora del veinte, la vecina del departamento arriba del mío, quien se metió dentro de un puchero y subió por las escaleras, con su marido detrás —ahogándose, como a punto de sufrir un ataque de asma— suplicándole calma mientras a nosotros nos hacía señas como de mentarnos la madre.

También se habló de que el niño del dieciocho no soportaba un dolor de muelas y de que las sirvientas, aterradas, se negaban a continuar en la azotea y pedían las instalaran en los departamentos.

El viejito del tres golpeó secamente las manos y sugirió hablar uno por uno, hacer una orden del día, llevar una minuta, pero era por demás: el griterío —como, me dicen, sucedía siempre en las juntas de condóminos— impedía cualquier tipo de acuerdo.

*

La vecina del tres miró su reloj de pulsera, sujeto con una cinta negra, donde la luz se extendía como pequeñas manchas de aceite.

—Se te va a hacer tarde. Es hora de tráfico, acuérdate.

Ella alargaba sobre la mesa una sonrisa como una flor a la que hubiera besado. Tres manzanas diminutas, visiblemente secas, se agrupaban contra el borde del frutero. Llevaba una bufanda gris en la garganta y se contraía un poco grotesca, desfigurada.

Él cerró el periódico —que había leído y releído en los últimos días—, se volvió hacia la ventana y vio contra los vidrios la palidez de la mañana. Se inclinó sobre la mesa y la golpeó con el filo de la mano.

—Tienes razón, más vale que me apure. Qué barbaridad, se me fue el alma al cielo.

Sin embargo, aún permaneció sentado, con un dedo enganchado en el chaleco, hamacando el cuerpo entre la silla y la mesa.

—No me siento muy bien, pero bueno, pues ya me voy. Qué flojera, la verdad.

Pero no se ponía de pie, y sólo levantó una pierna y con el pantalón corrido sobre una pantorrilla gruesa y blanduzca, estiró el elástico de la liga de un calcetín, y luego hizo lo mismo con el otro.

—Pobre de ti —dijo ella.

Él fue a la ventana y respiró con asco. La luz de la calle entraba marcándole las líneas de la cara, prolongando la mueca. A un lado, un pájaro se removía en su jaula, salpicando agua y alpiste. En una esquina de la sala golpeaba un reloj a punto de pararse.

—Hay mucha contaminación —dijo.

—Mucha —contestó la mujer desde la mesa.

El hombre hacía gestos y quería suponer que respiraba un aire cuya contaminación le enardecía la garganta, los ojos y las fosas nasales, tal como si estuviese gravitando sobre él la atmósfera de cenizas volcánicas. El comedor y la sala estaban separados por un biombo blanco con filos dorados y pájaros de nácar.

La mujer dejó los codos en la mesa, con la misma cara de sueño y la sonrisa inmóvil. Miraba al hombre que andaba torpemente entre los muebles de la sala, despacio, como si estuviera solo en la casa, haciendo estremecer las figuritas de cristal cortado de una mesa de centro. Mantenía siempre hacia ella la mirada larga y candorosa.

—¿Qué buscas?

—Las llaves del auto.

—Están en la canastita, encima del piano.

La pared blanca de arriba del piano estaba cubierta de fotografías, retratos con toda seguridad de difuntos, un osario de familiares mutuos, capítulos de años de felicidad y tristezas, reducidos ahora a desteñidas cabezas con el pelo peinado con una perfecta raya enmedio, perfiles que habían mantenido un gesto de ardor y languidez durante el largo momento de la pose, el ojo invisible amenazando mostrarse para depositar en beneficio de la posteridad una mirada especial, alguna forma de la ilusión o del entusiasmo.

La mujer se puso de pie, fue al perchero por el abrigo de él y lo ayudó a ponérselo. Era un abrigo largo, de grandes cuadros sobre gris oscuro, con un cuello agudo que le cercenaba el mentón.

—Me voy, si lo sigo pensando no salgo nunca. Te digo, me siento medio mal. Llegando a la oficina me tomo otras dos aspirinas.

—Dios te acompañe.

Ella le dio la bendición y él la besó en la frente. Lo siguió unos pasos afuera del departamento. Al fondo brillaba la escalera.

—Cuídate.

Pasó por el corredor con un andar lento y cauteloso y bajó la escalera.

Un par de escalones antes de llegar al hall se regresó.

Se le adivinaba la debilidad de las piernas en la indecisión del paso, e iba subrayando el balanceo negativo de la cabeza con largos suspiros y el ruido seco de los escalones que pisaba.

Un ruido de zapatos caracoleó en la escalera y la mujer corrió a abrir la puerta.

—Qué pronto regresaste. Traes mala cara. ¿Cómo te fue?

El hombre recibió su mirada con una sonrisa.

—Bien, sin nada especial, pero me siento resfriado, te digo. Ha de ser la contaminación.

—Te voy a preparar un baño de pies.

Un momento después el hombre estaba sentado en una silla cerca de la ventana, los pantalones arremangados y los pies hundidos en el humo de una palangana con agua caliente y hojas oscuras, flotantes. Contra la camisa de la piyama, el vientre avanzaba redondo, como independiente del cuerpo.

Mantenía los ojos fijos en un rincón sombrío del techo, más oscuro a medida que lo miraba: casi un vértice que segregaba el transcurrir del día.

Antes de acostarse, la mujer le preparó una limonada bien caliente. Él la tomó en la cama, con dos tabletas de aspirina y sudó a mares, envuelto en una manta de lana.

*

Las juntas en el hall se empezaron a espaciar, no había voluntad para reunirse, para vernos las caras, para enfrentar los problemas, para buscarles una posible solución. El vecino del tres, algo así como nuestro presidente de condóminos, se quejaba de que ya nadie quería pagar sus cuotas, todos ponían pretextos para posponer la siguiente junta un día, dos días, tres días, algunos ni siquiera le abrían la puerta cuando les llevaba la convocatoria para que la firmaran.

Susila, la muy atractiva vecina del ocho —siempre envuelta en su olor a flores— iba de departamento en departamento a convencerlos: era urgente ponerse de acuerdo sobre ciertos temas básicos —una lista de víveres, el agua que ya sólo llegaba unas cuantas horas al día, había que racionar el gas—, aprovechaba la oportunidad para hablarles del amor a la humanidad y de la solidaridad entre los hombres. Como en algunos departamentos ni siquiera le abrían, empezó a echar por abajo de las puertas mensajes filosóficos anónimos, luego por abajo de todas las puertas, no estaba por demás, decía, alguno tenía que prender en su ánimo. Hasta para los niños era divertido descubrir por la mañana, muy temprano, cuando entraba el trocito de hoja blanca como una furtiva paloma mensajera. Casi todos eran muy escuetos, dos o tres líneas cuando más: *Nadie necesita ir a ninguna otra parte. Todos estamos en el lugar en donde, desde siempre, debimos estar, lo sepamos o no. / Si supiese quién soy en realidad, dejaría de comportarme como el que creo que soy; y si dejara de comportarme como el que creo que soy, sabría quién soy. / La inquietud es siempre vanidad, porque no sirve a ningún bien. Aunque el mundo entero cayera en confunsión, con todas las cosas que hay en él, la inquietud por esta causa sería vanidad.*

Algunos vecinos, como los del diez, se molestaron tanto por los anónimos que, me contó Susila, en una ocasión al echar el trozo de papel por abajo de la puerta, la abrieron de golpe para sorprenderla y la amenazaron con tomar represalias si continuaba haciéndolo. Ella aún trató de justificarse: eran citas inocuas si uno no les hacía caso, la mayoría tomadas de los Upanishads o del taoísmo o del sufismo. Pero el tipo le blandió groseramente frente a la cara el que les había echado el día anterior y dijo:

—No quiero que mi hijo lea esto, no se me da la gana.

—¿Qué decía? —le pregunté intrigado.

—Decía: *Ve sólo uno en todas las cosas; es el segundo el que te descarría.*

—Capaz que tenía razón. ¿Cómo puede interpretar un niño algo tan críptico?

Pero creo que Susila no entendió la broma porque no sólo no sonrió sino que se le remarcó una arrugita entre las cejas.

Me encantaban sus posturas y sus actitudes, por momentos tan cursis como un corazón bordado, la mano suelta en el aire que parecía seguir unos compases secretos.

Una tarde me pidió que la acompañara a su departamento porque quería pedirme un favor.

—¿Tiene que ser ahí? —pregunté muy serio.

—Sí, tiene que ser ahí. Pero no se preocupe, padre, será sólo un momento.

La seguí con suma discreción y, debo admitirlo, emoción creciente. Entramos por la puerta de la cocina y me detuvo ante una pared con azulejos y trastos de barro y cobre. Por mi calidad de religioso, de los vecinos le parecía yo el más confiable —hasta en la manera de mirar, qué diferente a los demás— y por eso recurría a mí: un amigo que la visitaba, político muy conocido, necesitaba salir del edificio a como diera lugar. ¿Qué podíamos hacer? Quería presentármelo y me metió en la luz pardusca de la sala: muebles antiguos y un fonógrafo desportillado en una esquina con su bocina como una gran flor, un perrito pequinés que rebrincaba por todos lados.

El hombre de mediana edad, con un cuello grueso y sanguíneo, estaba sentado a la mesa del comedor, en mangas de camisa y flojo el nudo de la corbata. Consumía los cigarrillos de una fumada.

—Este es el sacerdote que te dije, Gabriel —le anunció ella—. Habla con él, quizá pueda ayudarte.

—Ah, padre, padre —la angustia exacerbaba de una manera preocupante la turbulencia de sus ojos—. ¿A qué orden pertenece usted?

—Soy sacerdote secular.

—Déjeme entonces explicarle mi situación, padre.

Se puso a hablar manoteando el aire. No podía estarse quieto y se removía en la silla. De pronto se ponía de pie, aplastaba la colilla en el cenicero y encendía otro cigarrillo, circunnavegaba la mesa y volvía a sentarse.

Era subsecretario en algún sitio y podía costarle el puesto, su esposa lo iba a matar, ya lo había amenazado con un escándalo público, aterrador. Pero, por lo visto, lo que deveras le preocupaba era la situación en el país y muy particularmente el derrumbe del partido oficial.

—¿Esto querían? ¿Que terminara de caer nuestro partido al precio que fuera? Ya lo consiguieron. ¿Y ahora? —pisó la cola del perro al pasar a su lado. Éste lanzó un alarido y fue a refugiarse atropelladamente al cojín que le servía de cama y desde el cual se le oyó gemir y rezongar todavía.

—Ten cuidado dónde pisas —reclamó Susila.

Según el subsecretario de algún sitio, la historia mexicana podía representarse por el ensanchamiento paulatino de un círculo atroz: el de los propietarios de la riqueza. De los conquistadores a los encomenderos, de los criollos a los empresarios modernos y, claro, a los políticos corruptos, faltos

de una mística de servicio, que para allegarse una
fortuna y conservarla habían recurrido, sin ningún escrúpulo y sin ninguna medida, a la violencia, al soborno y a la chicana legal. A pesar de
sus innumerables errores, su partido intentó re-
vertir el proceso, consiguió que buena parte de
la riqueza llegase hasta las masas más desprote-
gidas de la población, pero los grandes intereses
económicos se aliaron al poder de las armas y
ahora era el país entero el que estaba por desintegrarse.

Susila logró tomarlo por un brazo y lo llevó
a un sofá de la sala, en donde lo tendió, le desabrochó los primeros botones de la camisa y lo
obligó a recostar la cabeza en una pequeña almohada. El tipo sudaba a mares y por el brillo en los
ojos hubiera supuesto que tenía fiebre. Estaba
sufriendo, se veía.

—Ya, ya, tranquilo —le decía ella.

Él, sin embargo, continuó:

—Vean nuestra relación con los Estados
Unidos. Entre las muchísimas cosas que le debe
este país a mi partido está la imagen de estabilidad que, con sus altas y sus bajas, nos ha dado
durante setenta años y que cambió radicalmente
nuestra relación con los Estados Unidos. Hoy, a
pesar de presiones y atropellos, podemos mirar
al gigante sin el temor a que se enoje y nos
aplaste...

—Si no es que el propio Estados Unidos
provocó la situación que estamos viviendo... —dije,
pero no pareció oírme.

—Miren un poco hacia atrás —trató de manotear el aire, pero Susila le tomó el brazo a la fuerza—. Hace tan sólo ochenta y cinco años el presidente Taft planeaba invadir territorio mexicano si no caía el gobierno de Madero. Y la invasión a Veracruz a manos del general Scott... es del catorce...

—¡Ya, tranquilo! —tuvo que gritarle Susila para callarlo, poniéndole un índice amenazador entre las cejas. El hombre la miró fijamente, medio hipnotizado, y por fin se calló.

—Eso es —continuó ella—. Así está mejor.

Le pasó una mano por la frente y se puso a hablarle con una voz dulzona:

— Shanti, shanti. ¿Lo oyes? Shanti, shanti.

—¡No, shanti ahorita no, te lo suplico! ¿No ves lo emocionado que estoy?

—Por eso: shanti —insistió Susila.

Él se resignó y asintió con la cabeza. En verdad, pensé que ella lo estaba hipnotizando.

—Ya no estás aquí. ¿Me oyes? Te ha empezado a invadir una sensación tan extraordinaria de paz... Puedes cerrar los ojos y verlo con toda claridad.

Cerró los ojos, aún estremeciéndose un poco.

—Puedes ver las verdes hierbas y el agua y la luz dorada del sol en las piedras y las sombras oblicuas entre los contrafuertes de la iglesia. Escucha. Escucha las campanas y los pajaritos. ¿Los puedes oír?

Me senté en un sofá y yo también entrecerré los ojos y me dejé llevar por esa voz dulzona, aunque tan sugestiva y melodiosa:

—Y los cisnes cruzan el espejo de jade y azabache. El agua se levanta y se parte ante el avance de los blancos pechos curvos. Puedes verlos cruzar el espejo oscuro. Tú mismo te encuentras flotando. Flotas con los cisnes en la suave superficie, entre la oscuridad de abajo y el cielo pálido arriba de ti. Flotas entre lo real y lo imaginado, entre lo que nos viene de afuera y lo que nos llega de adentro, de muy adentro. Flotas en un gran río liso y silencioso que fluye con tanta serenidad que podría pensarse que el agua está dormida. Un río dormido. Pero fluye irresistiblemente. La vida fluye silenciosa e irresistiblemente hacia una paz viviente, tanto más profunda, tanto más rica y fuerte cuanto que conoce sus dolores y desdichas, los conoce y los acoge y los convierte en una sola sustancia. Y hacia esa paz estás flotando ahora, flotando en ese río liso y silencioso, que duerme pero que es irresistible. Y yo floto contigo. Flotamos sin esfuerzo alguno. No tengo que hacer nada, que pensar nada. Me abandono, permito que me arrastre. Pido a ese irresistible río dormido de la vida que me lleve adonde va... Y sé que adonde él va es adonde yo quiero ir, adonde debo ir. Por el río dormido hacia la reconciliación absoluta...

El hombre exhaló un profundo suspiro. Yo mismo sentí mis brazos caer como hilachos a los lados del sillón.

—Dormido en el río que duerme —continuó ella—. Y por sobre el río, el cielo pálido y las nubes blancas. Y cuando uno las mira empieza a flotar hacia ellas. Sí, flota hacia arriba, y el río es ahora un río en el aire, un río invisible que nos lleva cada vez más alto. Salimos de la calurosa llanura y sin esfuerzo vamos hacia la frescura de las montañas. Qué fresco es ahora el aire. Fresco y puro, cargado de vida.

Sentí un sabor de menta en la boca. El hombre se quedó dormido apaciblemente —me dio la impresión de un niño viejo— y la mujer me acompañó a la puerta.

—No sabe cómo le agradezco lo que ha hecho por él, padre.

—Pero si yo no hice nada. Si acaso, alterarlo más.

Puso sobre mí una mirada que me hizo correr culebritas por la espalda.

—¿Es posible que la calidad moral de un ser llegue a moldear hasta tal punto su aspecto exterior? —dijo, pero diciéndolo más bien para sí misma.

—¿Perdón?

—Padre, permítame ayudarlo a dejar de beber —con unos ojos tan sonrientes como sus labios.

—Susila, yo...

—Déjeme contarle algo, rápido, no vaya él a despertarse —y miró hacia el interior del departamento—. En el hospital donde trabajo murió hace muy poco, y precisamente de alcoholismo, un hombre tan parecido a usted...

—Dios santo —me estremecí.

—Es insensato que se lo diga, pero se le parecía tanto, tanto. Era un muchacho más joven que usted, pero tenía una manera de sonreír como la suya, unas manos como las suyas —y me recorrió las manos con la mirada, como si las acariciara, lo que me obligó a abrirlas y cerrarlas una y otra vez, absurdamente, como si exprimiera limones—, y el muchacho, pobrecito, se me murió en los brazos con unos ojos que no podría describirle, padre.

Algo iba a contestar —en realidad no tenía nada que contestar, la lengua se me volvía de trapo— pero ella levantó un índice imperioso a sus labios encarnados.

—No diga nada, por favor. No diga nada ahora.

Casi le agradecí que me hiciera callar, que me aplicara a mí también su sistema del shanti, que me relajara, que me pusiera a soñar, que me volviera un objeto obediente en sus brazos, en esos mismos brazos en donde había muerto el joven de que me hablaba, y al que yo también podía verle el rostro: una especie de máscara que, en efecto, tenía mis facciones.

—Su nombre es Juan, ¿verdad?

Mi nombre le nació con un timbre como no lo había oído antes, cargado de algo que iba más allá de la mera pronunciación de un nombre, por más que fuera mi propio nombre.

Asentí con la cabeza. Bajé la mirada y ella también permaneció un momento —que fue un largo momento— en silencio.

—Acérquese —dijo, y su voz me llegó con la violencia de un golpe, aunque estaba seguro de que había hablado en voz muy baja, saliendo de ese silencio en que los dos habíamos estado perdidos, desencontrados un par de segundos—. Digo, no se aleje, búsqueme, padre, estaré esperándolo.

*

La primera noche del encierro, la vecina del diecinueve percibió en el aire vacío que la rodeaba una palpitación, una como inminencia.

Con la rapidez de la alarma, se irguió en la cama.

Iba a pedir ayuda, pero recordó de golpe que en la casa no había nadie más. Vivía sola. Llevaba años viviendo sola.

Con los ojos cerrados y un trasudor de angustia se dejó caer nuevamente en el lecho.

Al día siguiente la fue a visitar la vecina del siete, su gran amiga en el edificio. La vecina del diecinueve llegó a rastras a abrirle la puerta.

A partir de ese día, la vecina del siete tuvo llave del departamento y le llevó de comer y la acompañó el mayor tiempo posible. Hasta al médico militar le llevó, quien diagnosticó depresión nerviosa, que se curaría apenas abrieran la puerta de la calle.

—Eso, la puerta de la calle —dijo la vecina del diecinueve.

Una tarde la vecina del siete se hartó y puso en el buró el plato de sopa con un gesto tan brusco que lo hizo salpicar.

—¿Cómo está eso de que no quieres comer? No, no creo que te sientas peor. Es que te pasas todo el santo día acostada. Así nadie puede tener hambre. Pero si hicieras un poco de ejercicio, si por lo menos te levantaras para abrirme la puerta.

—¿Ejercicio? Ves que no tengo fuerza ni para levantar la cuchara.

—Tú sabes muy bien que no te estoy pidiendo imposibles. Sólo quiero que demuestres tu buena voluntad, que pongas algo de tu parte. Ya oíste al médico: no tienes ninguna enfermedad, estás perfecta de salud.

—¿Y entonces por qué no me puedo mover?

—Eso quisiera yo saber: ¿por qué no te puedes mover?

La vecina del diecinueve movía la cabeza a los lados desconsolada, lívida de temor.

—Llevo siete años viviendo sola, tú lo sabes, desde que enviudé y mi hija se casó. Te diría que he vivido sola maravillosamente, sobre todo después de la pésima relación que tuve con él los últimos años. Qué pesadilla vivir con un hombre del que sólo te quieres alejar. Apenas murió me sentí liberada, viví como siempre quise vivir: tranquila y sin presiones de ninguna especie. Ni a mi hija la he presionado. Tengo mi trabajo en el laboratorio, que me da para comer...

—¿Y entonces?

La vecina del diecinueve apretó los labios y se metió dentro de una nube de llanto, casi sin lágrimas.

—Es que quién soporta que le cierren así, de golpe, la puerta de la calle. Y con todo lo que entró a partir de ese momento.

—¿Qué entró?

—Algo.

—¿Algo de qué?

—No sé. Cuando cerraron la puerta yo lo sentí. Me desperté y me empezó la debilidad.

La vecina del siete se acercó a su amiga con unos ojos colmados de simpatía.

—Mira, podrías empezar por sentarte. No en tu cama, no; en ese silloncito, con un cojín abajo.

—No voy a aguantar.

—En cuanto te fatigues, descansa. A ver, apóyate en mí para levantarte. Sosténte de mi brazo. Con fuerza, vamos. Y los pies firmes en el suelo. ¿Lo ves? Si nada más es cuestión de que te lo propongas. Y ahora, tranquila, quédate ahí un rato. Así seguimos platicando. ¿Quieres un poco más de caldo?

Pero tuvo que volver a tomar a su amiga en brazos porque se le iba de boca, parecía muñeca de trapo, no había manera de mantenerla en el silloncito por lo menos un rato, se desmadejaba al tratar de sentarse, la barbilla clavada en el pecho y los brazos sin huesos.

—Ya van a abrir la puerta, verás, y volverás a estar bien, tranquila, tranquila —le decía para animarla.

*

Ya no pude sacarme los ojos de Susila los días restantes. Ni sus ojos ni su voz. Por las noches me despertaba oyéndola. ¿De dónde venía esa voz que era inconcebiblemente la voz de Susila? Tan cerca, sintiendo alentar su respiración entrecortada, me era imposible negar que fuese la voz de ella la que hablaba, repitiendo mi nombre cada tantas palabras —Juan, Juan—, murmurando frases truncas, retenidas o lanzadas casi como un grito mientras me contaba otra vez de la muerte de ese muchacho alcohólico que tanto se me parecía, que traía mi máscara o yo la máscara de él.

Lo comprendo: mis pensamientos volvían a ser, una vez más, mariposas revoloteando hacia llamas donde arderían sus alas. Por eso (casi) los alejé de mí y decidí aplicarme, a partir del día siguiente, una disciplina más, mucho más rigurosa.

Incluso, ¿por qué no?, flagelarme un poco.

En mi caso, hay ocasiones en que sólo el dolor físico contiene la avalancha de ciertas imágenes. ¡Chas, chas!, como los cinturonazos que, siendo muy joven, me daba en las nalgas para alejar la tentación.

En el seminario había un padre llamado Roque —con unos ojos tan destellantes como el acero fundido—, profesor de derecho canónico, que nos infundió tenazmente la necesidad del autocastigo para alejar las tentaciones carnales, y en cierta ocasión me llevó a mí solo —su alumno consentido—, a lo que él llamaba sus "retiros para templar la carne".

A través de senderos montañosos abiertos a fuerza de ser andados, ascendimos al viejo monasterio, construido en plena soledad, entre piedras hirsutas. Soplaba un viento gris y rasgado, que levantaba una tierra amarilla, muy suelta. La vegetación era hostil. Maleza, espinos retorciéndose.

Una sublime sensación —la misma que me llevó a ordenarme sacerdote— me guiaba en aquel duro ascenso matutino.

Al descubrir las altas ventanas enrejadas, las gárgolas de agua, los remates góticos, el corazón me dio un vuelco. ¿No sería ahí donde, desde siempre, debía yo haber estado? Los muros se habían cuarteado y el atrio estaba invadido de hierbas.

Al entrar en la capilla me sobrecogió la soledad, con sólo la compañía de un gran Cristo crucificado sobre el altar, tan inclinado hacia el frente que parecía a punto de caer.

El sacristán se acercó a bisbisarnos al oído la conveniencia de que nos ubicáramos en alguna banca trasera, entre las sombras, porque nuestra presencia podía perturbar a los oficiantes, acostumbrados a la falta de fieles. ¿Para quién oficiaban entonces? El padre Roque y yo obedecimos.

De pronto, una fila de monjes encapuchados apareció junto al altar y se ubicó en los asientos del coro. El sacerdote inició la ceremonia con la aspersión del agua. Los del coro entonaron el Asperges. Las casullas oscuras, con su cruz bordada en oro, contrastaban con el alba purísima que vestía el sacerdote, quien un momento después subió solemne las gradas del altar, persignándose una y otra vez. Los monjes cantaron el Introito. Luego vinieron los Kiries desolados, el Gloria triunfante. Para entonces me sentía sobrecogido. Comprendí la necesidad que tenían de oficiar en la soledad, sólo para Él y nada más que para Él.

La severa epístola, el evangelio de amor y el fogoso credo resonaron en la nave solitaria. Cuando el sacerdote levantó la hostia, me pareció adivinar, como nunca antes, una presencia invisible.

Ofrecidos el pan y el vino, una crencha de humo brotó del incensario de plata. Todo el resto de la escena estuvo envuelto en ese humo, como en una nube sobrenatural. El celebrante incensó las ofrendas, el crucifijo, las dos alas del altar; devolvió el incensario al acólito para recibir a su vez el incienso y agradecerlo con una reverencia. El acólito se dirigió a los monjes y los incensó, uno por uno.

Me parecía un privilegio inmerecido haber presenciado la ceremonia en aquella capilla vacía. Como si yo mismo —mi cuerpo— no hubiera estado ahí y sólo mi alma la hubiera visto, entrevisto.

Una vez que se marcharon los oficiantes, estuve observando el halo que continuaba sobre el altar, ya sin la necesidad del humo. Algo como el halo que deja en un escenario vacío la obra que acaba de representarse. Nos persignamos y fuimos a la sacristía.

El prior era amigo del padre Roque, quien le habló de mi iniciación. Me permitieron permanecer unos días, realizando los trabajos de todos, sin hablar nunca con nadie, instalado en una celda minúscula.

Por consejo del padre Roque, quise llevar la experiencia a sus últimas consecuencias y una noche en que me asaltaron las tentaciones —siempre he tenido la facultad de vivir a plenitud lo que imagino— empecé a flagelarme.

Me desnudé fríamente para darme, también en frío, diez o quince azotes en las nalgas con mi propio cinturón, que remataba en una gruesa hebilla de metal.

¡Chas!, ¡chas!, cada vez con más fuerza, que doliera de veras, que se alejaran las presencias indeseables de mi mente perturbada.

El indignado asombro del cuerpo parecía gruñir bajo los azotes, contrastante con la dulce satisfacción del alma vencedora.

Me sangraban las nalgas y me sentía eufórico, dentro de una embriaguez que declinó de nuevo, como era de temerse, en un absoluto y aterrador insomnio. Además, apenas acababa de conciliar el sueño tocaban a maitines. ¿Dónde había quedado el haragán de que tanto se quejaban mi madre y mi tía antes de que entrara yo al seminario?

Me parecía arrastrar el cuerpo durante los fatigantes trabajos en el jardín, en el refectorio —mis nalgas lastimadas no soportaban la dureza de las bancas de madera—, en los iterativos rezos, que se sucedían interminables a lo largo del día como las cuentas mismas de un rosario.

No obstante, algo nuevo había ahí, ambivalente, agridulce, enervante; imposible descifrarlo en una única sesión de azotes.

Continué la flagelación en sucesivas noches, cada vez con más fervor: llaga sobre llaga, sangre sobre sangre.

¡Fuera de mi vida todo lo que oliera —sobre todo eso— a sexo!

Sin embargo, oh desilusión, no tardé en confirmar que lejos de conducirme a la castidad mental y a las grandes revelaciones, conforme se repetían, aquellos cinturonazos degeneraban en un mecanismo glacial — ya puramente doloroso, por decirlo así—, y que mi embriaguez espiritual no trascendía los límites de cierta orgullosa y banal complacencia. Por ello, las tentaciones regresaron aún más feroces que antes.

¡Con más fuerza entonces los golpes, con más fuerza...!

¿Hasta dónde?

Entretanto, era aquel sacerdote mareado y trastabillante, incapaz de brincar el muro (en este caso abrir la puerta) que me sacara al mundo verdadero, más allá (o más acá) de la avalancha de sueños e imágenes a que me veía sometido y, lo peor, a que me sometían mis inefables vecinos. Incapaz no ya de ser otro, sino aquejado de la falta de voluntad de ser otro.

*

Pero si el vecino del diecisiete lo supo desde siempre, cómo sorprenderse ahora que sucedía. Si acaso, el sitio no hizo sino poner de relieve cada presentimiento, cada señal, cada advertencia, con unos colores destellantes que debían ser sus ganas de vivir y de que vivieran los suyos. Sobre todo eso: que los suyos vivieran. ¿Por qué si no a últimas fechas sentía esa opresión en las sienes y ese atolondramiento del corazón, interrumpido de pronto por unas desconcertantes pausas en las que parecía dejar de latirle, parársele del todo? Por las noches, veía dormidos a sus hijos y sin razón aparente le entraban unas ganas incontrolables de llorar.

En sus ojos, abiertos o cerrados, había la misma obstinada imagen: un grupo de zopilotes girando tercamente en las alturas, atraído por el olor a carroña que se desprendía de los departamentos del edificio, donde sólo habitaban moribundos, prometeos desamparados, quienes ya sin voluntad ni fuerzas que oponer a sus agresores, se dejaban roer las entrañas lentamente.

—¿Quién podría soportar ver a un zopilote comiéndose las entrañas de un ser querido? —le preguntaba a su mujer, que le respondía con un nervioso pestañeo.

¿No tanto les dijo de una posible epidemia que los obligaría a permanecer encerrados durante meses en sus casas? Su mujer y sus hijos estaban de testigos, lo mismo que el vecino del departamento de al lado, el del dieciocho, su mejor amigo —constantemente salían juntas las dos familias: al campo, a la playa, al futbol, al cine, ellos jugaban dominó con otros amigos los fines de semana—, quien abría mucho los ojos al oírlo y le creía cuanto decía porque lo decía en un tono que no dejaba lugar a dudas. Una epidemia que, aunada a la sequía y al hambre, se encarnizaría contra los más débiles y los más pobres. Los niños perderían los dientes y el pelo y los adultos de pronto comenzarían a escupir y a defecar sangre, se hincharían de tumores o se llagarían con salpullidos que los harían revolcarse como perros sarnosos.

Se sentaba a la mesa sonriente, participativo, y la expresión se le avinagraba de sólo ver la comida.

—Pronto nos faltará de todo, ya verán.

Regresaba al plato el tenedor que acababa de llevarse a la boca y les advertía a su mujer y a sus hijos, a quien tuviera al lado:

—Ya va a ocurrir.

—¿Qué?

—No sé qué, pero algo real. Algo espantosamente real.

Recopilaba información, recortaba notas de los periódicos, preguntaba por todos lados. Por cómo ha crecido la capital, un sismo como el de 1985 devastaría al menos doscientas manzanas. Una inundación como las de 1952 desbordaría las catorce presas que hay en el Valle de México y arrasaría las colonias vecinas. Si explotara alguno de los cuatro depósitos de gasolina ubicados dentro de la ciudad, el daño sería mayor que el de San Juanico en 1984, y la deflagración alcanzaría más de un kilómetro a la redonda.

En un laboratorio del Departamento de Infectología del Centro Médico le confirmaron por fin —tenía meses preguntando— que, en efecto, acababa de detectarse una enfermedad rarísima que podía ser el principio de una posible epidemia. Pero que no se preocupara: la Secretaría de Salud ya había tomado cartas en el asunto y aplicaría enseguida las medidas necesarias para prevenirla. Tanto los cuestionó, que los cansados médicos le mostraron un frasco con un hígado —tornasolado, oscuro, que se antojaba maloliente— recién extraído de un cadáver con la supuesta enfermedad. Él lo miró con las aletas de la nariz dilatadas, seguro de que en su propio hígado había empezado a gestarse el mal. A partir de ese momento, les lavaba las manos a sus hijos cada vez que los veía y, por si acaso, agregaba un poco de alcohol. Pidió, exigió, que en su casa el agua para beber y cocinar se hirviera por lo menos una hora, no comían nada crudo, el departamento apestaba a desinfectantes todo el tiempo.

Por eso también se puso a revisar los planos del edificio y confirmó lo que temía. Las sesenta y ocho toneladas de acero de refuerzo, los dos mil doscientos metros de castillos y cadenas y los cerca de mil doscientos metros cúbicos de concreto debieron de ser de la peor calidad porque, como sucedió con tantos edificios de esos años, la licencia de construcción estaba notoriamente alterada con datos y fechas que no podían corresponder a la realidad. ¿O sería, simplemente, que también se trataba de un edificio cuya pura arquitectura era diabólica?

*

El periodista del quince esperó a que su mujer se durmiera, se sirvió una copa de vino, encendió un cigarrillo y fue a abrir la ventana de la sala. Sintió invadirlo la noche serena y fresca. Una noche con

el cielo despejado, nunca antes vista, que delata-
ba una ciudad paralizada.

¿Hasta dónde llegaba el cerco?

La bocanada de humo del cigarrillo se abrió
en el aire exterior como el follaje de un pequeño
árbol. ¿O cuándo había visto antes en la ciudad de
México, con tal claridad, el trazo lechoso de la Vía
Láctea cortado por oscuras grietas, el suave tejido
de araña de la nebulosa de Orión, el brillo
límpido, único, de Venus, el resplandor contrastante de las estrellas azules y de las estrellas rojas?

Nada hubiera anhelado tanto como un telescopio para hacer más soportable el tedio. De
adolescente tuvo uno, y se pasaba horas observando la noche, los edificios cercanos. Siempre se
preguntaba si no alguien, a su vez, estaría obser-
vándolo a él. Pero lo mismo se preguntaba si se
asomaba a un microscopio. O a un simple hormi-
guero. Ser observado y observar. Algo quería escribir sobre el tema: observamos hoy a la naturaleza
con instrumentos cada vez más sofisticados como
cámaras, telescopios, microscopios, sincrotrones,
satélites, sondas espaciales, computadoras. A la
naturaleza le arrancamos cada día nuevas obser-
vaciones, desde los quasares situados a billones
de años luz, hasta partículas de billonésimas de
milímetro. Nos hemos metido a lo más profundo
de ella, la hemos sobresaltado, desnudado, violado.
En represalia, la naturaleza responde con terremotos, nuevos e invencibles virus como el SIDA, el aire
y el agua contaminados, los bosques moribundos,
las sequías, los huracanes, las erupciones volcáni-

cas. Hoy, también, los hombres nos observamos en forma creciente, nos fotografiamos y nos filmamos unos a otros, nos tomamos radiografías y tomografías computarizadas, entramos con un bisturí a lo más recóndito de nuestra intimidad, conocemos al detalle nuestra anatomía y cada uno de nuestros actos fisiológicos, al nacer y al morir, en las enfermedades o al hacer el amor, lo mismo da que sea a través de la ciencia o de la pornografía, porque sólo el ser observado y observar a nuestros semejantes le da sentido a nuestras vidas. ¿Quién, además de nosotros mismos, podría observarnos así para evitar, aunque sólo sea momentáneamente, el sentimiento de pánico de habitar un universo aparentemente indiferente, que se dispersa y se expande con sus billones de silenciosas vías lácteas?

Le ganó una como cosquilla de intimidad, cerró la ventana, le dio la espalda, escondiéndose en la sombra, perforándola con el cigarrillo. Fue a sentarse al escritorio en la silla secretarial, la mejor para evitar dolores de espalda, y encendió la vela que tenía al lado. La llama le afilaba el perfil, cabrilleaba en sus ojos, iba a refugiarse en la copa de vino como un pájaro.

—Escribir, escribir algo, cualquier cosa —se dijo en voz alta, y chasqueó la lengua.

Miró las puntas redondas de los zapatos y se repitió: debo tratar de descifrar esta situación, es mi obligación o, mejor, mi único pasatiempo posible. ¿Cuál otro si no? Su sombra se desdoblaba, minuciosa, en el piso.

Empujó el cigarrillo con la lengua a un costado de la boca y contempló la computadora con nostalgia, conformándose con tomar una hoja de papel y un lápiz con la punta bien afilada. En ocasiones, por la falta de costumbre de escribir a mano, no entendía ni su propia letra. Se volvió hacia la ventana, donde ahora la cara de la noche se aplastaba contra el vidrio, atrás el tinte vago e inexpresivo del cielo, los hilos fríos que se colaban por los costados del marco.

Eso: ¿por dónde empezar? ¿Con qué método de trabajo descifrar lo sucedido?

¿Debía quizá guiarse, en principio, por su horóscopo del día?

¿O por la teología cristiana?

¿O por la lucha de clases?

¿O por la ciencia política?

¿O por el azar y la necesidad?

¿O por los principios de la lógica?

¿O por la rueda de las reencarnaciones?

¿O por la quiromancia?

¿O por la interpretación de los sueños?

Y todo ello entre una infinidad pavorosa de simultaneidades y coincidencias y entrecruzamientos y rupturas.

Se daba ánimos: ¿por qué no suponer que, a lo mejor, alguna que otra vez, la telaraña mental se ajustaría, hilo por hilo, a la de la vida?

¿Qué inesperado revés de la trama podía nacer de una sospecha última que sobrepasara lo que estaba ocurriendo en ese viejo edificio de la colonia Condesa?

El incalculable acercamiento de los desti-
nos —veinte departamentos— que de pronto se
volvían gavilla a partir del encierro, la mezcla
casi pavorosa de soledades individuales, trans-
formadas en un único, gran cuerpo.

¿Quizás el extraño pretexto de una confa-
bulación política o astral, o política y astral?

Sentía el imperativo de recorrer los hechos con la actitud del vigía que ha subido a la
cofa a atisbar el horizonte, la tierra prometida.
Considerar cada situación con la mayor latitud
posible, no sólo como una sola situación sino desde
todos sus desdoblamientos imaginables, empezando por su formulación verbal, en la que mantenía
una confianza más bien mágica. Suponer que las
cosas son más ciertas cuando se las pone en palabras escritas. Fijarlas para conservarlas ahí, como
fotografías familiares colgadas en la pared.

¿Lograría instalarse en esa nueva dimensión
desde donde le sería posible ver, simultáneamen-
te, todo lo que veían los ojos de los ocupantes del
edificio; los quizá sesenta pares de ojos encerrados dentro de las altas paredes infranqueables?

La realidad entonces dejaría de ser sucesi-
va, se petrificaría en una visión absoluta en la que
el "yo" desaparecería aniquilado. Pero esa aniqui-
lación, ¡qué llamarada triunfal!, se lo decía, lo repetía, lo escribía.

*

Desde la cama y al inclinar la cabeza hacia adelante, apoyado el cuerpo en el antebrazo, la vecina

del seis recordó la escena ya imposible por el encierro: muy nerviosa porque era tardísimo, había que arrear a los niños, hacerles entender a gritos que se apuraran, el camión pasaba a las siete en punto, alisarles los gallos del pelo, amarrarles las cintas de los zapatos con doble nudo, sonarles las narices, revisarles las uñas, obligarlos a beberse de un trago el licuado de leche con chocolate y un huevo.

—Duérmete otro rato, cuál es el caso de levantarte tan temprano si no podemos salir, ya lo sabes, ya lo has comprobado —le dijo su marido poniéndole una pesada mano sobre el hombro.

Pero ya no se durmió. Había una derrota en ella a partir del encierro, y la aceptó, envejecida de pronto. ¿Era posible que, a consecuencia de un suceso exterior, el tiempo biológico de una persona se viera alterado?

A veces llega un momento de desgracia, de descuido, en que uno se encuentra a sí mismo, se da un frentazo con el espejo, no es posible ubicarlo con claridad pero se siente, se intuye. Y, lo peor, ni caso tenía hablar sobre algo que no podía ser dicho. Era como tratar de explicar el color azul o el morado, o lo que uno veía como azul o morado, para qué.

Su marido la miraba dar vueltas inútiles por el departamento antes de acostarse, con el susto iluminándole los ojos, inventándose continuas idas al baño, tomando y dejando una y otra vez un frasco con aspirinas para uno de los niños que parecía tener un poco de fiebre, cómo iba a preguntarle al pediatra. Casi no mantenía los ojos quietos, los cerraba, fijaba la vista en un punto, la regresaba, volvía a apartarla, como buscando algo imposible de encontrar. Se asomaba a la ventana para confirmar lo evidente, lo que no dejaba lugar a dudas.

—Ya, mujer, no te tortures más. Hazte a la idea —le pedía él desde la cama, extendiéndole una mano y atrayéndola con unos ojos compasivos, casi humillantes.

—¿Tú puedes hacerte a la idea?

—Por lo menos trato. Además, estás contagiándoles tu ansiedad a los niños. Date cuenta.

—Si pudiera me esfumaba, te lo aseguro. O saldría volando para no causarles más molestias. ¿Pero cómo sale una volando de aquí, por Dios? ¿Cómo?

—Lo que has de hacer es acostarte, ven.

O más tarde mientras dormía, esa manera de sollozar en mitad de un sueño. Él le llevaba un vaso de agua, le acariciaba la frente, le tomaba una mano hasta que volvía a dormirse un poco más calmada.

Preparaba la comida con desgano, se quejaba de la poca agua que les llegaba y sólo a ciertas horas del día, de que no tenía más azúcar, el gas debía estarse terminando, iba a abrir la última lata de atún, se le juntaba la pila de platos sin lavar, cómo pasar la aspiradora si no tenían luz, le hacían falta toallas, no podía evitar soltarse llorando al menor pretexto, los niños y su marido la rehuían, era evidente, se refugiaban en su recámara y en sus juegos, él en sus libros, comían las raciones cada vez más frugales en silencio.

Durante uno de los primeros desayunos, el niño más pequeño preguntó con naturalidad:

—¿Ni escuela ni tareas ni nada?

—No —contestó ella, dejando caer los párpados sobre la mesa.

—Qué padre. ¿Y mi papá tampoco va a ir al trabajo?

—No, yo tampoco voy a ir al trabajo, pero suponemos que sólo serán unos días ¡y luego volveremos a la escuela y al trabajo y al dentista y regresará la luz a la casa! —dijo él, con la cara redonda y brillante, recién afeitada, y una sonrisa blanda que a ella, a veces, como entonces, le provocaba verdadero rechazo.

Pero el niño pareció tomar repentinamente conciencia de la situación porque en el mismo tono hizo la nueva pregunta:

—¿Y qué vamos a hacer todo el tiempo aquí encerrados, sin nada que hacer?

A ella se le endurecieron las venas del cuello, dio un manotazo en la mesa que hizo saltar los platos y contestó con una voz ríspida: quedaban terminantemente prohibidas ese tipo de preguntas, punto, que se dieran de santos con no morirse de hambre, ¿no se daban cuenta de la situación?, y luego se puso de pie sollozando, inconsolable, y fue a encerrarse en la recámara.

Porque lo que más temía sucedió por su afán exagerado de economizar cuando los niños le manifestaron su hartura por los frijoles y la cajeta, y se dieron de jalones en el pelo por una barra de chocolate. Ella supo entonces que debía hacer algo enseguida para no enloquecer.

Comprobó que su marido aún dormía, tan plácidamente, con esa cara de recién nacido que pone la gente buena cuando duerme. Se puso de pie, se detuvo frente al espejo del tocador y examinó su mirada opaca, sus pómulos salientes, los dientes sin aseo. El rostro se le descomponía en una expresión de angustia y mal humor, que siempre estuvo ahí, latente, pero que ahora con el encierro se descaraba del todo. Le pareció que, si seguía mirándose así, en cualquier momento podía volverse invisible para sí misma.

Fue a la sala, contagiándose de la calma de los muebles, sintiendo que esa calma se ablandaba aún más en la alfombra, debajo de sus pies.

Se acercó a la ventana, en donde el sol parecía a punto de dar un salto sobre la sombra inmensa. No bajó los ojos hacia la calle, ¿para qué?, sólo miró los pájaros moverse en los cables. Recordó la ocasión en que, desde esa misma ventana, vio a un pájaro apartarse de la bandada, perder altura, girar sobre sí mismo como un turbio pedazo de plomo, y precipitarse hacia el suelo. ¿Podía un pájaro morir así, en pleno vuelo, de un infarto al miocardio o de algo parecido? ¡Qué nos esperaba entonces a los pobres humanos!

Llevó una silla del comedor frente a la ventana y se sentó muy derecha. Ahora estaba tranquila y triste. Apoyó la cabeza en la mano, tocándose los dientes con las uñas, haciéndolos repiquetear con un débil sonido. Tenía que lograr salir un rato, se dijo convencida.

En las azoteas más próximas se agolpaban las primeras luces del amanecer, daban forma a los tinacos y a las antenas, espejeaban en los cristales. No había que mirar hacia abajo, ésa parecía la regla. Y ni caso tenía suponer que pudieran haberse marchado, de pronto, así como llegaron.

Por eso, prefirió pensar que, no obstante su presencia —tan derechitos siempre, alineados contra la pared, con las bayonetas de sus fusiles apuntando hacia lo alto—, simplemente iba a la recámara a vestirse en silencio y se recogía el pelo con unos pasadores. Luego salía del departamento, bajaba las escaleras hasta el estacionamiento, abría la gran puerta metálica sin ningún problema, nadie se lo impedía...

Ahí estaba nuevamente la vida, dócil a sus manos y sus piernas, estremeciéndola con el viejo zumbido poderoso que había supuesto apagado para siempre.

Se ponía la eficaz máscara de los lentes oscuros, encendía el auto, desbloqueba el dispositivo de seguridad del volante, aceleraba para calentar el motor que estaba frío, que parecía irse a apagar en cualquier momento, que roncaba cada vez más fuerte, llenaba el aire de hipos, gárgaras, vibraciones. Metía primera, arrancaba y salía del edificio como tromba. Cruzaba, casi sin verlos, la valla de soldados. Así nomás.

Salió de la ciudad vacía, irreconocible, toda para ella, y tomó la carretera. Se detuvo en un pueblito cercano en el que recordaba veladamente haber estado con su marido años atrás. A esas horas reverberaba como un espejo, de calles estrechas y sucias, casas pintadas de colores pastel, los portones de maderas astilladas, misceláneas con anuncios de cerveza. Tal vez simplemente se detuvo ahí porque el sol ya estaba muy alto y el placer de salir de la ciudad fantasmal y de manejar el auto de nuevo (burlar la vigilancia de los soldaditos de plomo, casi nada, Monseñor), en las primeras horas de la mañana, cedía paso a la modorra y a la sed.

Eligió un pequeño restorán con balcones, macetas y las mesas desbordando bajo los fresnos. Se quitó los lentes oscuros, pidió una cerveza y la bebió muy despacio, dentro de una riquísima dilación. La espuma blanca burbujeaba, se inflaba y rompía en diminutos cráteres. Con sus ojos fríamente sonrientes, miraba el quiosco en el centro de la plaza, los viejos sentados al amparo de los árboles en las bancas de madera pulida, la arquería y la portería tapiadas de la iglesia, con almenas en el remate, una pareja que comía tacos en una mesa cercana, los hombres con sombreros de paja que pasaban en bicicleta o a pie, de rostros oscuros, con camisas blancas, pantalones de dril, zapatos polvosos o huaraches; mujeres con vestidos ampones y multicolores o enrebozadas y descalzas, perros famélicos, todo como fuera del tiempo, estirándose en el calor del verano. Pasaban pocos autos, esa ventaja había.

Curioso que vivir en su más alta acepción pudiera volverse esa simple estancia, aquí y ahora, pensó, dando otro largo trago a la cerveza.

Pidió unos cigarrillos (ella, que no fumaba), el mesero se los llevó enseguida, y al irlos a pagar se preguntó con un vuelco del corazón si llevaba dinero. Pero claro que lo llevaba, cómo podía haber olvidado algo tan de primera necesidad en un viaje como el que realizaba. De la bolsa sacó la cartera y vio el montón de billetes, las pequeñas fotos de su esposo y sus hijos atrás de la mica. Una ligera culpa le anduvo por el estómago, algo que en realidad era un hueco, una inquietud.

Daba ansiosas chupadas al cigarrillo, una tras otra, y luego lo dejaba olvidado entre los labios, sabiendo que terminaría por quemárselos y que tendría que arrancarlo y aplastarlo como lo había hecho con esa realidad que tenía atrás de ella, en la que había perdido todas las razones para llenar el presente con algo más que sueños.

Sentía crecer el calor, como si subiera desde la tierra.

—¿Se le ofrece algo más a la señora? ¿Va a comer?

Ella lo miró con un ojo entre un mechón que se le había desprendido de los pasadores. Estaba de pie ante ella. Era un hombre grande y lleno de fuerza, de unos treinta años, quijadas duras, un bigote acosado. Vestía una camisa floreada con los primeros botones abiertos, pantalones de pana y unas botas de cuero gastado.

—No lo sé, tal vez. Si me presta la carta.

El hombre se la extendió y ella la miró distraída.

—¿Qué me recomienda?

—Tenemos un mole delicioso.

—¿Un mole? Se imagina cómo me caería. Vengo de un lugar donde llevaba días de casi no comer.

—Qué barbaridad —con una actitud abiertamente persuasiva, acercándose un par de pasos más.

—De la ciudad de México, precisamente, ¿qué sabe usted de lo que está sucediendo en la ciudad de México?

—Pues nada especial, señora.

—¿Nada?

—Lo que siempre vemos en la televisión, los pleitos con los ambulantes, el relajo en la Cámara de Diputados, las marchas al Zócalo, el aire irrespirable, la delincuencia desatada.

—¿Sólo eso? Yo me acabo de escapar de mi propia casa burlando al ejército.

El hombre enarcó las cejas y chasqueó una mano.

—Qué cosa más increíble. Y nosotros aquí, en ascuas. Como para no creerse. Se debe usted de sentir muy mal.

—Nomás calcule.

El hombre miró a los lados un momento y luego se inclinó hacia la mujer, con una mano abierta que era una invitación irrechazable. Sus ojos eran aún más pequeños y hundidos vistos de cerca, como atornillados en el fondo del cráneo.

—Si me permite invitarla a pasar al interior, señora. Tengo un reservado precioso en donde podrá sentirse más independiente. Necesita recuperar la calma. Permítame ayudarla, permítame.

—¿Es usted el dueño de aquí? —preguntó la mujer un instante antes de ponerse de pie. El hombre se estiró orgulloso.

—Claro que soy el dueño. Hoy cumplo cinco meses de haber comprado el negocio.

—¿Y qué tal?

—No tan mal, aunque tiene usted razón: a últimas fechas viene poca gente de la capital. Pase usted, señora, por aquí.

—Hace días que empezó el sitio en la ciudad de México.

—No me he fijado bien, pero a lo mejor tiene usted razón y en estos días sólo usted ha llegado de la capital.

Cruzaron el interior del restorán, al lado de una bulliciosa cocina de azulejos envuelta en nubes de humo, y subieron una escalera de madera crujiente. El hombre la tomaba del brazo y a ella le gustó que lo hiciera.

La puerta del reservado estaba abierta y entraba el sol como un incendio voraz, todos los rincones ardían. La luz abría llagas amarillas en las paredes y resaltaba las malas copias de pinturas impresionistas: los girasoles de Van Gogh, las altas hierbas de Renoir, el baile del *Moulin Rouge* de Toulouse-Lautrec. En la única mesa con un mantel de cuadros de colores vivos y flecos blancos había lugar para unas seis personas y un vaso con unas flores cabizbajas.

—Aquí vamos a estar más tranquilos. La acompaño. Yo tampoco he comido.

El desparpajo del hombre era de los que no admitían términos medios. Ella podía haberse negado con la misma fuerza con que había aceptado.

Él chasqueó los dedos y en un instante apareció el mesero que la había atendido en la parte de abajo. ¿Se le antojaba a la señora un tequila antes para acompañar su cerveza? Ah, y un arroz con pollo como no lo había tomado antes, claro, sin mole. Se sentaron a la mesa en los lugares que daban a la ventana abierta, con el sol encima, algo en verdad incómodo, pero ella no se atrevió a quejarse y sólo se puso los lentes oscuros. Él no se dio por enterado, le sonreía todo el tiempo y canturreaba una canción extraña con una voz un poco sorda.

Nada es más difícil que aprender a mirar a alguien a quien se acaba de conocer, descubrirse mirado de cerca por alguien que nos acaba de conocer.

Pero el segundo tequila la hizo sentir mejor. Lo encontró todo excelente y estaba casi contenta de lo que en su amortiguada reflexión seguía considerando una locura.

El hombre comía ávidamente, mirando el plato, preguntaba tonterías, pero ella tuvo la impresión de que la observaba de alguna manera particular, lo que le provocó un leve escalofrío.

¿Qué, un poco de ate con queso? ¿Chongos zamoranos? ¿Duraznos en almíbar? ¿Fruta? El mesero subía y bajaba a una velocidad inconcebible. Durante el postre él insistió en las dificultades económicas que había pasado para comprar un negocio que estuvo en quiebra. Pidió prestado por todos lados, hasta a sus propios padres, fíjese nomás.

—Lo voy a recomendar a mis amigos en la ciudad de México, se lo prometo. El arroz estaba delicioso.

—Es lo que necesito, darlo a conocer. Lástima que últimamente la capital está... ¿cómo dice?

—Sitiada.

—Al rato nos hacen lo mismo. Todo lo que sucede allá repercute aquí.

¿Por qué lo tuve que imaginar así, tan elemental, tan bruto?, pensó ella, con su costumbre de tintinear una uña en los dientes cuando reflexionaba. Aunque la ventaja era obvia.

Durante la sobremesa —ese momento terrible entre desconocidos— ella se sintió adormecer, se negó a tomar más tequila, se disculpó y se dispuso a marcharse. Él abrió su mejor sonrisa, volviendo sus ojos casi inexistentes, apenas dos leves cicatrices con puntitos luminosos. También se puso de pie y la invitó a pasar a su despacho, ahí mismo al lado, en donde tenía una televisión y podían ver algún noticiero y enterarse de lo que estaba pasando en la ciudad de México, digo, si le interesaba. Por supuesto que le interesaba. Se sentía tranquila, confiada; cualquier cosa era mejor al amargo hueco de los últimos días, por lo menos ahora se enfrentaba a alguien desconocido.

Él la volvió a tomar del brazo, apretándola, y ella sintió ternura por el gesto rústico, en el fondo tímido. Las ventanas estaban cerradas, el cuarto permanecía en la penumbra, y se distinguían con-

fusamente las mecedoras de mimbre que circunda-
ban la alfombra raída, una hornacina ruinosa en la
que, a los pies de una Virgen de yeso con el Niño en
brazos, había una veladora apagada, la pequeña televisión, la palangana de loza con flores en relieve
encima de una cómoda, la cama destendida.

—¿Este es su despacho?

—Lo estoy adaptando.

Oyó a su espalda que el hombre cerraba
la puerta, oscureciéndose aún más la pieza. Una
ola de sudor la envolvió un instante antes de que
los brazos la apretaran brutalmente. Cerró los ojos,
y se dejó conducir a la cama.

Ahora soy yo la que va a decidir cuándo y
cómo, se dijo.

Opuso resistencia un instante pero luego
cedió y su respiración empezó a alterarse. El sos-
tén era un problema, lo mismo que el broche de
la falda, un botón imposible que él encontró en
el camino. Ella le dijo déjame a mí, se puso de
pie y se desnudó. Lo último que hizo, de perfil,
con los pequeños senos enhiestos, fue despren-
der los pasadores y soltarse el pelo. Al hombre le
pareció que en ese momento se desnudaba de
veras y rejuvenecía instantáneamente.

—¿Así? —preguntó y fue a montarse encima de él.

Ave María Purísima.

Más tarde se dio una vuelta por el pueblo.
Había que ir al encuentro de las cosas, propiciar-
las, ¿por qué suponer que todas llegarían solas al
deseo y a la imaginación?

Sólo unas cuantas calles estaban empedradas y el cemento en los edificios de la placita central ponía un feo parche al conjunto ruinoso del adobe. Se iba perdiendo en las callejuelas polvosas, sin nombres y sin gente, mirando descuidadamente las casas achaparradas, con las tejas rotas, como caras sucias, ventanas diminutas y esqueletos de enredaderas, o las casas de azoteas acanaladas, alguna reja abierta a una sospecha de patios traseros con gatos adormecidos y niños desnudos arrastrándose en la tierra suelta.

Conforme caminaba, el calor aumentaba con sus moscas invisibles, se levantaba un viento que le agitaba el pelo como la caricia de una mano distraída, la atmósfera hervía de olores fuertes y contrastantes. En los árboles empezaban unos cónclaves de pájaros mitoteros.

A medida que las calles se iban borrando surgían más perros, gallinas, puercos que gruñían en el lodo, burros de ojos enormes sujetos a una estaca.

Sintió que el miedo —pero tan diferente al de allá y entonces— la paralizaba, le descomponía el estómago.

Regresó supuestamente por la misma calle de tierra suelta, pero no encontró la placita con el quiosco donde había dejado el auto, frente al restorán con las mesitas desbordando bajo los fresnos, y tampoco vio a nadie a quién preguntarle. ¿O dónde estaban todos? Creyó reconocer un balcón con geranios, pero al doblar la siguiente esquina sólo vio unas tierras barbechadas y corrales vacíos, y más allá la llanura pelona. Supuso que era por demás tocar en las puertas, asomarse a las ventanas, correr para todos lados, gritar, llamar a su marido, explicarle por qué carretera había llegado ahí, en ese pueblo estuvieron juntos hacía unos años, tenía que recordarlo, que no tardara porque ya estaba por caer la noche.

*

Como era de esperarse, y temerse, empezaron a cundir los pequeños pero fundamentales favores entre los vecinos: una taza de azúcar, café, un litro de leche, una lata de sardinas, alguna fruta a falta del Gerber nos pidieron los del doce, que tenían un bebito, un huevo, dos tortillas, el salero ida y vuelta enseguida, velas, muchas velas, cerillos, pilas, había quien cambiaba un kilo de arroz por cigarrillos, una aspirina, un supositorio de Neo-melubrina para la viejita del catorce, muy enferma, no lo íbamos a creer dijo la vecina del cuatro con una mano en la boca: un rollo de papel sanitario, se le había terminado y no lo soportaba su marido, soportaba cualquier cosa menos eso, había que entenderla argumentó mi tía, te pasa lo mismo.

*

La historia de mi vida es una sucesión de caídas y recomienzos casi imposibles. El alcohol propicia la autocompasión, sabe usted, y a ciertas horas de la noche nos acaricia el lomo con las olas de un pasado flaco y sin alegría, el resguardo en la soledad y en el estudio, la humillación de mis pequeñas manos torpes en los juegos adolescentes, el trabajo desamorado en cualquier sitio de donde fuera posible arrancar unos pesos para ayudar en casa porque mi padre murió cuando yo era muy niño, los sueños tímidos y ardientes en que construí y alejé el amor de las mujeres de carne y hueso —las de la imaginación eran otra cosa—, la furiosa resolución de tomar venganza del mundo con una supuesta salvación colectiva —o todos o ninguno—, a la que contribuí el día en que entré al seminario. Por eso la experiencia me ha enseñado a temblar en el ápice de la dicha más nimia, por la cercanía, infaltable, del coletazo del dolor.

En una plática que tuve con el psicoanalista del dos, me argumentaba que no sólo la muerte de mi madre, tan reciente, contribuyó a mi actual enfermedad alucinatoria, maniaco depresiva y obsesivo compulsiva —alcohólica, pues—, sino que necesitábamos rastrear algunas huellas de más atrás, como la muerte de mi padre, cuando yo era muy niño.

Desgraciadamente, creo que tenía razón.

Recuerdo que mi madre me despertó una mañana con voz sincopada y me explicó que papá iba a dejarnos por un tiempo, nada más por un tiempo, y había que despedirse de él, darle un beso para hacerle más fácil el viaje. La veladora de la cómoda, frente a una imagen del Sagrado Corazón, difundía una luz gelatinosa, del color del vino aguado. La tía estaba sentada en la mecedora de mimbre, balanceándose con un movimiento nervioso de los talones, doblada sobre sí misma y con la cara entre las manos, me parecía que rezando. El doctor permanecía cerca de la puerta, pálido e inmóvil, muy derecho, con su maletín en la mano y la barbilla ligeramente levantada. "El doctor dijo que sólo resta esperar", explicó mamá, sin soltarme la mano, y sólo entonces me atreví a mirar hacia la cama, parpadeante. Sabía sí, que mi padre estaba enfermo, pero no entendía bien a bien de qué se trataba y cuál podía ser la trascendencia del hecho. Recuerdo hasta el olor dulzón de los medicamentos en la mesita de noche, la reticencia de mi padre a tomarlos, su voz reducida al mínimo, los reclamos de mamá. En los últimos días se le había remarcado lo triangular del rostro, sin sangre, el agua celeste de los ojos, los labios despellejados por la fiebre, su sonrisa delicada, teniendo que respirar entre cada frase, reemplazando las palabras por un gesto o una mueca que quería disfrazarse de ironía. "Acércate y dale un beso", dijo mi madre con un hilo de voz y empujándome suavemente por la espalda. Caminé despacio, arrastrando los pies, hasta el borde de la cama. Estrujaba una manga de la piyama y me estremecía por un frío que más parecía cosa de los huesos. Cuando la llama de la veladora temblaba despedía un fugaz resplandor sobre el rostro de mi padre, el mentón azulado por la barba crecida, vibrando con cada aspiración y proyectándose redondo hacia adelante; los ojos entrecerrados, con las pestañas defendiéndolos de la leve luz, de tan apacibles que parecían ya en otra parte, vacíos de toda necesidad de mirar las cosas. Oí nuevamente la voz de mi madre: "Dale un beso, ándale". Entonces tomé una de las manos yertas y me la llevé a la boca. Le di un beso tímido, apenas rozado, con unos labios que se me cimbraron. Luego dejé caer la mano con cierta brusquedad, como si hubiera realizado un acto indebido, como si me fuera imposible tenerla más tiempo conmigo.

—Por fin voy a saber, hijo —fue lo último que le oí decir, entreabriendo apenas los labios.

¿Pero qué fue lo que supo mi padre, si es que supo algo? Nada podría causarme mayor curiosidad, Monseñor.

Empecé a tener problemas con el alcohol siendo muy joven, casi adolescente, aunque al principio sólo en las muy ocasionales fiestas a las que asistía. Pero ya me emborrachaba, o medio me emborrachaba, síntoma inequívoco de mi futura enfermedad, que me aguardaba como un salteador en un camino.

Desde entonces, si abusaba de la bebida, la cruda me hacía despertar violentamente, lleno aún de imágenes truncas y de voces despedazadas: otro síntoma que debí prever.

En una ocasión, un primo cercano organizó una fiesta de disfraces y me invitó. Yo estaba por ordenarme y pasaba unos días con mi madre y mi tía. Pensaba ir sólo a saludar y a pedir disculpas por no poder quedarme. "Un ratito nada más", le dije a mi madre, quien siempre temía lo peor cuando me distraía mínimamente de mi vocación religiosa, y con cuánta razón.

Fui el único que no llegó disfrazado, lo que junto con la sonora rechifla que me dedicaron los demás invitados, me provocó un sentimiento de inferioridad que sólo mitigué, claro, bebiendo cuba libre tras cuba libre.

En los trajes de alquiler perduraba un olor de rancios y festivos sudores que impregnaba el salón y enseguida me provocó náuseas. Me abrazaban amigos y parientes a los que tenía años de no ver, y entre mis dedos quedaban jirones de barbas y pelambreras artificiales. Me debatía, tratando de reír, entre el gran abdomen desnudo, lustroso de aceite porque iba disfrazado de caníbal, de un tío muy querido, y la capa de Blanca Nieves, en la que quería envolverme para bailar conmigo una prima con la que había jugado al papá y a la mamá de niño.

Los miraba y dudaba sobre si lo que veían mis ojos entraba en el dominio de la realidad o de la ficción. La reina de Saba, Miguel Hidalgo y Costilla, Drácula, Elvis Presley, Cleopatra, la Corregidora, El hombre lobo, María Antonieta, un enorme pollo amarillo, la Mujer Maravilla, el joven Goethe, y alguna gitana destrampada, corrían a amontonarse en la pista de baile apenas empezaba la música, acá y allá, sin orden alguno, golpeándose unos con otros, riéndose a carcajadas, con las manos en alto o batiendo las caderas, como un remolino de hojas secas enfrentándose al soplo de vientos contrarios.

En algún momento fui al baño y lo que sucedió ahí no es fácil de comunicar con palabras. Fue un caer y perderme no sabía yo en qué

abismo de aniquilamiento, y si algunas aproxima-
ciones de la muerte he conocido en el transcurso
de mi vida, la de entonces se me presentó en mi
fantasía como la más cabal y terrible.

Resulta que me equivoqué de baño y me
metí al que, con un visible letrero esmaltado, decía
Damas. Mi mesa estaba cerca y por ahí había visto
entrar a varias mujeres más de una vez en la noche,
ni apresuradas ni lentas, alzando una expresión indiferente y empezando a arreglar algún detalle del dis-
fraz. ¿Por qué entonces me equivoqué de puerta?

Qué espanto confesárselo a usted, Monseñor, pero a quien encontré retocándose los labios
en el espejo del baño fue a la mismísima Virgen
María. Me vio y en lugar de enrojecer, como era
de esperarse, me sonrió. Y no sólo me sonrió, sino
que se acercó a mí y me extendió sus manos como
de espuma.

—Santa Madre —le pregunté, cayendo de
rodillas y bajando los ojos—, ¿qué hace usted aquí?

Me miró con sus ojos dulcísimos y me
contestó con otra pregunta:

—Deberías preguntarte qué haces tú aquí.

Lo que siguió se me presenta confuso en
el recuerdo —era yo tan joven—, como una lámina mal impresa, con los colores corridos. Pero es
nítido el momento en que me dijo vámonos juntos,
te llevo a donde quieras, tú elige. No lo dudé un
momento y le contesté:

—Quiero que me lleve usted con mi padre.

Dijo sígueme y me llevó a la pequeña ventana del baño, de una sola hoja. Ella misma la abrió,

dejando colar un viento helado. Apenas cupimos para salir. Me pidió que la tomara de la mano, y empezamos a elevarnos.

A nuestro paso, vi alborotarse las melenas de los árboles cercanos, soltarse un torbellino de hojas secas que planearon en el aire y se abatieron al suelo como alas muertas.

—No sueltes mi mano, dijo cuando ya íbamos en el aire.

—¿No es peligroso?—, pregunté mirando la ventana que dejábamos atrás. El edificio se convirtió en un pequeño cubo de cemento que terminó por perderse en el conjunto.

—Mientras no tengas miedo, no hay peligro—, contestó. Pero la verdad es que yo me sentía morir.

Nunca imaginé ver —entrever— desde tal altura el edificio del que salimos, la colonia entera. Como una ciudad congelada —alcancé a distinguirle una capa ·de hielo encima—, sin autos ni gente ni nadie. Nada ni nadie. Casi, como una premonición de la ciudad actual, durante el encierro.

Más que un sitio, ¿no estaríamos padeciendo alguna especie de congelamiento generalizado, Monseñor?

De pronto, vi las luces de un avión titilar a lo lejos.

—¿Y si nos descubren?

—No nos van a descubrir —contestó la Virgen, muy segura de sí misma, proyectando su perfil bellísimo hacia lo alto, hendiendo el aire. Su velo blanco ondeaba apenas.

Una ligera presión de su mano sobre la mía, un calor casi imperceptible, bastó para que naciera en mí una confianza incondicional, una sensación como de flotar a la deriva, pero seguro de que era una fuerza protectora la que me conducía, dispuesto a dejarme llevar a donde Ella quisiera.

El cielo era un cristal transparente, detrás del cual había otro cristal, y luego otro más. Los planetas flotaban ahí como sobre un mar tranquilo. Conforme avanzábamos, la luna se redondeaba. Luego perdió volumen y terminó por convertirse en la cabeza de un alfiler; resplandeció un instante, como chispa desprendida de un gran fuego, y finalmente se apagó.

La Virgen mantenía los ojos fijos en algún punto lejano, indefinido. Subíamos y subíamos. Más que miedo a desprenderme de su santa mano, caer desde esa altura y perderme en aquella noche interminable —¿cómo?, ¿flotando a la deriva?, ¿cayendo siempre?, ¿consciente?, ¿inconsciente?— mi miedo era al ritmo, cada vez más acelerado, de mi respiración.

Las alturas me dan vértigo, Monseñor, imagíneme por allá.

De pronto sentí nuevamente la gravedad actuando sobre mi cuerpo. Mi mano se afianzó a la de la Virgen. Estábamos descendiendo. ¿Hacia dónde? Nacía una claridad deslumbrante. Distinguí a lo lejos como un mar blanquísimo, una capa de nieve o de espuma que terminó por abarcarlo todo. Era la sensación de cuando, siendo niños, juegan a lanzarnos al aire para luego atraparnos. Yo suponía que la mano de la Virgen me sostendría en el momento oportuno. Aun así, al ver acercarse a nosotros una alta montaña nevada —aunque en realidad éramos nosotros los que nos acercábamos—, no pude evitar un estremecimiento.

Al poner pie en la nieve, la Virgen me soltó y desapareció. La llamé, palpé desesperado el aire helado a mi alrededor, pero no la encontré más. Entonces distinguí a lo lejos a mi padre, a mi propio padre, de pie en la cumbre. Era él, no había duda. Fue tal la emoción que corrí a encontrarlo: tropezaba, resbalaba, gateaba, me arañaba las manos en las rocas nevadas, me levantaba y hacía equilibrios. A mi corazón resentido le faltaba la respiración y no soportaba el zumbido en los oídos. Sentí pena de mí mismo. ¿Qué hacía ahí, Dios mío, qué hacía ahí y hacia dónde iba? ¿Era realmente mi padre aquella figura altiva, lejana, a la que por momentos velaba una nube y que luego reaparecía esplendorosa, recortándose en el aire muy azul?

—Padre, padre, soy yo, Juan —le grité cuando lo tuve más cerca. Pero él sólo veía hacia el frente, como si tratara de distinguir algo en la lejanía.

Volví a gritar desgañitándome:

—Vengo a verte desde muy lejos, padre.

Entonces volvió la cabeza y me miró. Tenía los ojos muy abiertos y encendidos, casi redondos, y sonreía con la misma sonrisa insinuada de la foto que mi madre siempre tuvo arriba de su cama. Era tan parecido que dudé si no sería la foto la que estaba yo mirando e imaginaba el resto. Lo abracé.

—Padre, déjame decirte cómo fue que llegué hasta aquí —le grité porque el viento se llevaba mi voz, atragantándome con las palabras—, no vas a creerlo.

Apenas sentí sus brazos fuertes apretarme contra su pecho, me solté llorando.

—¿Qué haces aquí? —le pregunté.

Me contestó que había subido a lo más alto del cielo, que recorrió los soles y las estrellas y que aún no encontraba Dios alguno. Se conformaba con ver su rostro un instante, confirmar su existencia.

—¡Pero si viene conmigo su Santa Madre! —le repliqué buscando a mi alrededor.

—¿Dónde, dónde? —gritó mi padre, pero al no verla se entristeció—. Así le dicen a uno: que aquí, que allá, pero no lo encuentro por ningún lado. En la Tierra, lo mismo, acuérdate.

Me miraba, pero sólo de reojo. Su voz era poco audible. Un ángel le aseguró que no lo había deseado suficientemente —todo el problema era aprender a desearlo— y le sugirió pararse en lo alto de esa montaña, que si tenía la suficiente paciencia, y le echaba ganas, era probable que lo viera pasar por ahí. Tarde o temprano, el Señor pasaba por ahí. Pero ya otros ángeles y un montón de almas en pena con las que se había cruzado, le habían indicado otros lugares —algunos hasta le dieron señas particulares de Dios—, siempre con el mismo triste resultado. Y entretanto puro vagar y vagar. Ganas le daban de regresar a la Tierra, reencarnar para ver si con un nuevo intento tenía más suerte.

—Pero padre, tú antes de morir lo dijiste: por fin voy a saber —le recordé—. ¿Qué fue lo que supiste?

Traté de volverlo a abrazar pero, al igual que la Virgen, se me esfumó, y ya sólo abracé el puro aire.

Levemente alcancé a escuchar que me decía:

—En este sitio donde me encuentro ahora, los muertos sólo sabemos que es mejor estar vivos.

Así lo dijo: "En este sitio", aunque en aquel momento yo no podía suponer el sentido más profundo de sus palabras.

Desperté en la misma mesa del salón de baile en la que había estado bebiendo, erizada de botellas y de vasos. Como todos bailaban, me encontraba solo. Me di unos suaves golpecitos en las sienes y traté de reaccionar. Entonces la vi en el centro de la pista de baile. Era la misma Virgen que había encontrado en el baño. Parecía una estatua entre el gentío que le andaba alrededor, con su halo y su velo blanco manchados por la luz parda de los plafones, extendiédome una mano en la que alcancé a percibir una llaga abierta, sangrante. Cerré los ojos y la oí: "¿Qué haces aquí, en este sitio de pecado, Juanito? ¡Huye antes de que sea demasiado tarde!" Volví a abrir los ojos. La llaga había desaparecido de su mano. Sus ojos sonreían. Me pareció más radiante y más bella que nunca. Los frenéticos bailarines eran sombras que deambulaban a su alrededor, perdidos dentro de las esferas de luces azules y rojas, como si se contorsionaran, ridículos, sin el apoyo de la música. La Virgen estaba en el centro mismo de una hoguera, me pareció, en la que no tardaría en ser quemada viva.

*

También la mujer del periodista del quince terminó por no pedir ni dar nada: iban a morirse de hambre si continuaba de dadivosa, la única en el edificio, además.

La tarde en que el periodista iba a pedir prestadas unas pinzas a los del cuatro y ni siquiera le abrieron la puerta, comprendió que sería la norma a seguir. Porque una vez abierta la puerta...

Todos lo entendieron así, como acuerdo tácito; previsión mínima de lo que finalmente sucedió: los asaltos.

Ya desde los primeros días corrió como reguero de pólvora el incidente entre el vecino del doce, el del bebito, y los del diez: se les metió a la fuerza apenas le abrieron la puerta y les robó —así lo gritaban: ¡nos robó!— una lata de leche en polvo.

Además de que los del nueve y el once se habían agarrado a golpes en pleno pasillo por una caja de aspirinas que uno se negó a regresarle al otro.

El periodista del quince se repetía a sí mismo la pregunta que en alguna ocasión le hizo al sacerdote: ¿todo un edificio de veinte departamentos enloquecido?

¿Y él? Fumaba uno de sus últimos cigarrillos, acodado en la ventana que daba a un patio interior, y descubrió a los del dieciocho buscando en la basura, con bolsas de plástico e inmundicias esparcidas alrededor.

Carajo, ¿qué podía encontrarse en la basura de ese edificio sitiado hacía días?

Le pareció indigno, pero poco después él mismo andaba por ahí buscando una colilla.

Soportaba el racionamiento que le impuso su mujer: una sola comida al día, a veces un solo plato frugal, pero no el deseo de fumar. Tenía sueños en que fumaba.

Por eso, mientras pudo hacerlo, subía a la azotea por las noches o al atardecer: no faltaba el vecino, también insomne, que ofreciera un cigarrillo. Ahí nadie pedía nada. Y al que pedía lo miraban feo y dejaba de hacerlo.

Con el último sol —que fabricaba toda clase de espectáculos cinéticos en las ventanas de los alrededores—, o ya en plena noche, la azotea lo sacaba de sí mismo; él, que justo necesitaba eso: que lo sacaran de donde estaba a cualquier otro lado.

Sentir llegar la morosa oscuridad, las volteretas casi visibles del viento en la cara, la sensación de que había algo por encima de él, en lo hondo del cielo. Algo más allá de su locura compartida.

—¿Cómo puede usted mirar tanto hacia arriba? —le preguntó el joven del cuatro, siempre atento con sus binoculares a los acontecimientos (¿pero cuáles?) de la calle—. ¿No se marea?

Pero no se mareaba. Al contrario: hasta pensó en la posibilidad ésa del alma desprendida del cuerpo vagando por allá, en las alturas, después de sufrir tantas amarras aquí abajo.

Y bueno, a propósito de amarras, también era un consuelo —menos trascendente, es cierto— mirar a lo lejos algunas ventanas encendiéndose pálidamente por la luz de las velas. Entrever o adivinar las siluetas que cruzaban en el interior, tan atrapadas y miserables como ellos: todos como en jaulas, recorriéndolas en pequeños círculos o aferrados furiosos a sus barrotes, los aullidos un zumbido opaco y permanente.

—Nos merecemos el sitio por nuestra cualidad de fieras —les dijo con ojos ausentes a los jóvenes del cuatro y del once. Por toda respuesta, uno de ellos se llevó un índice a la sien e hizo un movimiento como de quien atornilla y desatornilla.

El periodista recordó un reportaje que escribió sobre la ciudad de México, y que remató en la azotea de la Torre Latinoamericana. Estuvo ahí horas nomás mirando la ciudad, empapándose de ella. Casi podía decir: dominándola. A veces prestaba atención a un punto en particular y lo observaba con uno de los telescopios que ahí se alquilaban (¿o de plano debía llamarlo microscopio?).

Ahí estaba, en la platina, una persona escogida al azar que podía seguir a su antojo. O una casa en que jugaba a suponer lo que sucedía adentro. O un auto cualquiera que se perdía al doblar una esquina.

Veía a la gente como a los personajes de una representación a escala, moviéndose por unas calles de la ciudad de México reducidas a las proporciones de un teatro infantil de cartón, iluminado desde atrás por una vela como las que ahora los iluminaban a ellos. Para su reportaje le parecía más útil que averiguar el número de habitantes o el número de crímenes que se cometían diariamente. ¿Habría algún ojo escondido por ahí observándolos a ellos en ese momento? Porque, además, sentía que al ver así la ciudad, desde lejos y a la vez desde tan cerca, podía prever los crímenes, los encuentros fortuitos, los choques de los autos, lo mismo que se adivina el amor o el dolor en el ser que se ama.

Encontró un sistema que le dio buenos resultados para la intuición de las situaciones. Primero miraba con desparpajo, con las manos en los bolsillos o fumando un cigarrillo y de ser posible con una pierna en escuadra apoyada en la pared. Miraba con una mirada perdida que no retenía nada. Luego escogía al azar algún cruce de avenidas y permanecía indolente, como atrapándolo de reojo. Y, de pronto, tiraba el cigarrillo, corría al telescopio y lo dirigía hacia ahí lo más pronto posible. Por ejemplo: cazar la actitud dura de los que esperaban un camión, arracimados en indeciso asalto rumbo al estribo todavía no detenido, ya rebasados porque el camión frenó más adelante y alteró injustamente el orden de la fila que se había formado. Una mujer de edad, que estaba en los primeros sitios, había quedado al final del gentío. Golpeaba las espaldas como una muralla. Gritaba (el periodista no oía los gritos, pero casi los podía oír), estaba al borde del llanto. Había perdido el camión. Regresaba a formarse en una nueva cola.

Al periodista le hubiera gustado bajar a presentarse con la mujer, ayudarla, intimar, conocerla hasta donde es posible conocer a cualquier persona, explicarle cómo era que el azar los había unido.

En una de esas ocasiones, vio desde la azotea de la Torre Latinoamericana un asalto en plena Alameda. La tarde pardeaba y él, con su sistema, intentaba percibir el aura del Paseo de la Reforma a esa hora. Miraba con el telescopio un hotel: cada cuadrilongo que se encendía, una habitación en donde empezaban a gestarse el deseo, el hastío, los sueños (que nunca son los mismos en un hotel que en la propia cama). Se le zafó el telescopio y al volverlo a levantar vio a un hombre al que asaltaban en plena Alameda, atrás de esa escultura llamada *Malgré tout*, a unos pasos de la avenida Juárez. El hombre miraba hacia todos lados, incrédulo, y al mismo tiempo se desprendía del reloj y buscaba en los bolsillos. El asaltante era un joven desarrapado que lo amenazaba con lo que parecía una navaja. Una pareja cruzó al lado de ellos, se dio cuenta de lo que sucedía y se limitó a alejarse de prisa, con rostros de terror. Antes de fugarse, el asaltante golpeó al hombre en la cabeza y en el estómago. Para entonces varias personas que transitaban por la avenida se detuvieron a contemplar la escena desde atrás de la escultura: el hombre que caía al pasto, ovillado, y el asaltante que se escondía entre los álamos. Y nadie lo siguió, nadie hizo ni siquiera el intento de seguirlo. Una mujer sí, parecía gritar y fue a auxiliar al hombre caído. Pero no era eso lo que le interesaba al periodista, sino no perder de vista al asaltante hasta donde fuera posible. "Si lo miro lo suficiente se va a culpar", pensó al descubrirlo saliendo de la Alameda y volverse de humo al cruzar una calle.

¿El observador puede afectar lo observado?

Pregunta de la que, como de tantas otras, lo sacaba un juego de dados a la luz de la luna con los muchachos del cuatro y del once, magnificar como ellos la aparición de algún nuevo tanque lejano, de un helicóptero que algo buscaba en las azoteas con un gran reflector (corrían a esconderse cuando llegaba a la de ellos), otra ronda de soldados fantasmales. O especular con el vecino del seis, que sabía mucho de política internacional, sobre una inminente intervención norteamericana. ¿O sería más bien ésa la causa de todo? Él decía haber visto colores muy extraños en la panza de un helicóptero que anduvo encima de ellos la tarde del día anterior. Tranquilizaba que los soldados de abajo no tuvieran tipo de *marines*. Aunque algunos...

El periodista estaba en la azotea hasta que lo vencía el sueño. O de plano esperó en un par de ocasiones el amanecer: la emoción renovada por lo que sucedía en lo alto. El ojo insomne que perseguía en el cielo el rebaño cambiante de las nubes.

Intentó algunas escapadas durante el día pero no era lo mismo: su mujer lo reclamaba en todo momento, no soportaba estar sola, cualquier ruido en la calle le ponía los nervios de punta, organizaba menús como si fueran a continuar sitiados durante meses: chilaquiles para aprovechar las tortillas duras, sopa de ajo y migas, un guiso a base de cáscara de papa, pasta en todas sus formas.

Le contagiaba su inquietud y, en efecto, podía volverse insoportable escuchar los llantos o los gritos que llegaban de alguna ventana vecina, los disparos en la calle (al principio poco frecuentes) o el toquido desesperado en la puerta: ella ponía una mano en alto, acordaron no abrirle más a nadie, a dónde iban a parar si le abrían a todo el que tocaba y pedía algo, además del riesgo de que los asaltaran.

El periodista sentía los golpes de los nudillos en la cabeza y una noche se descubrió robando su propia alacena para luego repartirlo entre los vecinos más necesitados. La vecina del siete le besó la mano por una lata de duraznos en almíbar; a la viejita del tres se le nublaron los ojos y lo llamó santo por un paquete de espagueti. Otra vecina iba a rezar un rosario por él. Pero era absurdo: su mujer lo descubrió y lloró como niña cuando le confesó la verdad. ¿Le importaban más los vecinos que matarse de hambre a sí mismos? ¿De qué le servía racionarlo todo si él hacía trampa? El disgusto le impidió tragar bocado todo un día. Trató de resistir, pero si tocaban con suficiente insistencia se ponía furioso, pasaba por encima de su mujer y sus señas y abría la puerta.

En una de esas ocasiones era la vecina del ocho, temblorosa y con voz sincopada, para avisarle que su amigo, el subsecretario de algún sitio, se había dado un tiro en la cabeza y agonizaba. Lo acompañó el vecino del doce, quien a pesar de los chismes le simpatizaba —abrió enseguida porque, confesó apenado, no perdía la esperanza de que alguien le llevara algo para el bebito, su esposa prácticamente ya no tenía leche, a ellos qué podían robarles— y juntos fueron al departamento ocho y contemplaron el espectáculo macabro e incomprensible del moribundo en la cama de la mujer, retorcido como garabato, con la cara reventada y el arma a un lado: ¿por qué no se tiró por la ventana si quería suicidarse?

El sacerdote del dieciséis llegó un momento después, con vestidura talar y se dispuso a darle la extremaunción. El aceite en los párpados, en los labios, en las manos, en las plantas de los pies levantaba un olor espeso a cera y a naftalina. Con la estola y sus flecos de oro sucio en los hombros, cayéndole a ambos lados del cuerpo, el sacerdote se inclinó sobre el agonizante, quien entreabrió los ojos. Sus miradas se cruzaron. Al periodista le pareció que el cura se aterrorizaba de lo que veía.

Cómo no iba a aterrorizarme, Monseñor, si lo que vi en los ojos de aquel hombre a punto de morir fue lo único que supuestamente es inconcebible para un sacerdote católico: la nada.

Si se ha lanzado por la ventana les hubiera ahorrado trabajo y molestias (la mujer hasta volvió el estómago). Por lo pronto el trabajo y las molestias de, precisamente, lanzarlo por la ventana envuelto en una sábana. ¿Qué otra cosa podían hacer?

Quizá por ese cadáver que les cayó encima (además de un balde de agua hirviendo que les echó la gordita del siete), los soldados de abajo o de enfrente de la calle empezaron a dispararles apenas se acercaban a la ventana o se asomaban por la azotea. Sucedía ya en otros edificios, dijeron, y por eso los disparos que oían intermitentemente pero cada vez con más frecuencia. Tal vez ni siquiera les apuntaban a ellos porque los tiros pegaban muy alto o si acaso en los techos de los departamentos, pero el susto fue suficiente para mantenerlos a distancia. Hasta tuvieron que renunciar a los efímeros interregnos nocturnos al aire libre porque el joven del cuatro aseguró que una noche dispararon desde un helicóptero a una de las azoteas más cercanas acribillando a quién sabe cuántos. Nadie le creyó, pero el miedo encontraba terreno fértil en su estado de ánimo.

*

Hubo que reacomodar a las sirvientas en los departamentos porque no querían seguir durmiendo en los cuartos de servicio: que calcularan sus patrones lo que era el sitio allá arriba, en plena azotea, a la luz de la luna, y con los helicópteros y sus reflectores sobrevolando la ciudad, como grandes ojos vigilantes.

Pero como no todos los patrones las aceptaron, y menos quisieron alimentarlas —ni modo de
hacer milagros, decían, apenas si les alcanzaba lo
que tenían para ellos y sus hijos—, el sacerdote
tuvo que recibir a dos y el portero a otras tres, una
verdadera lata.

—Me tocaron las más tragonas —les decía
con ojos mordaces cuando las veía comer: una acusación del todo falsa porque ellas enrojecían y
apenas si picaban la comida como pajaritos, de la
pena que les daba estar de arrimadas en el cuarto
tan reducido del portero y su mujer.

Los primeros días, él se la pasaba de departamento en departamento como parte de su rutina.
Dramatizaba su situación de damnificados y pedía
que los ayudaran con lo que fuera su voluntad:
restos de comida —¿pero cuáles?—, una cobija, ropa
que ya no usaran. Algo le daban, pero luego ya no
le daban nada y ni le abrían la puerta.

El portero, quien padecía la pésima costumbre de gruñir y protestar cada vez que se le
pedía algo, fuera lo que fuera, a partir del encierro se volvió de lo más amable y se ofrecía solícito
para cualquier servicio que pudiera necesitarse,
como mover algún mueble o limpiar un piso, ahora
que no funcionaban las aspiradoras.

No soportaba estar desocupado durante el
encierro. Variable y contradictorio, pero incapaz
de soledad; sin más destino posible que ser un
elemento al servicio de otro, de los otros.

Su esposa, que era peor de desganada en
tiempos normales —tenía una capacidad ilimita-

da para dormir a cualquier hora y en cualquier postura—, también reaccionó muy favorablemente con el encierro y era la primera en levantarse para barrer el hall por si había junta de vecinos. Lo dejaba hecho un espejo.

El portero la veía y no lo creía. Sus movimientos insólitamente rápidos le levantaban la orilla de la falda por sobre las rodillas, dejando entrever los muslos gruesos y morenos. Cuando se agachaba a trapear el piso, el escote de la blusa le descubría los pechos sueltos y fláccidos.

¿A qué se debía el cambio?

Durante el día, eso sí, las sirvientas "arrimadas", como las llamaba el portero, subían a lavar ropa en los lavaderos de la azotea, casi sin agua ni jabón pero con mucho entusiasmo, discutían por todo y se pegaban de gritos entre ellas, aprovechaban el poco gas para cocinar unos platos a base de las sobras que les daban los vecinos pero picosísimos, zurcían calcetines por el pago de unos cuantos centavos, barrían las escaleras, que nunca lucieron tan brillantes.

Como todas las noches, después de cenar un pedazo de pan con una taza de café frío, el portero se acodó a la mesa sobre el mantel de hule rojo, floreado, mirando hacia la ventana diminuta que daba a la calle. Había sobre la mesa una cafetera de percudidos flancos y otras tazas roñosas.

La llovizna continuaba afuera, muy pareja, como una extensa superficie de sonido. La fachada del edificio de enfrente, el trozo de calle, parecían haberse mantenido intactos desde el encierro, haberse conservado contra las horas inconcebibles: los charcos quietos de los baches, el doblegamiento de los ramajes desnudos, la suave, deprimente luz de las rondas fantasmales, que se depositaba en el aire y en la tierra.

Las mujeres se preparaban para acostarse en colchones y cobijas tendidos en el suelo. Se soltaban el pelo e iban al baño para desnudarse y ponerse la ropa de dormir. Una de ellas pretendía dormir vestida, pero la mujer del portero protestó:

—Cómo va a apestar el cuarto si no se me cambian de ropa diario, m'hijitas. Yo no las aguanto, se los advierto. Somos cinco culos transpirando aquí día y noche, acuérdense.

Pero él no tenía ningún interés en mirarlas y más bien bajaba los ojos si las mujeres le pasaban demasiado cerca. Ellas lo mismo: bien podía el portero entrar y salir mil veces del cuartucho sin que las habitantes de aquel supuesto harem —como lo llamaban algunos vecinos mal pensados— notaran siquiera la irrupción de su deprimida humanidad.

Antes, en tiempos normales, su mujer se moría de celos por cómo veía a las sirvientas más jóvenes que llegaban a visitarlos, se les insinuaba con los ojos, un gesto, un guiño, un rozón en los pechos con el dorso de la mano, una pierna por abajo de la mesa, una escapada a la azotea.

Quizá lo deprimió que le echaran la culpa de la nueva cerradura en la puerta principal.

¿Cómo pudieron hacerlo si él no oyó nada por la noche, la primera noche del sitio, durmiendo junto, por muy pesado que tuviera el sueño?

Cambiar una cerradura lleva tiempo y debe producir un ruido infernal. ¿Entonces? Hasta hubo quien lo acusó de haber aceptado un soborno, hijodeputa. En el insulto se resumían los cinco largos años de fidelidad incondicional al edificio, con la miseria que le pagaban. "El sueldo más propinas", le había dicho el administrador cuando lo contrató. ¿Pero cuáles propinas? Nadie le daba nada y por eso él gruñía cuando le pedían algo, faltaba más.

Sin embargo, con el encierro no podía evitar sentirse culpable. Era cierto, parecía inexplicable lo sucedido con la cerradura de la puerta, cosa del demonio, además del terror al hambre, con la que vivió de niño le era suficiente. Como le dijo su mujer: encierro es igual a hambre, lo sabía porque en su pueblo vivió una cuarentena en que no podían salir de sus casas, y cundió la enfermedad, pero más el hambre.

La cara perfilada del portero, con manchas crecientes de sueño en la mirada, se adelgazaba al entrar y salir de la luz de la vela. La barba empezaba a asomar, negreando las mejillas.

Una de las sirvientas lo vio despierto, se levantó de uno de los colchones y fue a sentarse junto a él, mientras las demás mujeres dormían.

—¿No molesto? —preguntó, y dejó enseguida de preocuparse por saber si molestaba. Ella tampoco podía dormir y quería platicarle algo. Estaba en camisón y tenía un mechón de pelo muy negro sobre un ojo, desprendido de la trenza.

—¿Qué me quieres contar? —sonrió y el tamaño de los dientes en la cara morena amplificaba la sonrisa—. Si despierta mi mujer y nos ve platicando te regresa a la azotea. Casi puedo hacer cualquier cosa en la vida menos platicar por la noche con una mujer que no sea la mía, no lo soporta. En el día lo entiende, en la noche no.

Pero los ronquidos de su mujer saltaban muy notorios, duros y rítmicos, como los brincos de un sapo.

—Tienes un bonito nombre, Alma. Si hubiera tenido una hija me hubiera gustado ponerle Alma. Imagínate decirle mi Alma, Alma de mi vida, eres mi Alma. Pero ya sabes que mi mujer no pudo tener hijos, y ni modo. Yo sí, pero ella no —y avanzó hacia la luz unas encías que empezaban a marchitarse.

—¿Usted sí tiene hijos?

—Alguno por ahí, pero no lo comentes —y comprobó un nuevo ronquido de su esposa.

—Qué duro, cómo pudo aguantarlo ella, pobre —con la yema de un dedo recorrió el laberinto de la trenza, la sujetó sobre el hombro.

—Tiene sus ventajas. Con el encierro y ustedes que nos cayeron encima, además un par de escuincles moquientos y cagones, calcúlale.

—Sí, realmente para esto del encierro fue mejor así —hizo una pausa y preguntó tímidamente—. ¿Usted ha salido al hall a esta hora?

—No.

—Yo sí.

—¿A qué?

—Mire, son casi las once y media— él alargó los ojos para ver la hora en el reloj de pulsera de ella—. Como a esta hora se abre la puerta.

Él sintió un pellizco en el estómago.

—¿Cómo te enteraste?

—De casualidad, la primera noche del encierro. Como me daba miedo estar en la azotea y no podía dormir, bajé al hall a sentarme en las escaleras, y como a esta hora oí clarito que daban vuelta a una llave en la cerradura y alguien se asomaba.

—¿Alguien?

—Alguien de la calle se asomaba al hall. Un momento solamente, volvió a cerrar la puerta y se fue.

—No te lo creo.

—Se lo juro. Luego, otra noche, por pura curiosidad, cuando ya estaban ustedes dormidos salí, me esperé frente a la puerta y lo mismo, como a esta hora, abrió apenitas la puerta y se asomó. Casi nomás las narices.

—¿Quién?

—No sé bien porque, le digo, asomó nomás las narices. Fue muy rápido y me dio mucho miedo ver, pero era una cara de hombre, de eso sí estoy segura.

—Quizá uno de los soldados.

—A lo mejor, aunque no le sentí tipo de soldado.

—Nariz de soldado.

—Eso: nariz de soldado. Si quiere vamos, debe de estar por asomarse.

El hombre suspiró.

—Vamos, pues. Hago cualquier cosa con tal de que esa puerta vuelva a abrirse. Deja llevarme la vela. Cuidado dónde pisas. Lo bueno es que mi mujer no despierta ni aunque la tires de la cama.

La miró fijamente, puso toda su atención en el subir y descender gorgoteante de la respiración, en las eses silbadas, en las irrupciones volcánicas de los ronquidos, en los agujeros que abría en el aire la boca de su esposa.

Salieron en puntas de pies, con la vela temblorosa, sorteando cobijas, cabezas y piernas.

En el hall se sentaron muy cerca, cadera contra cadera, en uno de los primeros escalones, frente a la gran puerta.

El silencio —al que contribuía la llovizna monótona— parecía coagularse, caer como ceniza de los pisos más altos.

—El tiempo se siente menos si nos quedamos quietos, fíjate, yo lo he experimentado a veces —dijo él.

Por los vidrios corrugados se colaba intermitente una tenue claridad lechosa, debida seguramente a las rondas continuas de los soldados.

—Si nos ve mi mujer aquí sentados, tan juntos, mañana mismo nos manda a los dos a dormir a la azotea. A ver, dame tu mano, algún calor tenemos que compartir.

Ella levantó la cabeza y lo miró tierna y tímidamente durante el tiempo que empleó su sonrisa en formarse y desaparecer. Se acomodó la trenza en el hombro.

—Es peor si nos ve su mujer tomados de la mano. Va a decir que es demasiado.

—Va a decir que es demasiado de todas maneras. Mira, tienes la mano tan fría como la mía, déjame frotártela un poco, así.

—Se imagina la primera noche del encierro que bajé de la azotea, yo aquí solita, con esa gran puerta enfrente, clausurada.

Él sonreía mostrando las encías, el sueño en los ojos.

—He estado tan intrigado por lo de la cerradura que a veces me salgo a mirarla con atención. Me paso horas mirándola. ¿Cómo pudieron cambiarla sin que me diera cuenta? La toco, le meto el dedo puesto que no le cabe ninguna llave de las que tenemos; palpo toda la puerta, tramo por tramo, siento que me quema las manos después de un rato, como si fuera de hielo, y me pregunto qué hay detrás. Porque algo tiene que haber detrás de esa puerta, ¿no?

—Ya sabemos lo que hay detrás.

—Pues sí, pero es raro no poder verlo, abrir la puerta y verlo, comprobar que está ahí, lo que sea.

El chirriar de la llave lo sacudió como un látigo.

No había duda, la llave daba una vuelta rasposa en la cerradura. Y luego otra más, como si trataran de quitar o de poner una doble llave.

Sintió el corazón en la garganta, los golpes en el pecho. Más que abrir con una llave, parecía que estuvieran tocando la puerta con los nudillos, una y otra vez, al ritmo de sus latidos.

La muchacha lanzó un grito seco, un comienzo de alarido que se cortó de golpe como una cuerda tensa.

Lo vio un instante al abrirse la puerta, como le había advertido la muchacha: la nariz crecida, independiente, y un ojo seco, sin sangre, un abanico de arrugas en la mejilla.

Alguien empujó la cara hacia adelante, la clavó en el aire del hall, la inmovilizó un segundo y la retiró como si sólo hubiera querido dejar, definitiva e imborrable, la forma y la expresión de su perfil.

¿Qué vio? El perfil y el cuello a media sombra, con un halo amarillo, que se esfumó casi al mismo tiempo que se asomaba.

¿Será de veras que nuestras caras tienen un secreto, aunque no sea siempre el que nosotros tratamos de esconder, Monseñor?

En el recuerdo del portero, la visión quedó muy difusa, dentro de un parpadeo. Casi nada.

—¿Ve? ¿Qué le dije? Entra y se va.

El portero se puso de pie con el trocito de vela y le contestó a la muchacha que sí, ya lo había visto, tenía una nariz como ella decía, le parecía que muchísimo peor.

*

Susila nos invitó a una de sus sesiones espiritistas al periodista del quince, a los viejitos del tres, al matrimonio del nueve y a mí. Me lanzó el guante al aclarar que no tenía por qué ir a la fuerza, entendería si me disculpaba.

—¿Usted cree que me causa temor una simple sesión espiritista, Susila? ¿Ha oído hablar del padre Carlos Heredia? Un jesuita que escribió un libro titulado *Los fraudes del espiritismo*, una joya del género.

Estuvo un segundo como balanceando mis palabras, después empezó a reírse bajito, con ese nacimiento de la risa que las mujeres coquetas hacen tan bien.

—Estoy segura de que usted es capaz de enfrentar al mismísimo demonio, padre —dijo con un ademán que el recuerdo me permite calificar de majestuoso.

Se trataba de llamar, y ayudar, a su amigo, el subsecretario de algún sitio, quien después de suicidarse en el departamento de Susila parecía no acabar de desprenderse, agarrar rumbo hacia la luz, y andaba como alma en pena (literalmente) por el edificio, y con el problema del encierro, además.

—Siempre me gusta tener mi primera sesión lo más cerca posible de la muerte del difunto —explicó Susila—. No hay nada como golpear el hierro en caliente.

Cupimos cómodamente alrededor de la mesa del comedor, con una carpetita de paño adaptada para el caso. Susila dijo que se inspiraba mejor con un poco de luz sobre ella y dejó una pequeña linterna de pilas en el centro de la mesa, la que, una vez hecha la cadena, le daba un aspecto perfectamente monstruoso.

Sentía crisparse la mano de Susila en la mía. Del otro lado, la mano de la vecina del nueve me producía la impresión de un pescado recién salido del agua.

Susila repitió el nombre del subsecretario de algún sitio como en un jadeo.

—Gabriel, Gabriel.

Pero de momento sólo respondía el carraspeo constante del viejito del tres.

—Gabriel, sabemos que andas por aquí. Contéstanos. Ningún caso tiene que te nos niegues, sólo queremos ayudarte. Ven, ándale.

La vecina del nueve nos interrumpió sin miramientos:

—Suélteme la mano un momento —le dijo al periodista—. Necesito sonarme la nariz.

Soltó una especie de bramido en el pañuelo que alteró el aire estancado de la mesa, desconcentrándonos a todos. Sólo Susila permaneció inmóvil a mi lado, con el mismo rostro alargado y como de cera, en escorzo, dentro del chorro de luz muy blanca.

—¿Vas a venir o no Gabriel?

De pronto, Susila empezó a respirar pesadamente hasta alcanzar un ronco estertor, imitando a la perfección a una mujer en plena agonía.

—Creo que ya cayó —dijo la vecina del nueve.

Lo anunció un instante antes de que la voz de Susila cambiara de tono, volviéndose notoriamente masculina, muy ronca. Tenía la cabeza tan echada hacia atrás en el respaldo de la silla que parecía desprendida del cuerpo.

—Aquí estoy.

—¡Es él! —gritó la viejita del tres, con un chillido tan hiriente que la mano de la vecina del nueve se revolvió en la mía como un ciempiés.

—Sí, aquí estoy.

Era una voz seca e impostada, como de muñeco de ventrílocuo, pero de una marcada virilidad. Traté de recordar la voz del subsecretario de algún sitio, pero sólo hablé con él en una ocasión y me fue imposible.

—Aquí hace mucho frío —dijo, de entrada.

Nosotros, por el contrario, padecíamos un calor espantoso porque Susila había cerrado todas las ventanas antes de empezar la sesión.

—Cómo fue todo, cuéntenos Gabriel —preguntó el viejito del tres, quien había asistido a varias de las sesiones de Susila, y sabía por dónde preguntar.

—Fue horrible. El aire me faltó de golpe, desde el fondo del cráneo una ola roja me tapó los ojos, el cuerpo se me deshacía, en fin.

—Pero detalles, Gabriel, detalles —insistió el mismo vecino.

La voz, siempre ronca, muy alta, se adelgazaba por la emoción hasta casi volverse inaudible, muy pausada.

—Lo último había sido el dolor, una y otra vez, que se prolongó hasta aquí, como el eco del dolor; última agarradera para no irme de mí mismo.

Lo sigo fomentando: "Duéleme cuerpo mío, duéleme", me digo todo el tiempo. ¿Pero cuál cuerpo, cuál? Es más bien un recuerdo del dolor lo que fomento: el cuerpo me duele, sí, pero con la sensación que deja un miembro que acaba de ser amputado...

Esas palabras son de Susila, pensé. ¿Pero era sólo Susila? ¿A quién escuchaba yo realmente?

—Qué horror, Gabriel, pobre de usted —dijo la viejita del tres.

—En mitad del alarido, cayó el velo rojo, como párpados de sangre. Luego vino un silencio fatídico, un avanzar en lo inmóvil, sin antes ni después; un fluir sin dirección hacia nada.

—Y luego, y luego —preguntó el periodista, con su instinto.

—Todo empezó a aglomerarse en ese silencio y en esa inmovilidad, se dibujaba y definía confusamente: el edificio sitiado, los soldados en la calle, la recámara de Susila, la pistola en mi mano, mi cuerpo desmadejado como de títere al que hubieran cortado los hilos, algo que luchaba por explicarse, por decirse que no era así, que eso no hubiera tenido que ser así... —la voz sollozó ahogadamente.

Recordé el poema de Michaux, que tan bien iba con la situación que vivíamos en el edificio:

Laberinto la vida, laberinto la muerte,
Laberinto sin fin, dice el Maestro de Ho.
Todo enclava, nada libera,
El suicida renace a otro sufrir.

La prisión se abre a otra prisión,
El pasillo conduce a otro pasillo...

—¿Y? —el periodista insistió.

—¿Y? ¿Qué les puedo decir? La pena infinita que me invade cada vez que me vuelvo a ver tendido en el lugar en donde tomé la última bocanada de aire, la opresión en el pecho, el velo rojo en mis ojos. ¿Por qué tenía que ser así? Sé que esta pena me atará aquí, pero no puedo remediarlo. Más que buscar arriba, ascender entre las burbujas y los cristales y las nuevas constelaciones —el alfiler de luz que adivino al final del túnel, un como sol incendiado, desintegrador—, necesito buscar aquí abajo, en la noche que dejo atrás, refugiarme en cualquier parte donde aún haya algo de penumbra, de atardecer, más de carne, más de tacto, más de tierra.

—¿De tierra? —pregunté yo, con decepción.

—De tierra, de pasto. Es lo que más se me antojaría: revolcarme desnudo en el pasto. Pienso mucho en las sensaciones, en los sabores. El de la cebolla, por ejemplo, el del chocolate, mmh, el del vino tinto. Me gustaban los vinos ásperos, me cocían la lengua pero los bebía feliz, a pequeños sorbos. En las botanas prefería las angulas en aceite de oliva, el salami, el jamón serrano y la tortilla de patatas. Todo adherido a la lengua y al paladar, disolviéndose en la saliva espesa, poniendo en actividad los músculos de la boca y las mucosidades de la garganta, derramando los jugos gástricos, acrecentando el burbujeo de los procesos de digestión, que avanzaban diligentemente. Recuerdo también el sabor del tabaco al final de una buena comida, el paladar recalentado por el coñac...

—Allá donde está usted por lo visto todo eso es imposible —aclaró el viejito del tres.

—Del todo imposible. ¿Cómo explicarles esta angustia que surge de continuar con los mismos deseos, de permanecer consciente, de mirarse desde lo alto, a pesar de ya no estar en uno mismo?

—¿Y no podría darse una vuelta por ahí por donde anda para distraerse de tanta tentación culinaria? —pregunté yo, hondamente conmovido. Recordé a mi padre en mi sueño: de pie en lo alto de aquella montaña nevada, esperando ver pasar al Señor, aprendiendo a desearlo.

—¿Pero por dónde? —contestó con el tono de un turista desorientado—. Hay como una cortina de humo blanco que me impide moverme. Por eso ustedes mejor quédense ahí donde están: el sitio debe llegar lejísimos, es invisible y está mucho peor por acá.

—¿El sitio? —pregunté, ahora sí preocupado.

—Sí, el sitio sigue y sigue.

—¿Cómo se ve desde ahí el país en general, Gabriel? —volvió a preguntar el periodista, con la actitud de zapa con que ha de haber hecho sus entrevistas.

Hubo un silencio de plomo. Susila tenía ahora la cara ligeramente de lado, con un perfil afilado y la luz de la linterna espejeándole en un arete. La voz contestó con otra pregunta:

—¿Qué es México para los mexicanos sino un enigma, un vago fantasma, un monstruo sin nombre? Pues aquí la imagen se magnifica. Aun mayor desesperación nos produce que los egoístas no quieran renunciar a ningún privilegio o que los pusilánimes no se atrevan a reclamar ningún derecho. Más que nunca sabemos que un país no es grande si no es justo, que una sociedad no es próspera si no es equitativa, que un bien no es un bien si no disfrutan de él todos los ciudadanos...

Temí que Susila pudiera ahogarse por la vehemencia con que hablaba, su mano se crispaba en la mía y me enterraba las uñas, por lo que estuve a punto de soltar un grito de dolor. El que sí lo soltó, y abiertamente, fue el viejito del tres, a quien Susila tomaba con la otra mano.

—Hay que hacer a un lado las mentiras de la propaganda —continuó—, las exageraciones del optimismo, reducirnos a nociones claras, a cifras exactas. Es necesario adquirir una conciencia, lo más aproximada posible, de los elementos naturales con que se cuenta... No puedo saberlo con certeza aún, pero sospecho que el cerco que vivimos, aquí y allá, es producto de la insensatez política de unos cuantos...

Susila sacudió la cabeza, como si la sacara del agua, y soltó un gemido preocupante.

—¡Ya, Gabriel, por Dios!

Cambió de voz con tanta facilidad como, dicen los psiquiatras, les sucede a los enfermos que padecen una doble personalidad. Pero enseguida le vino un desvanecimiento: la cabeza le rodó por un brazo y fue a golpearse con el filo de la mesa —tuvo que dolerle en serio—; todos nos pusimos de pie y fuimos a auxiliarla. La llevamos a acostar a un sofá de la sala, le echamos aire con una revista, le dimos a beber agua y el viejito del tres corrió a buscar alcohol a su departamento. Susila volvió en sí poco a poco. Nos miraba como desde muy lejos, afocándonos con dificultad. La verdad es que la palidez le iba muy bien y estaba más hermosa que nunca.

*

Los niños del siete arrojaron el cadáver de su gato al patio interior, y hubo que mantener cerradas las ventanas que daban ahí por la peste que se levantó.

Por esos días también prendió el chisme (el periodista del quince creía que era chisme) de que algunos vecinos no identificados habían empezado a asaltar los departamentos pistola en mano. No lo creía a pesar de que, en efecto, en un par de ocasiones se oyeron disparos dentro del edificio mismo y los gritos eran muy identificables como de alguien a quien están asaltando.

Los adultos ya casi sólo salían de sus departamentos para las reuniones en el hall. De ser posible, echaban los cerrojos y la doble llave. Los vecinos del diecisiete, se decía, incluso atrancaron la puerta con un mueble.

Algunas tardes iba con el psicoanalista a platicar e intercambiar chismes. La recámara que hacía las veces de consultorio tenía las cortinas corridas y sólo había una lámpara sin pantalla en una mesita esquinada, con su ojo deslumbrante arrancado del hilo.

¿Sabía el periodista lo que acababa de sucederle al chaparro del diez, quien padecía claustrofobia? Pues resulta que no aguantó más y bajó al hall gritando: "Se acabó, se acabó. Esto se acabó." Primero cargó contra la puerta de la calle, como en el futbol americano, ante el asombro de su mujer, y como no logró abrirla o derribarla, fue a su departamento y se descolgó por la ventana con una cuerda. "Se acabó, se acabó", repetía, respirando a pleno pulmón el aire de la calle, descolgándose a una velocidad inaudita para su gordura. Dos soldados esperaron a que bajara, lo tomaron por los sobacos, cargándolo en vilo, abrieron la puerta del edificio y lo regresaron al hall como un fardo.

—Me vino a ver hecho un andrajo de depresión —continuó el psicoanalista—, no podía soportar más, amenazaba con tirarse de la azotea si no le abrían la puerta enseguida.

—Yo lo vi bastante tranquilo durante la última junta —dijo el periodista.

El psicoanalista abrió una sonrisa que era como un inventario de dientes blanquísimos.

—Parece que tuvo un corte de cordón umbilical muy traumático. Al revisarlo descubrí que ni siquiera soporta que le rocen el ombligo porque le entra un ataque de risa histérica, muy dolorosa. Poco a poco, a base de masajes que él mismo se hace en el estómago, estamos transformando esa risa en terapéutica. Su mejoría ha sido sorprendente. ¿Usted leyó del caso de Norman Cousins, un periodista como usted, del *Saturday Review*, quien cayó enfermo de anquilosamiento múltiple, con una sola posibilidad entre quinientas de curarse? Cousins no se resignó y decidió, con la ayuda de su psicoanalista, encontrar en sí mismo la fuerza curativa. Se instaló en un hotel, se hizo proyectar películas cómicas, muy especialmente del Gordo y el Flaco, descubrió las virtudes de la risa y terminó por curarse. Pues algo así estoy intentando con el vecino del diez.

—De alguna manera, Cousins se autoaplicó un encierro como el nuestro, sólo que con películas del Gordo y el Flaco. Justo lo que nos falta aquí —comentó el periodista—. Pero, dígame, ¿qué tiene que ver el ombligo del chaparro del diez con su claustrofobia?

—Tóquese usted mismo su ombligo.

—¿Yo?

—Sí, usted. Vamos, qué siente al hacerlo.

Tímidamente, el periodista metió la mano abajo del pantalón para hundir su índice en el ombligo, lo más profundo posible.

—¿Qué siente?

—Nada especial. Un poco de cosquillas, quizá. Tengo un ombligo muy hondo, eso sí.

—¿No se ha fijado si la angustia se concentra en esa zona por momentos?

—¿En el mero ombligo?

—O a su alrededor. A veces es difusa la sensación, pero le aseguro que tengo pacientes que han logrado ubicar ahí el foco de su angustia, y casi de sus problemas en general. Daría usted un gran paso en su curación si lo lograra. Una de nuestras más graves limitaciones es que, como los bebés, lloramos pero no sabemos decir dónde nos duele o por qué nos duele.

—No recuerdo que me haya dolido el mero ombligo para nada.

—No lo recuerda pero le aseguro que le ha dolido muchísimo y que de ahí pueden venir muchos de sus males. Yo lo llamo el "shock umbilical", con la ventaja de que al ponerle nombre, y ubicarlo, damos un paso inmenso.

Lo tenía tan intrigado que el periodista volvió a meter la mano abajo del pantalón y se palpó el ombligo en forma circular y con las yemas de los dedos, lo más delicadamente posible. El psicoanalista se puso a explicar con más detalle su aportación a la teoría psicoanalítica. Estaba muy orgulloso de ella, se veía.

—Mire usted, aparte de las exigencias de la vida intrauterina y de los horrores del pasaje a través del canal del parto, considere la calidad de las primeras imágenes, sonidos, gustos, sensaciones táctiles y olores a los que el común de los recién nacidos está expuesto en una sala de partos de un moderno hospital. De hecho, lo primero que se hace es atar y cortar el cordón umbilical, lo cual induce inmediatamente a lo que he llamado el "shock umbilical", dado el repentino bloqueo de la circulación. Nunca se espera que el cordón se desprenda por sí mismo y que el niño inhale por primera vez en forma natural. Quiero decir con esto que, fisiológicamente, todas las luces rojas de emergencia en el cuerpo deben encenderse enseguida, indicando una amenaza crítica para la vida. Puedo entonces asegurarle que el sujeto queda sometido para el resto de su vida a un terrible temor asociado con un área específica de su cuerpo: el mencionado ombligo.

Por estar un poco atrás de la luz, la cara del psicoanalista permanecía a media sombra y un como halo amarillo circundaba su silueta.

—Fíjese usted que estoy yendo mucho más lejos y soy mucho más sencillo que Freud con su teoría de la sexualidad infantil o que Jung con su teoría de los arquetipos y del inconsciente colectivo. Con la ventaja de que para llevar la mía a la práctica no se requiere sino respetar el cordón umbilical hasta que se desprenda por sí solo, no importa el tiempo que tarde. Paciencia, mucha paciencia, hay que pedirles a los parteros. Naceremos con placidez y seremos hombres más sanos y equilibrados mentalmente, créamelo. Hoy nadie me hace caso, como no se lo hicieron a Semmelweiss cuando pedía en los sanatorios que los médicos se lavaran las manos para evitar la fiebre puerperal, pero algún día me lo harán. A mí o al que venga después de mí, como detrás de Semmelweiss llegó Pasteur.

El psicoanalista le habló también del trabajo que estaba realizando en esos momentos: un psicoanálisis de Jesucristo, muy especialmente de sus primeros años —infancia es destino— y de cómo pudo haber sido en Él su desprendimiento del cordón umbilical. (Yo no quise ni oírlo cuando me lo comentó, Monseñor.)

—Pero si de la infancia de Jesús casi no sabemos nada.

—Ah, he ahí el reto —contestó el psicoanalista con aire mefistofélico—. Tenemos algunas pistas. Sciascia, por ejemplo, ha descubierto algo interesante. Cuando Jesucristo habla de la paja en el ojo ajeno y de la viga en el propio, ¿no se referirá en realidad al pasaje de *La Odisea* en que Polifemo, cegado por Ulises, se desprende del ojo la viga humeante? Quizá Jesús escuchó la aventura de Ulises en boca de un cantor trashumante o de un mercader... Por ahí tenemos que ir. Para los creyentes, la vida de Jesús no tiene nada que ver con la nuestra: de Él nos bastan los años fulgurantes, los años testimoniados. Pero yo me he sentido fascinado por sus años oscuros, que siempre me han inducido a la fantasía.

—Debería platicar con el sacerdote del dieciséis, es una persona de muy buen criterio.

—Me vino a ver por su problema de alcoholismo. Pero es cierto, debería hablar con él, capaz que en una de sus alucinaciones algo se le revela sobre la infancia de Jesús.

También, el psicoanalista comentó que estaba atendiendo a la vecina del veinte, a punto de dar a luz, por el problema tan grave que habían tenido los padres de la muchacha y el médico militar. Resulta que durante una de las consultas, el médico militar preguntó en plan de broma si era cierto lo que se decía, que su hija iba a ser madre soltera. El pobre hombre tuvo un ataque de asma feroz y su mujer corrió al médico militar con cajas destempladas.

—Así que, en caso de que la joven dé a luz, atenderé mi primer parto y, de paso, pondré en práctica mi teoría del cordón umbilical. Le aseguro que ese niño, producto del sitio, casi hijo del sitio mismo, será un ser humano excepcional.

*

—Hay cosas que no se tiene derecho a mirar —le dijo la vecina del uno al vecino del cinco, señalándole la ventana.

Ella vivía sola y él la había visitado algunas veces, cada vez con más frecuencia, tomaban café, se prestaban libros (los de ella, rarísimos), oían coros gregorianos o música barroca, hubo miradas y besos, toqueteos por encima de la ropa.

—No quiero hacer nada por soledad —explicaba ella, enchuecando la boca—. Cuando la soledad nos importa somos capaces de cumplir todas las vilezas adecuadas para asegurarnos compañía, oídos que nos atiendan, ojos que nos miren y nos reflejen. No y no.

Pero si la volvía a besar ella aceptaba. Los ojos la traicionaban, se le mecían lentamente, entornados en los párpados. La besaba hasta doblarle hacia atrás la cabeza en el respaldo del sofá, le bajaba los besos por las mejillas, muy excitado por la caliente piel del cuello y el aroma del cuerpo. Le rodeaba los hombros con un brazo mientras hundía la mano en la falda. "¡Ahí no, decía ella, ahí no!" Pero se abandonaba un instante, ayudándolo con una oportuna torsión del cuerpo, abriendo mínimamente las piernas. "¡Piensa en tus hijos, aquí arriba, apenas a un piso de distancia, ganas me dan de contar los escalones, no seas tan hijodeputa con ellos y conmigo!" La mano de él subía en el calor de los muslos.

En ese instante ella reaccionaba, tensaba los nervios como si fuera a tener un ataque —él estuvo seguro de que una vez empezó a tenerlo—, se iba a un extremo del sofá, los ojos turbios y mareados.

—No, y no y no. Punto.

Más que sus reacciones nerviosas, su gran defecto, le parecía al vecino del cinco, era que en ciertas ocasiones, sobre todo cuando se angustiaba o se enojaba, ella enchuecaba la boca de una manera desagradablemente grotesca.

Daban ganas de decirle:

—No enchuequeque la boca y te quiero toda mi vida.

Porque, además, el vecino del cinco estaba en esos momentos en pésimas relaciones con su mujer, y ya había pensado seriamente en dejarla. ¿Podía ser una opción una vecina tan atractiva, medio loca pero sensible al arte? Con el grave problema de que ella vivía en el mismo edificio. Difícilmente sus hijos iban a entender que su padre hubiera abandonado a su madre, tan sólo para bajar un piso e irse a vivir con la vecina. Con una vecina que tenía fama de loca, además. Hay cosas que deben evitárseles a los niños.

—Primero deja a tu esposa y luego regresas —le decía la vecina del uno, arreglándose el pelo y abrochándose un botón.

Pero durante una de las juntas del hall ella le hizo una seña discreta y lo llamó aparte, atrás de una columna: lo esperaba esa misma noche en su casa, tenía que ser esa misma noche, era urgentísimo, no sabía cuánto, estaban de por medio su relación, sus vidas, la salvación de sus almas.

Vivía en uno de los departamentos más pequeños del edificio, sin alfombra, con muebles rústicos de pino y cortinas de colores vivos, deshilachadas en los bordes. En las paredes resaltaban los cuadros con símbolos egipcios y, en las tablas que hacían las veces de libreros, literatura esotérica. La única iluminación la difundía una veladora en un rincón —una luz tan triste como él no recordaba otra—, junto a una lámpara de pie apagada, con pantalla de pergamino y también dibujos con símbolos egipcios.

Él entró en el departamento caminando despacio, los brazos junto al cuerpo, la cabeza alta, queriendo construirse una actitud de seguridad y aplomo. Le hizo una corta, sorda ficción de saludo. Las manos de ella temblaban y la boca, aún más chueca, había perdido toda sensualidad.

—Temí que olvidaras la cita —dijo apretándole un brazo—. Debí pedirte que vinieras enseguida, o por la tarde, pero no quise parecer impertinente, con tu esposa ahí cerca, oliéndose todo. La verdad es que han sido eternas estas horas. Estoy desesperada.

Tenía la mirada acuosa y sin fijeza de quienes han bebido, pero el vecino del cinco estaba seguro de que ella no había bebido.

—Hay que decidirnos, después puede ser demasiado tarde.

Miró a su alrededor, con aire de examen, como buscando algo en los cuadros de las paredes, en los libros.

—Me asomé a la calle y no tiene remedio.

—¿Qué no tiene remedio?

Entonces ella repitió:

—Hay cosas que no se tiene derecho a mirar.

Él se agachó lentamente para sentarse en el sofá y, muy nervioso, efectuó unos cuantos movimientos inútiles en la mesa de centro: amontonó libros, acercó el pesado cenicero de ónix, acarició el lomo de un cisne de cristal. Encendió un cigarrillo. A la luz del fósforo enrojeció un momento su cara, cuadrada y viril; los ojos brillaban arrebatados y la mandíbula avanzaba con actitud enérgica. Con el cigarrillo en los labios, se volvió bruscamente hacia ella, como si confiara a un golpe de suerte la solución de aquel fastidioso juego de ingenio.

—Ven.

Ella fue al sofá con los ojos enrojecidos.

—¿Sabes lo que son estas lágrimas dentro del encierro? —dijo recogiendo dos lágrimas de las mejillas con los índices—. Valen más que todo el poder y toda la fuerza del mundo —y tomó una mano de él entre las suyas—. ¿Las sientes?

Se preguntaba y se contestaba a sí misma:

—Por eso tiene que ser hoy. ¿Hoy, verdad? ¿Lo entiendes? Me asomé a la calle y lo supe. Si no me he asomado a lo mejor no tendría que ser hoy. A lo mejor no tendría que ser nunca. Pero me asomé, quién me manda. ¿Aunque importa la fecha? Estamos fuera del tiempo. ¿Te diste cuenta en el instante mismo en que se detuvo el tiempo? —con un gesto de enjugarse las lágrimas como si se arrancara una máscara—. ¿Tomar una decisión? Quizá la última que pueda salvar nuestras almas, ya tan débiles... Pobres almas marchitas, a punto de morir de inanición. ¿Has visto qué espectáculo deprimente cuando un ser vivo desfallece por falta de alimento, cómo se dobla sobre sí mismo, ya sin expresión en los ojos, sin siquiera manifestar dolor? Y desaparece. De repente desaparece. Se esfuma.

Si la mano de él hubiera sido un ave, ella la habría ahogado.

—Una última brizna de alimento para nuestras almas con una última y definitiva decisión.

—¿Cuál?

—Quitarnos la vida.

Él se estremeció. Una fría corriente de miedo le recorrió la espalda, aunque se reconoció que, de alguna manera, le atraía la idea.

—¿No lo ves? Llega el encierro y no hay remedio, la voluntad nada puede hacer...

—¿La voluntad?

—A la voluntad le queda un último camino: ir contra sí misma, cancelarse del todo. Quizás ese giro —y chasqueó los dedos— nos salvará.

—Qué cosas más raras dices. Soy retrasado mental, no te entiendo ni papa, siento que eres otra persona, no te conocía.

—Cuánta gente no ves por ahí vacía, con el alma perdida, se nota. Seguro habrán abortado la parte divina que había en ellos. No quiero que me suceda por haberme asomado a la calle —él le ofreció un pañuelo y dos nuevas lágrimas bajaron por sus mejillas—. No quiero que el alma se me vaya del cuerpo y está a punto de sucederme, lo sé —oliendo el perfume seco y triste del pañuelo.

Levantó una mirada acuosa y muy roja a la que protegían los párpados.

—Acompáñame. Vámonos juntos.

La mujer se puso de pie y fue al librero. Bordeaba los estantes despacio. De vez en cuando tomaba algo —la mayoría objetos egipcios, le pareció a él— y lo acercaba a los ojos. Sonreía, más o menos, según el poder evocador de cada objeto y volvía a dejarlo en su sitio.

—Aquí está.

Regresó con un abrecartas dorado, de larga hoja. La afilada punta hacia abajo, balanceándola como un pequeño péndulo hipnótico.

—Míralo bien.

Pero fue ella quien abrió una cara de terror que, supuso él, nunca nadie le vio antes. Porque esa cara quizá podía usarla y mostrarla desnuda en la soledad, para sí misma, pero siempre y cuando no hubiera por los alrededores algún espejo o un vidrio sucio que la reflejara.

—Tranquila, vamos primero a platicarlo —dijo él.

Como un pez que saltara una y otra vez para dar volteretas en el aire, ella repitió:

—No debía haberlo hecho pero estuve horas asomada a la calle, horas enteras, te lo juro, cuando vi el reloj yo misma no podía creerlo.

Y se mostraba seductora a pesar de todo:

—No tengas miedo. El miedo mata el alma, lo dice el *Libro de los Muertos Egipcios*. Por eso se pide: "¡Oh, Vosotros, Guardianes del Cielo, tened cuidado de mi alma! ¡Restauradla! ¡Nutridla! ¡No dejéis que se pierda!" El valor la revivifica. No importa en qué lo emplees, pero que sea un acto sólo tuyo, conscientemente decidido. Porque ya nunca podremos reponernos, aunque abran de nuevo la puerta. ¿Y sabes por qué? Por haber permanecido aquí mientras sucedía, por aguantarlo todo, por cobardes. Ándale, vámonos, anímate.

—Yo... no quiero quitarme la vida.

El brillo de sus ojos. Lo sedoso de su pelo, pensó él.

—Puedo ayudarte. Es más fácil de lo que imaginas. Mira, lo apoyas en tu pecho —y apuntó el abrecartas hacia el corazón de él— y luego lo empujas de un solo golpe... ¿Te das cuenta? De un solo golpe. Es sólo un golpe de decisión.

Él no se movió. Si ella le ha empezado a clavar el abrecartas tampoco se hubiera movido, supuso.

—Tengo hijos, acuérdate.

—¿De qué te sirve tener hijos en el vacío en que te encuentras? ¿Crees que si abren la puerta, si es que la abren, las almas regresarán a los cuerpos de quienes habitan este espantoso edificio? No seas ingenuo.

—¿Y tú?

—Yo podría poner también un cuchillo sobre mi pecho y empujaríamos al mismo tiempo.

—Penetrar nuestros corazones al mismo tiempo.

—Sí, al mismo tiempo. En un último abrazo.

Ella formó rizos en el aire con una mano en alto.

—Nuestras almas saldrán volando entrelazadas ante la mirada atónita de los soldados, o lo que sean, en busca de otros horizontes, de una nueva oportunidad de vida, de verdadera vida. En medio de un gran dolor, pero aleteantes...

—No me atrevo.

—Hay música que ayuda en estos trances. El *Réquiem* de Mozart es ideal. Leí que un loco se curó oyéndolo. A nosotros también nos va a ayudar a salvarnos, dándonos fuerzas para empujar el cuchillo, acompañándonos en nuestro maravilloso viaje —fue al librero por una casetera de pilas y le oprimió una tecla, provocando un ligero chirrido—. Ésta es la mejor parte, fíjate. Oye cómo los silencios de Mozart siguen siendo

Mozart —de lejos su boca chueca parecía una sonrisa fingida.

El Sanctus, dentro de la atmósfera turbia,
aumentó el desasosiego del vecino del cinco.
Sintió un profundo deseo de rezar, correr al lado
de su esposa, darles un beso en la frente a sus
hijos, meterse bajo las cobijas de su cama, ponerse a soñar cualquier otra cosa, cualquiera. Ella
pareció adivinarlo porque regresó al sofá y dijo:

—Así, con la convicción de que tú eres todavía tú, y que vas a morir por tu propia mano
para seguir siéndolo ante ti mismo y ante los tuyos. Es la mejor herencia que les puedes dejar
—y le apoyó el abrecartas en el pecho, sobre un
botón. Lentamente fue desplazando el abrecartas
hacia el corazón de él, a la altura de la bolsita de
la camisa.

Él bajó los ojos y le descubrió en la otra
mano un pequeño cuchillo de plata —que no sabía
de dónde había sacado— y se lo extendió para
que lo tomara.

—Éste es el mío. Dormí con él bajo la almohada, no he dejado de besarlo durante todo el
día.

Al vecino del cinco, el metal helado le produjo, ya, la sensación de la muerte. Los dedos —lianas
retorcidas y ondulantes— se pusieron a acariciar
la hoja afilada.

Ella desabrochó la blusa hasta mostrar el nacimiento de sus grandes pechos morenos. Con
un dedo le indicó el lugar donde debía apoyar la
punta del cuchillo.

—Aquí.

Pero en lugar de hacerlo, él lanzó el cuchillo al aire como si soltara un pájaro, y se fue sobre ella decidido —ahora sí, con una decisión de las que salvan—, haciéndola caer de espaldas en el sofá, arrebatándole el abrecartas y terminando de desabrocharle la blusa.

—¿Estás loco?

—¿Yo, loco?

—¡No quiero! —gritó ella entre escupitajos, uñas, manotazos.

—Abandono a mi esposa, me vengo a vivir contigo, te hago un hijo, no vuelvo a separarme de ti. Te traigo flores todos los días, vamos a conciertos, viajamos a Egipto, pero vive. Vive para mí.

—Pero es que ya me asomé, entiéndelo.

—Olvídalo.

—No puedo.

—Sí puedes.

Besándole los senos, buscándole la boca que murmuraba palabras sueltas y quejidos de entresueño, la lengua hasta lo más hondo mezclando las salivas, desesperadas tentativas de ella por librar los muslos de las esposas trabantes, entre una tempestad de pelo cobrizo azotándoles la cara, su contracción que multiplicaba una voluntad de no ceder, de no abjurar, hasta responder a cada sacudida cómplice con el cimbrear de las caderas, la reiteración de un quejido debilitado, ya empapado de admisión.

—Ves cómo sí puedes olvidarlo.

*

Sólo algunos días después se logró convocar a una nueva junta y se habló de elaborar una lista de los víveres que tuviéramos o que necesitáramos, pero la proposición se agrió apenas una señora canosa, creo que del diecisiete, dijo que ella no iba decir públicamente lo que había en su alacena después de cómo habían tratado a su marido cuando el ·problema del estacionamiento —sólo teníamos derecho a un auto y como él empezó a meter otro se lo sacaron a la fuerza, cargándolo entre varios vecinos.

Quizá sin tanto pleito anterior, pensé, se habrían puesto de acuerdo y ayudado entre ellos pero, me enteré, las reuniones siempre se caracterizaron por el desacuerdo y la animadversión de un departamento hacia otro —sobre todo entre los más cercanos— y, en el fondo, de todos contra todos.

De la lista de víveres, el chaparro del diez —con fama de *gourmet* y una barriga que le precedía como el mascarón de proa a un navío— agregó que no daría la suya mientras no conociera la de los demás, estaba cansado de nuestros chanchullos: ¿no había pagado él solo el recableado de luz de su piso y nadie lo ayudó a pesar de tantas promesas? Además, ¿quién garantizaba que lo declarado en esas listas fuera la verdad? No faltaría el vivales —y nos recorrió con una mirada circular— que las aprovecharía para hacer su agosto.

—Me consta que la vecina del trece no presta nada cuando le van a pedir —acusó la del dieci- siete ahora apenas visible, desde un escalón muy alto.

Pero la del trece casi llega hasta ella blan- diendo una mano en alto y gritando:

—Sólo a usted no le presto nada, vieja maldita: llevo años rogándole que le baje el volu- men a su televisión por las noches.

Por suerte tropezó con el vecino del tres y aprovecharon para detenerla y regresarla al lado de su marido, el médico militar, tan fresco, en los primeros escalones.

También se habló del problema de los ten- dederos en la azotea, del estado lamentable del baño de servicio, de los autos que había que mover en el estacionamiento para sacar los que queda- ban encerrados, de los timbres de la entrada que no funcionaban.

Casi ni se tomó en cuenta la propuesta de una comisión para checar las listas de víveres. ¿Quién iba a responsabilizarse de vaciar los refri- geradores (que además no funcionaban) y las ala- cenas? ¿A ver, el primer valiente en permitirlo? ¿Cuál departamento el almacén? ¿Y qué comisión verifi- caría la honradez de la comisión designada?

El hall estaba pegajoso de humo —aún no se les terminaban los cigarrillos— de los gritos y de la tos que de cuando en cuando se asomaba por algunos de los presentes.

Nada hubiera anhelado tanto como abrir la puerta de la calle, Monseñor, que entrara el aire. O salir yo mismo al mundo: había un bar de lo más agradable a esas horas a unas cuadras. Ocasionalmente, cuando se me acababa la bebida en la casa, me quitaba la sotana y cruzaba la calle a visitarlo. Además, no importaba que me identificaran como sacerdote (después de las vergüenzas que pasaba en mi propio confesionario). ¿También lo tendrían sitiado? Sentarme en una de sus mesas a pedir cualquier cosa: albergue, consuelo, plática, un ron con soda y muchos hielos. Poner la mente en blanco y mirar de reojo por el ventanal, sucio de polvo y grasa, la ciudad fantasmal de afuera. O, mejor, sentarme en la apretada barra, tocándonos con los hombros y las caderas de tan juntos (sobre todo a la "hora feliz", aquello se atiborraba), ofreciéndonos rápidas excusas, exagerando la amabilidad con el cantinero, quien a esas horas debía tener ya los ojos abotagados y rojos y tomaría con movimientos muy lentos las botellas del estante o los vasos que secaría con la punta del delantal. Mascando cacahuates, trocitos de queso o haciendo sonar entre los dientes el apio que vigoriza y tiene mucha fibra, punzante el restallido de las fichas de dominó en las cubiertas de formaica de las mesas cercanas, hablando de política, de negocios, de familia, de mujeres, de religión si sacaba yo el tema a colación (y siempre lo sacaba a colación), todos aparentemente tan seguros de la inmortalidad del alma como del momento que estaban ocupando en el tiempo y en el espacio, esa ventaja tenía para mi proselitismo religioso la "hora feliz", Monseñor.

Un niño poco visible hasta entonces soltó una especie de bramido, resultado de atragantarse con un llavero, supongo que de su madre, quien le metió dos dedos como pinzas en la boca al tiempo que lo amenazaba con altisonantes castigos.

El del dieciocho estaba desesperado: había supuesto que trataba con gente civilizada, pasó los dedos engurruñados por el pelo hasta la nuca y aseguró que no volveríamos a saber de él.

El médico militar fue más directo: hizo una seña que consistió en cimbrar un puño atrás de la oreja y masculló unas palabras pastosas en las que sin embargo adiviné una mentada de madre (la tercera mentada en apenas cinco días de encierro).

Cuando ya estábamos a punto de marcharnos, alguien me propuso para encargarme de la organización de los víveres.

—Es un sacerdote, supuestamente tendría que ser honrado, cómo no se nos había ocurrido.

—Y es que siempre está usted tan callado, padre. Como nomás oyéndonos a nosotros.

Expliqué que mi capacidad organizativa era prácticamente nula, pero que estaba dispuesto a ayudarlos en lo que fuera necesario.

—Ese cura siempre anda borracho —dijo otro por lo bajo, pero lo suficientemente audible para despertar a su alrededor un corro de risitas.

Confieso que no sentí pena. Era algo peor: la certidumbre de que, a consecuencia de mi enfermedad o de mis múltiples pecados, o de todo junto, el Señor me había arrebatado el poder de representarlo en la tierra y de difundir su palabra.

¿Qué sentido podía tener mi sotana? Me parecía que hasta ese momento me daba cuenta realmente. "Ese cura siempre anda borracho". ¿Qué quedaba en mí del joven seminarista exaltado, siempre sobrio y lúcido, que pretendía penetrar el secreto de los corazones, creía en los dogmas de su religión con una fe sin fisuras, leía a Boff, a Bernanos y a Greene, y trataba por todos los medios a su alcance de volver menos penosa la existencia de quienes padecían confusión, de quienes necesitaban consuelo espiritual, de los menesterosos y de los que sufrían injusticia y vejaciones? ¿Yo, aquél?

Creo que estuve a punto de caer de rodillas ahí, frente a todos y pedir perdón en voz alta. Por suerte, no lo hice.

—Dios mío, Dios mío —repetí para mí mismo, con la mirada baja y el cerebro vacío, una fórmula carente de significado en aquellos momentos.

Me dieron una suave palmada en la espalda y me volví con un movimiento nervioso.

—Ánimo, padre. Díganos algo.

Era el viejito del tres, quien me simpatizaba. Le sonreí y apreté con calidez su mano.

—Sí, padre, díganos algo —lo secundó alguien más.

Me di ánimos y respiré hondo. Como siempre me sucedía, mi problema era la duda de lo que yo mismo decía, entre otras razones por no encontrarme totalmente en mis cinco sentidos. Me instalé en uno de los primeros escalones, con algunos vecinos sentados a mis pies.

—Hermanos míos —empecé—, como en los Hechos de los Apóstoles, los justos se reunían en secreto para compartir la pobreza y la persecución. No es muy diferente a lo que hoy vivimos. *Il-kapillan tal-katakombi*, esto es, el capellán de las catacumbas, me podrían llamar en maltés, en recuerdo de aquel personaje literario maravilloso que descubrí en mi adolescencia, el padre Salvatore, que dio consuelo a una pequeña comunidad en los tiempos difíciles de la guerra, refugiándose con ellos en unas catacumbas como los primeros cristianos. ¿No habitamos hoy nosotros también unas catacumbas? Sólo nos falta, casi nada, la fe de los primeros cristianos. Pero la podemos recuperar, aunque no sea yo el mejor mediador que nuestro Señor Jesucristo pueda haberles enviado... El padre Salvatore era un hombre sano e íntegro, en cambio yo, ya lo ven, soy un borracho, como me acaban de llamar...

Hubo un largo murmullo entre los vecinos, como si corrieran avispas sobre ellos, y alguien le soltó un fuerte manotazo en la espalda al que me dijo borracho. Parecía que podía haber un altercado entre algunos vecinos por mi culpa —ya desde ese momento se notaba que unos estaban conmigo y otros contra mí— y traté de evitarlo.

—Permítanme. Es cierto lo que dijo. Y qué bueno que lo dijo, porque a partir de ahora podremos comunicarnos con mayor sinceridad. En estos mismos momentos... notarán que traigo algunas copas encima, no lo niego. Así, yo podré decirles lo que pienso de ustedes, como sacerdote y como vecino, y ustedes podrán decir lo que piensan de mí. Es un buen principio, ¿no?

—Sobre todo en las circunstancias en que estamos, padre. Nos sentimos con mucho miedo —dijo la señora del once—. Ya ve que hasta hay vecinos a los que han robado.

—A mí, a mí —gritó el del cuatro—. Se nos metió en el departamento un tipo encapuchado y se llevó lo poco que nos quedaba.

—Yo rezo mucho pero no se me baja el miedo —dijo la del catorce.

—Eso. Y con el fantasma del hambre encima —precisó el chaparro del diez.

—Cuál fantasma, nosotros ya casi no tenemos nada que comer —dijo muy quedo, casi como para sí mismo, el del doce—. Todo lo que teníamos en el refrigerador se nos echó a perder.

—Suertudos los que tenían guardadas muchas latas —murmuró una voz femenina a mi lado.

—Por eso hay que organizarnos, de veras —decía muy convencido el del tres.

—Yo y mi esposo todos los domingos vamos a misa, y nadie como usted podría ayudarnos espiritualmente, padre —dijo la esposa del médico militar.

—Sí, muy católicos, pero su esposo nos mentó la madre —le reclamó la señora del cinco.

—Les mentó la madre, pero es católico. Una cosa no tiene que ver con la otra.

—¿Qué no? Nomás pregúntele al padre.

—Ya cállense y déjenlo hablar —pidió en tono perentorio el psicoanalista del dos, lo que me intimidó porque yo suponía que no era creyente.

—La fe nos salvará, suceda lo que suceda —dije, carraspeando, muy nervioso, sosteniéndome del barandal por si acaso, invocando a Giovanni Papini y a todos los santos—. No es otro el mensaje de Jesús cuando nos dice: "Los tiempos se han cumplido y se aproxima el reino de Dios; haced penitencia y creed en el Evangelio". Palabras quizás incomprensibles para muchos por su sencillez misma. Para comprenderlas hace falta traducirlas a nuestro lenguaje cotidiano, llenarlas de nuevo con su sentido eternamente vivo. Porque, cuidado, los hombres de hoy suelen entender por Evangelio el libro en que está impresa la cuádruple historia de Jesús. Ese libro que, forrado en piel, muy lujoso, no siempre es símbolo del cristianismo verdadero. O, también, simplemente, puede ser el libro que los ateos consideran pura fantasía o del que reniegan los apóstatas.

Me estaba encarrilando y empecé a levantar la voz.

—Pero Jesús no escribió libro alguno, hay que tenerlo presente, recordárselo a todos. Por Evangelio, Él entendía lo que la tradición llama la Buena Nueva, ese cumplimiento de los tiempos, que no era precisamente el año quince del gobierno de Tiberio.

—¿Quién fue Tiberio? —preguntó alguien.

—Oh, eso nos lo explica después, déjalo —le contestaron.

—Pero nuestra concepción de penitencia también está equivocada. La palabra de Marcos *metanoeite* no debe traducirse como penitencia porque enseguida nos refiere al sacrificio y al dolor, a los golpes de pecho, y no es la idea. *Metanoia* es propiamente la *mutatio mentis*, el cambio de la mente, la transformación del alma. Metamorfosis es un mudar de forma; *metanoia*, un mudar el espíritu. Por eso penitencia podría traducirse mejor como conversión. Conversión con el arrepentimiento por nuestra vida pasada implícito, pero también con la alegría de reconocer y vivir bajo la Buena Nueva que nos trajo Jesús. ¿Me siguen?

—Yo más o menos, la verdad —reconoció la gordita del siete.

Otros se marcharon abiertamente, y preferí no fijarme quiénes, pero los sentí pasar a mi lado al subir las escaleras. Creo no engañarme si digo que oí, desde un piso alto, nuevamente la acusación de "cura borracho", sólo que ahora con la palabra pinche al principio: "pinche cura borracho". Tragué gordo y continué, a esas alturas del sermón era peor detenerme y dejar una imagen de impotencia.

—Ahora bien, esa conversión ha de ser aquí y ahora. Porque el tiempo de Jesús es ahora y siempre, se cumple en todo instante. Todas las horas son las de su Reino, a condición de que estemos preparados para entrar en él. Todos los días son su día. Su época no está marcada por el número de años. La eternidad no admite inicios ni cronologías. Cada vez que un hombre se esfuerza por entrar en el Reino, por convertir en realidad suya el Reino, por consolidarlo frente a todos los reinos subalternos, entonces, siempre, el tiempo está cumplido. Aquí y ahora. No nos separan los dos mil años supuestos de ese tiempo porque para Dios dos mil años equivalen, quizá, a un solo día o a un instante del mismo día. Los cristianos, es cierto, hemos de ser contemporáneos de Cristo. El tiempo está cumplido y hoy mismo podemos encontrarnos en la plenitud de los tiempos. Hoy mismo nos llama Jesús, óiganlo...

Alguno de los niños presentes preguntó a gritos dónde, dónde, y terminó de desconcertarme, pero aún así le seguí.

—Aún no ha terminado el primer día de la Pasión. Hoy mismo, en este instante, está celebrándose la crucifixión de Jesús.

Escuché que alguien sollozaba y eso me alentó.

—El Reino no es la fantasía superada de un pobre judío de hace veinte siglos. No. Tampoco es un libro viejo, deshojado, una antigualla, un recuerdo velado, un delirio superado. El Reino es de hoy. De mañana. De siempre. Es también una realidad del futuro, colmada de porvenir, viva, actual, nuestra. Una tarea iniciada hace muy poco. Cualquiera es libre para poner en ella las manos, para reanudarla, para proseguirla, para encontrarla en su interior. La palabra parece vieja, el mensaje parece antiguo, repetido por el eco de dos milenios y por una iglesia que hoy mismo nos parece traidora, es

cierto, pero el Reino, en su calidad de acto espiritual, de realización, de esperanza, es nuevo, joven, nacido ayer, está por crecer todavía, por
florecer, por engrandecerse. Jesús echó la semi-
lla en la tierra, pero apenas se ha desarrollado en
estos dos milenios, transcurridos como un pere-
zoso invierno en el espacio de unas setenta ge-
neraciones de hombres... Por eso mi pregunta es:
¿queremos entrar en ese Reino?

La respuesta fue unánime, Monseñor: todos
gritaron afirmativamente y levantaron el índice, como
si yo fuera a elegirlos, con una vehemencia que me
preocupó, porque un instante después se me echa-
ron encima. Me palmeaban la espalda, me estruja-
ban el saco, alguien me jaló el pelo, la vecina del
doce hizo que su niño de brazos me acariciara el
rostro, preguntaban qué debían hacer para entrar
en el Reino, querían a toda costa entrar en el Reino, qué oraciones rezar, ¿podía yo guiarlos, con-
fesarlos, darles misa?

*

—¿Papá...?

Despertó con el sobresalto muy antiguo de
cuando papá y mamá tenían que llevarla a dormir con ellos porque veía rostros en la ventana
apenas apagaban la luz, oía que abrían la puerta
de la calle, la muerte se sentaba a los pies de la
cama.

Sólo que a últimas fechas eran los gritos de
papá los que la despertaban.

—¿Papá...?

Quizá no la escuchaban. Y le pareció que los gritos y el golpe seco de los pasos llegaban aún del fondo del sueño, que otra vez la tela de araña de la pesadilla extendía uno de sus hilos a la realidad, a la penumbra del cuarto.

Restregó los párpados.

A veces le bastaba restregar los párpados y permitir que sus ojos aceptaran la luz tenue de la calle filtrada a través de las cortinas de malla, para descubrir el mundo en calma y tranquilamente volver a dormir hundiéndose en la blandura de la almohada.

Pero a últimas fechas no, al contrario: era como si cada grito —en realidad un solo grito que se multiplicaba como ecos— le regresara de golpe las imágenes en apariencia olvidadas: un grito con aquella cara febril del hombre que subía por la escalera con un cuchillo ensangrentado en la mano; un grito con aquel rostro lívido del condenado que la miraba desde atrás de la ventana como rogándole que rezara por él; un grito con la cara de la muerte que tenía ahora sentada en la silla de junto a su cama, sonriéndole:

—Hola Cristy, tanto tiempo sin vernos.

Y Cristina gritó:

—¡Papá!

Y el silencio que siguió a su grito le hizo pensar que sí, era la pesadilla que se prolongaba más allá del sueño.

Pero un momento después entró mamá con un paso sigiloso, como de gato, y se acercó a la cama con unos ojos hinchados, brumosos, y le pidió que por favor volviera a dormirse, no sucedía nada, papá y ella estaban platicando, como todas las noches, pero ya se iban a acostar, de veras.

Desde el encierro le decía que ya se iban a acostar, de veras, pero cada noche se acostaban más tarde.

Cristina no le contestó, sólo la miró fijamente y después se cubrió la cabeza con las cobijas y apenas alcanzó a oír las últimas palabras de mamá, de veras m'hijita, duérmase mi niña, mañana no hay que levantarse temprano para ir a la escuela, m'hijita, ni siquiera podían salir a la calle pero algún juego tenían que inventar juntas.

La oyó salir de la recámara, arrastrando los pies.

Bajó las cobijas: mamá había dejado una larga sombra encorvada con las manos en alto que no acababa de irse, como desprendida de ella, la verdadera imagen de mamá.

Se puso de pie, con miedo, como si rompiera una grave prescripción, y fue a abrir la puerta, girando lentamente la manija para que no la oyeran, y por un resquicio miró en el comedor la escena que ya conocía, que alguna vez soñó o imaginó y que a últimas fechas tomaba cuerpo todas las noches: papá dando vueltas y más vueltas alrededor de la mesa, agitando las manos, y mamá sentada en la silla, acodada en la mesa y cubriéndose los ojos, sollozando.

Papá que poco a poco volvía a subir el tono de voz, las palabras que retumbaban por toda la pieza, los gritos que eran tan parte de ella como los primeros recuerdos, las primeras imágenes que recibió del mundo. Y mamá atreviéndose de vez en vez a contestar con una breve frase hiriente, punzante, como un dardo que buscaba el corazón de papá y lo encendía aún más.

Cristina tuvo la impresión de que, de nuevo, papá y mamá estaban despertando un volcán que terminaría por arrasarlos, se llevó las manos a los oídos y apretó los párpados. Cerró la puerta de golpe y regresó corriendo a la cama, con un puchero atragantado, se cubrió la cabeza con la almohada y el puchero reventó en un llanto convulsivo, incontrolable, que la ahogaba y le pegaba la almohada a la cara. Quizá mamá había regresado y la llamaba, pidiéndole que se calmara, quizá papá también, m'hijita. Pero Cristina sólo se oía a sí misma, su llanto colmaba el mundo, y no quitó la almohada y lentamente, conforme iba quedándose dormida, el llanto fue apagándose, dejando la resaca unos suspiros que eran como si el aire también la abandonara, la confinara a sus puros sueños.

Despertó al amanecer con la sensación de sólo haber dormido un instante. La naciente luz del día le resultaba aún más dolorosa que la oscuridad. Se puso de pie, con el camisón de franela hasta los tobillos, y se vio de reojo un segundo en la luna del ropero, con temor, como si ella misma fuera una aparición, un pequeño fantasma. Abrió la puerta y miró por un resquicio, como la noche anterior. Pero el comedor se encontraba vacío. La silla donde se había sentado mamá un

poco separada de la mesa y el cenicero con coli-
llas diminutas. Las ventanas que daban a la calle,
abiertas. Y sin embargo, a pesar de la ausencia de
ellos, tenía la impresión de que algo continuaba,
como la resonancia de los gritos de papá o de los
sollozos de mamá, el aura del conflicto, algo im-
perecedero.

Fue por el pasillo a la recámara de sus padres, palmeando suavemente con sus pies des-
calzos el parquet, cualquier ruido podía despertar
de nuevo el volcán. La puerta estaba entreabierta
y ellos dormían plácidamente, entreverando unos
ronquidos apagados.

A un lado tenía la recámara de su hermano
y se asomó: el niño también dormía tranquilo en la
cama de barandal, con una punta de la cobija estru-
jada en la mano y muy cerca de la boca.

Se detuvo un momento frente a la ventana del
comedor y miró un cielo azul pálido, apacible, y pensó que no había más remedio, tenía que volver a intentarlo. Pero sintió el mismo miedo aquel. O no,
miedo no, ya conocía el sentimiento. Una sensación
extraña, mezcla de miedo y de gusto, rarísima.

Fue a la recámara, se quitó el camisón,
buscó en el ropero un vestido y unos zapatos y
en el baño se echó agua tibia en la cara. Regresó a cepillarse el pelo en el gran tocador de
nogal rubio. (Su abuela le heredó la recámara y,
en el instante en que se vio en el espejo del
tocador por primera vez sabiéndolo suyo, sintió
que ya no era la misma, que el tiempo daba una
maroma y la colocaba en otra parte, más adelan-

te o más atrás de donde siempre había estado.) Recogió el mechón de pelo que le caía sobre la frente con un broche de plástico en forma de una pequeña flor y se miró de tres cuartos, sonriéndose, como siempre que terminaba de arreglarse. Tendió la cama y colocó sobre las almohadas una muñeca de trapo, con largas trenzas.

—Me voy a ir Virginia, cuídate —le dijo.

Entró al cuarto de Joaquín y al mirarlo dormir fue cuando más miedo sintió, igualito que la vez anterior. Las fuerzas se le iban del cuerpo. Quizá lo mejor fuera esperar... Dormir otro rato a ver qué pasaba cuando volviera a despertar... Movió al niño por la espalda, suavemente.

Joaquín se removió en la cama como culebrita, jalando las cobijas con los pies.

—Ándale nene, tenemos que irnos.

Joaquín se sentó en la cama, restregando los párpados, sin comprender, como si fuera la primera vez que abría los ojos. Su hermana lo cargó, lo sentó en una silla y le empezó a desabrochar la piyama.

—¿Y mi mamá?

—Está dormida —contestó Cristina sacándole la camiseta.

—¿Por qué no la despiertas?

—Porque es muy temprano.

—¿Y mi papá?

—También está dormido.

—¿Qué vamos a hacer?

—Vamos a salir un rato a la calle.

—Pero dice mamá que no se puede salir a la calle.

—Podemos tratar.

El niño dijo ah, y se dejó conducir al baño donde su hermana le lavó la cara, le puso un pantalón y una camisa limpios y lo peinó abriéndole una perfecta raya de lado. Luego fueron a la cocina y Cristina puso en la estufa una jarrita con dos huevos a entibiar. El niño la miraba sorprendido.

—¿Nos vamos a ir solos otra vez?

—Sí.

—¿Adónde vamos?

—Ya verás. Ahora va a ser más divertido —explicó Cristina partiendo el cascarón de un huevo con el filo de una cuchara.

—Yo quiero irme en tren —chasqueó la lengua—. Ya nos íbamos a subir al tren cuando papá nos alcanzó.

—Ahora sí vamos a tomarlo, verás. Ten, bébelo.

Obedeció. Cristina le limpió la boca y luego colocó en el fregadero las tazas. El niño se lamentaba de no tener un gato para llevarlo con ellos, como la vez anterior.

Al abrir la puerta, oyó la voz de mamá.

—Cristina, ¿qué hacen?

—Ya nos vamos, mamá —muy derechitos bajo el dintel de la puerta, bien peinados, tomados de la mano.

—¿Qué? —cerrándose la bata a la altura del pecho, con los ojos hinchados y el pelo hecho un revoltijo.

—Nos vamos a ir otra vez —la secundó Joaquín.

Con dos largos pasos, su madre cayó encima de ellos con unas manos como tentáculos, sacudiéndolos, estrujándoles la ropa, jalándolos por los brazos, metiéndolos de nuevo en la casa a la fuerza, haciéndolos tropezar, escupiéndoles una palabras incomprensibles, botándosele el llanto de cuando peor lloraba mamá, amenazando con una mano en alto a Cristina.

Pero papá, que apareció como surgido del piso mismo, la detuvo.

—¡Déjalos! —ordenó.

Estaba más alto que nunca, de pie ante ellos, con los botones de la piyama mal abrochados, atrayendo a mamá hacia él y con una boca en forma de holán.

—¿De veras se quieren ir? ¿Están decididos?

—Sí —contestó Cristina sin abrir los labios.

—Pero, ¿por qué? —preguntó la mujer, ahogándose en el llanto.

—Porque discuten.

—¿Sólo por eso?

—Sí.

—Está bien. Los dejamos ir —dijo el hombre mostrándoles una enorme mano abierta. Joaquín sonrió pero Cristina permaneció impávida.

—¿Pero cómo...? —iba a protestar la mujer, pero el hombre la detuvo con una seña por lo bajo.

—Adiós, váyanse pues.

Los niños cruzaron la sala, abrieron la puerta y salieron a la grisura del pasillo. Cristina no se volvió para despedirse y sólo Joaquín les sonrió y les agitó ligeramente una mano.

Pero después de un rato los niños no regresaban, como el hombre había supuesto, y la mujer corrió a la ventana abierta. Pegó un grito. También el hombre los vio: los niños tomados de la mano en la banqueta contraria, más pequeños de lo que en realidad eran, pasando muy despacio frente a la hilera de soldados inmóviles.

La mujer no dejó de gritar mientras bajaba corriendo las escaleras y luego, ya en el hall, mientras golpeaba con los puños la puerta de la calle, que sólo retumbaba un poco.

—¡Mis hijos, mis hijos! —con una voz que se apagaba.

*

Los confesé en uno de los cuartos de servicio vacíos. Imagínese nada más, con mi desajuste emocional.

—Ave María purísima.

—Sin pecado concebida.

—Me acuso de abandonar a mi familia para irme con la vecina que vive en el departamento exactamente abajo del nuestro. La única ventaja es que mis hijos suben y bajan todo el tiempo, se distraen, juegan a las escondidillas y no parecen mayormente afectados.

—Me acuso de no soportar a mi familia desde el encierro, padre. Yo antes era buena madre y buena esposa, se lo juro. Ahora fantaseo que estoy en otro lado para huir de ellos. Huyo hasta del niño chiquito, que es el amor de mi vida. Lo llenaba de besos todo el tiempo. Ahora apenas si lo toco, y cuando lo toco es como si no lo tocara en realidad. Huyo con la imaginación donde quiera que me encuentre. Cierro los ojos y ya estoy ahí. Mejor dicho allá. El primer día sólo hacía lo de fugarme al amanecer, antes de que ellos se despertaran. Despertaban y me regresaba. Ahora me voy casi todo el tiempo. Apenas me dicen algo que me molesta mínimamente, cierro los ojos y me largo. Ellos seguro se dan cuenta porque ya dejaron de dirigirse a mí y hasta pasan a mi lado como si no me vieran, como si me les hubiera vuelto invisible. Lo extraño es que mis últimos sueños son ya también en el lugar nuevo que me inventé.

—Me acuso de estar muy feliz porque mi marido no regresó a la casa. No podía regresar porque pasa las noches en un edificio cercano a causa de su insomnio. Supuse que no iba a soportar su ausencia, pero al contrario, hoy me doy cuenta de que sin él mi vida es otra, más tranquila y más plena.

—Me acuso de asomarme a la ventana y hacer señas horribles hacia el cielo.

—¿Hacia el suelo?

—Bueno, también hacia el suelo.

—Me acuso de no haber vuelto a probar bocado desde que empezó el encierro. A veces, a base de estarme pique y pique con la cuchara, algo me mete mi mujer de atole o de consomé en la boca, pero yo por mí ni eso aceptaría.

—Me acuso de que a partir del encierro me he vuelto ninfómana. Me despierto y lo único que pienso es en hacer el amor con mi marido. Al mediodía, otra vez. Me voy a acostar y lo mismo. Sólo el sexo me distrae del encierro y por eso no me asomo a la ventana para nada. Si me asomo, bajo los ojos y veo lo que hay ahí, se me quitan las ganas, me vuelvo frígida, totalmente frígida. Pero si no me asomo es al revés. El problema es que mi marido empieza a huirme, lo conozco.

—Me acuso de robar a mi propia familia. Por las noches bajo a la alacena y me retaco de lo poco que queda. Hasta una congestión estomacal agarré el otro día, mientras mi mujer y mis hijos se ven cada día más flacos.

—Me acuso de tener unos sueños lascivos que me hacen eyacular dormido. Desde el encierro, no dejo de eyacular en las noches. Lo curioso es que las mujeres que se me aparecen, con las que tengo verdaderas orgías, son precisamente las vecinas del edificio, sólo las vecinas del edificio, aun las más feas, con las que nunca tuve ese tipo de tentaciones. Qué pena porque cuando cruzo una mirada con ellas, durante las juntas, es como si lo adivinaran, ya ve usted cómo son de perceptivas las mujeres, padre.

—Me acuso de dormir dieciocho y hasta veinte horas diarias desde el encierro. Si hago un esfuerzo es peor porque entonces me quedo dormida de pie y me voy de boca como una vela. Mire nomás cómo tengo la cara por los golpes, padre. Ahora mismo, aquí...

—Me acuso de discutir acaloradamente con mi marido todas las noches, es como un vicio incontrolable, lo que motivó que mis hijos se fueran de la casa a pesar del sitio.

—Parece cosa de risa, padre, pero me acuso de que la primera mañana del encierro desperté siendo otro. Se dio así nomás, al abrir los ojos y comprobar que mi cuerpo no era mi cuerpo. Pensé que iba a pasar. Pero me senté en la cama y no reconocí mi propia ventana. Me volví bruscamente y al encontrar a mi lado un rostro de mujer que no era de mi mujer estuve a punto de soltar un grito. Observé como a un bicho raro la mano que tenía sobre el embozo de la sábana. Dedos gruesos, con las uñas cuadradas y el vello oscuro. Sin embargo, se movían cuando mi voluntad lo ordenaba. Me puse de pie y fui al baño. Lentamente me acerqué al espejo del botiquín. Ya sin sorpresa comprobé que mi rostro no era mi rostro. Palpé las mejillas, los labios, los párpados, la frente, el cabello (yo, que era calvo). Empecé a llorar. Sentir correr las lágrimas me reconfortaba como lo único verdaderamente mío. Me acerqué un poco más al espejo. Abrí la boca, observé los dientes, la lengua, las encías. Hice muecas, simulé sonrisas. Traté de mirar en el fondo de los ojos y creo que fue cuando más me desconcerté. Algo había ahí que me producía un mareo muy cercano al desmayo. Sentí que ya no sabía quién era ni quién había sido antes y hasta dudé de haber sido alguien alguna vez. Mi mujer y mis hijos me encontraron arañándome el rostro y jalándome el pelo, sin despegar los ojos del espejo. ¿Cree que todo esto sea sólo producto del encierro? ¿Cree que volveré a ser el mismo de antes apenas nos abran la puerta de la calle?

—Yo te absuelvo en el nombre del Padre, del Hijo y del Espíritu Santo.

*

—Está bien, creo que no nos engañas, Susila. Tratemos de poner el asunto en claro —le dije—. El cuerpo del subsecretario de algún sitio...

—Deje de llamarlo así, padre, por favor. Era nada menos que subsecretario de la Secretaría de Energía y Minas. Mejor llámelo Gabriel.

—Bien, digamos que el cuerpo de Gabriel más una X desconocida y no corporal es igual a Gabriel. ¿Me sigues?

—Más o menos.

—En aras de ese argumento, admitamos que Gabriel es, en el más allá, el mismo obseso de la comida y de la política que nos presentaste en la sesión.

—Admitámoslo.

—El cuerpo de Gabriel quedó abolido en el momento en que se pegó un tiro en la cabeza. Sin embargo, por lo que tú demostraste, nos vemos forzados —fíjate, forzados— a creer que la X persiste, ha persistido.

—No hay duda.

—¿Pero qué es esa X?

—Ay, padre, que lo pregunte usted.

—En fin —dije, apenado de mis propias preguntas—, hemos averiguado que X más tu cuerpo de médium es igual a un pseudo-Gabriel, subsecretario de ahí donde dices, absolutamente temporal. Con sensaciones, emociones y recuerdos temporales. ¿Pero qué sucede cuando la X no está conectada contigo, con tu cuerpo de médium?

—Imposible averiguarlo, aquí y ahora.

—Por tanto, no incurramos en el sofisma de suponer que, como X más tu cuerpo de médium es obseso de la comida y de la política, ha de serlo también esa misma X sola.

—Creo que la teología cristiana aplicada a las sesiones espiritistas no funciona, padre. Les quita el chiste.

—En una palabra, el problema es el médium en la ecuación, lo que alterará siempre el resultado. Yo te oí decir...

Le iba a decir de las expresiones que sólo podían ser de ella, no del espíritu convocado, pero pareció presentirlo porque puso sus ojos más dulces y me tomó una mano.

—Mire, padre, yo esas sesiones las hago con todo el amor y todo el dolor de que soy capaz, ya vio cómo terminé. Si de algo sirven sólo Dios sabe, y si no, también. Prefiero que me lea ese poema de Michaux que menciona.

Y me puse a leerle el poema, qué remedio, cansado de ver cómo lo insensato —el alcohol, las sesiones espiritistas, el sitio— posee asideros más hondos que la verdad científica y teologal, y cómo la reflexión termina aliándose siempre con los impulsos primarios, para entregarnos al capricho de las emociones, al gran salto a lo que es más nuestro: el acto irracional.

*

También la ancianita del catorce se murió, pero ella sí de muerte natural, muy tranquila, cerífica, con sus brazos cruzados sobre el pecho y un crucifijo enmedio, como la efigie de piedra de un sepulcro.

El médico militar la revisó con sus ojos fríos y su estetoscopio (aún más frío) y su diagnóstico fue encogerse de hombros y chasquear la lengua. Ofreció regresar cuantas veces fuera necesario. La hija le pedía que no se separara un momento de su madre, se lo rogaba, y él hacía constantes reverencias.

Por mi parte, la confesé —apenas un montoncito de pecados veniales cometidos a últimas fechas—, le di la comunión y le impartí los santos óleos. Pero a quien de veras parecía necesitar la anciana era a Susila, por cómo la llamaba, pedía por ella casi a gritos.

Fui por Susila y regresamos unos minutos después, pero tuvimos que esperar en la sala a que saliera el médico, quien la revisaba por enésima vez a petición de la hija.

Había sofás de raso, una máquina de coser cerca de la ventana y en las paredes unas mariposas clavadas en cajas de terciopelo, fotos familiares y otra grande de Pancho Villa en colores pastel, retocada hasta la caricatura, en un marco oval descascarado. Afuera, el sol se obstinaba en el cielo enardecido del crepúsculo.

—Lo esperábamos, por supuesto —dijo Susila—. Pero no hoy. Hoy en la mañana parecía
estar un poco mejor, pobrecita.

—¿Usted la conoce bien?

—Muy bien —contestó con petulancia—.
La conozco, creo, mejor que su propia hija. Ella
la conoce así como conoce una mujer a su madre, esto es, ignorando la mitad de su vida y sin
concebir que alguna vez fuera joven. De la misma manera que conocen las madres a sus hijas:
siempre como si fueran niñas.

—¿Estudió usted psicología, Susila?

—Soy intuitiva, nada más.

—Ah.

—Para serle franca, y antes de que siga haciendo gestos, quiero advertirle que soy comple-
tamente incapaz de representar en forma coherente
el personaje que me ha tocado en suerte. Mis res-
puestas están condicionadas por los días de sol o
por las tormentas. Hay mañanas en que sólo el
orden riguroso me permite levantarme de la
cama, y otras en que todo me aburre y me des-
alienta, cada cosa en su lugar pero mi perrito no
mueve la cola y la leche no se va al fuego, algo
siniestro. Esto además de una surtida colección
de máscaras, y detrás de ellas, me parece, un
agujero negro.

—No tengo nada contra las máscaras. Son
tan útiles como los lentes oscuros para una luz
demasiado intensa.

—Su profesión también es una máscara,
padre —con una ironía que no le supuse.

—Y de las mejores, se lo aseguro. Porque, además, como dicen, dime qué máscaras te pones y te diré qué cara tienes.

—A mí la única máscara que me gustaba la perdí apenas llegué a la adolescencia.

—Yo, por el contrario, la única máscara que no quisiera volverme a poner es la de mi infancia. Porque creo que no era máscara sino un rostro en carne viva, ardido.

—Mi problema es que conforme pasan los años más ansiosa me vuelvo y tengo que apretar más fuerte las amarras para controlarme —con sus dedos finos simuló apretar un nudo.

—No parece usted ansiosa.

—No lo parezco, pero lo soy. Me controlo, pero fui terrible, uf —con unos labios en forma de O—. Siendo niña aprendí que cuando me faltaba algo me bastaba con chillar y gritar para conseguirlo, y se me quedó la costumbre. Cuando estaba enojada no me contenía: vociferaba y decía groserías. Al llegar a la adolescencia me volví aún peor. Usted, padre, por ejemplo, ¿tiró alguna vez de los cabellos a una mujer?

—A nadie. Y mucho menos a una mujer.

—¿Mordió alguna vez a algún compañero en la escuela hasta casi arrancarle un pedazo de carne? —con un gesto que mezclaba la furia y la risa, de más atrás de los labios y los dientes.

—Dios me libre.

—¿Los insultó con todas las palabras agraviantes que se le ocurrieran y que a él más le pudieran doler?

—Menos.

—Pues yo sí. Por eso sé más del mundo que usted.

—Puede ser. Aunque algunos torturadores saben cómo se pone un hombre cuando le arrancan las uñas, pero no por eso conocen su alma.

—Pero es que no sólo los mordía. También los amaba —su mano hacía un vaivén de su boca al brazo del sofá.

—Más peligroso aún, parece.

—Ya no tenía ningún dominio sobre mí misma. Me pasaba deprimida días enteros, llorando por cualquier tontería y sin atender nada. Luego, de pronto, estuviera donde estuviera, en casa de mis padres o luego con mi ex-marido, me ponía de pie y gritaba: "¡Tengo que ir a verlo, no puedo aguantar más!", y corría al lado del hombre en turno, sin tampoco importar dónde pudiera él encontrarse. No imagina los líos que provoqué. ¿Ahora entiende por qué practico el yoga y leo a Huxley?

—El sistema ese que mencionaba.

—Que además igual sirve para vivir que para morir.

—¿Le dice usted algo especial a la gente que está muriendo, si se puede saber?

—La ayudo a continuar practicando el arte de vivir, incluso en la agonía. Saber quién es uno en realidad; o sea, lo único que puede ayudar a los moribundos a continuar hasta el final. Quizá más allá del final. ¿Ha leído el *Bardo Todol*?

—No.

—¿Un sacerdote católico? —con un pestañeo ofensivo.

—Reconozco mis limitaciones. En lo religioso me he reducido fundamentalmente a la Biblia.

—Mire, a la hora del juicio al recién falle-
cido, el Rey de los Muertos lo enfrenta con un
espejo que es el karma: la suma de actos del
hombre, quien ve reflejarse ahí, como en una
película, todas sus acciones, las buenas y las
malas. La clave es que el reflejo no corresponde
a ninguna realidad exterior sino que es la proyec-
ción de imágenes mentales, de eso que nosotros
llamamos el cuerpo sutil. Qué término, ¿no le parece? —preguntó con una sonrisa estirada.

—Muy fino, es cierto.

—El Rey de los Muertos mira el espejo,
pero lo que está haciendo en realidad es mirar en
la memoria del muerto.

—¿No será más sencillo confesarse y ya?

—No, porque en la religión católica son
ustedes quienes dictan las sentencias, salvan o
condenan; en cambio en el *Bardo Todol* el juicio
que pronuncia el Rey de los Muertos no es de él,
sino del propio muerto, de su cuerpo mental.

Iba yo a abundar en el tema, pero en ese
momento salieron de la recámara el doctor y la
hija de la anciana. Él explicó con un dedo en
alto una rarísima enfermedad en términos médicos incomprensibles y concluyó que, no había
duda por los síntomas, había sido provocada por
una edad tan avanzada como la que tenía la
enferma. Se lamentó de la falta de medicamen-

tos apropiados a causa del encierro, y se despidió muy amable. La hija, desconsolada, nos llevó a la recámara.

—¡Susila, Susila! —llamó la anciana desde su lecho al verla llegar, extendiéndole una mano engurruñada y tragando bocanadas de aire.

La hija y Susila fueron a pararse a los lados de la cama y yo permanecí cerca de la puerta. En las cortinas entreabiertas había manchas de sol y se colaba un chorro de luz rasante.

—¡Arriba! —dijo Susila, poniéndole una mano en la frente—. No debes dormirte, recuérdalo. ¡Arriba!

Me pareció una crueldad con la pobre moribunda, ya habiéndose confesado y comulgado, pero supuse que no debía intervenir tratándose de una situación tan singular entre las dos mujeres, y creo que hice bien, Monseñor.

—En realidad no dormía —dijo—, lo que sucede es que estoy tan débil, tan débil. Parece que me estuviera yendo por el canal de una aguja.

—Pero tienes que estar aquí. ¡Arriba! Tienes que saber que estás aquí —Susila deslizó otra almohada bajo los hombros de la enferma y le dio a beber un poco de agua que la luz irisaba—. ¿Es muy intenso el dolor?

—Lo sería —replicó con un hilito de voz la anciana—, si fuera en realidad mi dolor. Pero, quién sabe por qué, ya no es mío. El dolor existe, pero yo estoy en otra parte.

—Recuerda las palabras del *Bardo*: "Tu conciencia resplandece, vacía, inseparable del

Cuerpo de Dios, no está sometida al nacimiento ni a la muerte sino que es la misma luz inmutable de Él".

La anciana pareció quedarse dormida un instante, y Susila insistió:

—¡Arriba! Háblanos, cuéntanos algo. Todo cuanto digas aquí te lo ahorras allá.

—¿Qué podría contarles... ahora?

—De cuando eras niña. No, mejor de cuando eras jovencita y te fuiste a la Revolución con Villa.

—Te lo he contado mil veces, Susila, lo mismo que a mi hija, mírala, ya empieza a dormirse nomás de oír el tema.

—Mamá, por Dios —replicó la hija.

—El padre no lo ha oído. Cuéntaselo a él. Sirve que si hay algo que perdonarte, de pasada te lo perdona de una vez.

—Me da pena con él.

—Con más razón, ¿ves? —insistía Susila.

—Por mí... —dije haciendo una seña como de ir a marcharme.

Susila aleteó una mano para que me quedara, y obedecí. ¿Qué otra cosa podía hacer? Se trataba, sin lugar a dudas, de la confesión de un moribundo más original que hubiera yo escuchado desde que me ordené, aunque en realidad ni siquiera pudiéramos llamarla confesión puesto que la mujer de nada parecía arrepentirse. Más bien le nacieron unas chispitas en los ojos y se sentó un poco más derecha, con las manos transparentes en el embozo de la sábana.

—Vamos a ver —dijo, con una voz que renacía—, tenía yo unos dieciséis o diecisiete años. Mi madre trabajaba en un burdel en Ciudad Juárez y yo la visitaba sólo en las vacaciones porque estudiaba en un internado de El Paso, Texas. Pobre de mi madre, los sacrificios que tuvo que hacer por mí. Ahí en el burdel conocí a Luis, un muchacho muy guapo y romántico, quien por las noches, con una linterna, se encargaba de reclutar clientes para el negocio. Me enamoré de él e hicimos el amor. En realidad los dos éramos vírgenes y aprendimos juntos. Nos casamos en secreto, sin necesidad de sacerdote ni de nada. Para él, que había sido seminarista, el sacramento del matrimonio se realizaba a partir del deseo y de la entrega plena, así como hace siglos, antes del ritual de pasar frente a un altar, la gente se casaba nomás con mirarse de cierta manera, las palabras de amor no hacían sino confirmar el compromiso visual. "Te declaro mi esposa por haberme mirado como me miraste", me dijo. Se fue con Villa, cuando ya Villa andaba de guerrillero en la sierra, y lo acompañé. Al principio no quería que fuera porque yo disparaba y montaba mejor que él. A pesar de mis ojitos miopes, y dándome el arma un golpe mucho más fuerte que a él, tenía mejor puntería. Lo mismo al montar. Recuerdo una vez en que no salía de su asombro al verme domar un caballo salvaje, aguantar los brincos del animal encabritado, clavarle los talones en los ijares, impedirle sentarse sobre los cuartos traseros, darle bárbaros tirones a la rienda hasta hacerle doblar el pescuezo y luego llevarlo por donde se me diera la gana. Me puso el pretexto de que dizque Villa les había agarrado tirria a las soldaderas desde que en Santa Rosalía Camargo había mandado fusilar a más de noventa. Pero la verdad es que no quería llevarme porque suponía que una soldadera debía conformarse con ir a pie, corriendo desaforada detrás de su hombre, tropezándose y volviéndose a levantar, con un escuincle moquiento en los brazos y con sus ollas, sus cacerolas, sus peroles y sus aperos para dormir sonándole como cencerros. Le pedí que me prestara su caballo a ratos y me contestó furioso: no iba a hacer el ridículo de entonces él ir a pie, cargando el montón de ollas, mirándome desde abajo mientras yo lo miraba a él desde arriba, como si la soldadera fuera él, en ese plan mejor ni se iba con Villa, para qué, dijo.

—Pero finalmente te llevó, Obdulia.

La quijada se le desencajaba de tanto que abría la boca y por momentos levantaba un índice apergaminado.

—Sí, finalmente me llevó. Villa no soportaba oír los ruidos del amor y nosotros aprendimos a hacerlo en silencio. El propio Villa había sacrificado a una pareja porque no hizo caso a su advertencia y soltó unos jadeos muy ostentosos. Villa los alcanzó a oír, fue hasta ellos y ahí mismo, sin siquiera deshacer el nudo amoroso, les soltó un par de plomazos. Por eso Luis y yo lo hacíamos sin emitir un solo ruido y hasta casi sin movernos. Tenía su mérito. Si acaso, nos hablábamos muy quedito al oído, sin importar lo que dijéramos sino el puro murmullo, o nos acariciábamos por encima, a flor de piel, en las pocas zonas del cuerpo en que podíamos descubrir la piel. Todo iba muy bien porque yo me resigné a ir detrás de él, ya sin pedirle nada. Aprendí a moler el maíz tostado, revolviéndolo con piloncillo, para hacer el pinole, y a preparar el pozole en unas ollas de barro que se mecían en cuatro palos cruzados. Le preparaba su comida, le lavaba su ropa en el río y hasta recogía la caca de los caballos o de quien fuera.

—Lo que no hará una por el hombre que ama, Obdulia —dijo Susila, acariciándole el pelo—. Y mira que no es el mismo sacrificio en la ciudad, con tantas comodidades que tiene una, que en un campamento en plena sierra. Y menos es igual la relación con un hombre normal, que con un villista, supongo.

—Todos son iguales, no tengas duda, Susila. Usted lo ha de saber mejor que nadie, padre, por tanta gente que confiesa.

—Villistas ya no alcancé a confesar a ninguno —aclaré.

Ya casi estábamos a oscuras, pero distinguí que los ojos de la anciana se ensombrecían de nuevo y el labio inferior se le proyectaba hacia el frente, tembloroso.

—Luego vino lo que vino. Él se fue con Pablo López, el segundo de Villa, a matar gringos a Santa Isabel y cuando regresó me descubrió unos magullones en los brazos muy ostentosos. Le dije que me había peleado con otra soldadera, pero no me creyó. Me llevó al río, me encueró y vio las mordidas y los arañazos que tenía en el pecho y en las nalgas. ¿Cuándo, a qué horas, en dónde, con quién lo había hecho? Primero le juré por mi madre que no lo había engañado, que había sido otra cosa pero no podía contarle porque si le contaba iban a matarnos a los dos, o él mataría a quien no podía matar, pero tampoco me creyó y hasta me comparó con mi propia madre, y entonces sí que me dio coraje: "¡Nunca lo sabrás, por más que imagines, nunca lo sabrás!", le dije. "Primero me muero que decirte con quien lo hice. ¿Te duele que me haya metido con otro hombre? ¡Si me quisieras más debería dolerte el andrajo humano que me he vuelto aquí, menos que un perro, menos que un animal de carga. ¡Mátame y me haces un favor!" Se puso como loco, casi me mata de veras. Me quería ahogar en el río, apretarme el cuello, romperme la cabeza con una piedra, llevarme con las otras soldaderas y contarles mi traición para que ellas mismas me colgaran de un árbol, como era la costumbre. Pero finalmente sólo me hizo el amor a la fuerza mientras yo lo mordía. Me dejó ahí tirada y gritó que no quería volver a verme. Esa misma noche me robé un caballo y me largué de regreso a El Paso, a donde sabía que él no podía encontrarme. Por su odio a los gringos supuse que nunca cruzaría el puente del Río Bravo. Pero él tampoco cumplía su palabra porque a los pocos años abrió un bar, *Los dorados* lo llamó, ahí mismo, en El Paso, y entonces tuve que salir huyendo a la capital, en donde me casé y tuve a mi hija querida.

Al oírse nombrar, la hija se hundió en un puchero y llenó de besos la frente de su madre.

—¿Y Luis te buscó después? —le preguntó tercamente Susila a la anciana.

—Muchísimo, por todos lados. Fue a localizar a mi mamá en un burdel de Torreón, pero ni siquiera ella sabía dónde estaba yo porque ya no regresé al internado y me metí de mesera a una cafetería. Mi madre se había involucrado sentimentalmente con un chino horrendo que regenteaba varios burdeles en la frontera, y por eso también me alejé de ella. Sólo años después, ya estando yo casada, me puse a buscarla y la localicé en Parral de portera en un edificio de mala muerte, hecha un guiñapo pero pintarrajeada y con los mismos vestidos insinuantes de siempre. Le llevé a su nieta para que la conociera, la ayudé con un poco de dinero, que le mandaba puntual cada mes, a pesar de las reticencias de mi marido, y le pagué el entierro cuando me avisaron que murió. Pobre, creo que me porté muy mal con ella. Ya ves, Susila, ella hasta de puta se metió para pagar mis estudios.

—¿Crees de veras que se metió de puta para pagar tus estudios, Obdulia? No te engañes. Dilo aquí y te lo ahorras allá.

—No, no creo que se haya metido de puta para pagar mis estudios. Creo que era una puta de corazón.

—¡Eso! —Susila dio una seca palmada que nos hizo saltar a todos—. ¿Qué harías si volvieras a encontrarla en otro sitio?

—Platicaría con ella, me encantaría...

Suspiró como si tragara una última bocanada de aire. De veras la estaba tragando. Hacía un esfuerzo por seguir entre nosotros, se veía. Apretó la mano de su hija, quien lloraba a mares y no dejaba de decirle: "mamita, mamita".

—¿No quieres decirnos más, Obdulia?

Negó con la cabeza y cerró los ojos, achicándose de pronto, hundiéndose en la cama hasta casi desaparecer, haciéndose bolita como para facilitarnos el trámite engorroso de deshacernos de su cuerpo, ahí, en el encierro, había que calcularlo.

Minutos después le empezaron los estertores y Susila se puso a hablarle muy quedo al oído.

—Ahora puedes soltarte. Suéltate del todo. Abandona este viejo cuerpo que ya no necesitas. Deja que se desprenda de ti. Sigue hacia la luz, sigue.

Esa noche la velamos y al día siguiente la envolvimos en una sábana y la echamos a la calle por la ventana, ante las protestas de la hija, quien no dejó de gritar. ¿Qué otra cosa podíamos hacer? Le dije que era como si lanzáramos a su madre al mar, pero quién podía comparar el horror que había ahí abajo con el mar, la verdad.

*

Los vecinos finalmente se pusieron de acuerdo y por la mañana empezaron a llevarnos al departamento la comida que les quedaba. La tía tomó muy en serio su papel de organizadora y —ayudada por el muchacho del cuatro— preparó la sala para recibirlos. A falta de aspiradora, barrió la alfombra con una escoba que sumergía, de tanto en tanto, en una cubeta con agua; sacudió el polvo, guardó los adornos de la mesa de centro y arrimó los sofás y los sillones a la pared. En un viejo cuaderno cuadriculado hizo el inventario. En realidad, toda esa movilización alteró muy postivamente el letargo ansioso en que había caído —vagaba por el departamento como sonámbula, sin encontrar ocupación que la retuviera, mirando siempre de refilón hacia la ventana—; ahora en cambio se puso a organizar raciones que supuestamente darían de comer a todos, incluyendo a las sirvientas, dos de las cuales terminaron durmiendo en los sillones de nuestra sala.

Estrujaba el corazón ver la pequeña fila desatinada y delirante de vecinos entregando sus bolsas con comestibles, quizás en verdad lo último que les quedaba. Un vecino dijo:

—Me siento en el juicio final, padre.

Parecía que les arrancábamos pedazos de su propia carne al quitarles las bolsas de las manos. Entre preguntas malevolentes sobre qué entregaban los demás y disculpas por lo que entregaban ellos, ofrecían explicaciones inútiles, por ejemplo, por una lata de cocoa en polvo, una bolsa de azúcar pulverizada y otra de harina de trigo.

—Por lo de mi cumpleaños iba a prepararme mi pastel preferido, de chocolate con mucha crema chantilly, pero con el encierro parece que el tiempo se hubiera detenido y ya no hay cumpleaños de nadie.

—Mejor que mejor, vecina —la consolé—. Ahora que nos abran la puerta tendrá usted un año menos.

Era cierto: ¿cuánto tiempo menos —o más— tendríamos todos cuando nos abrieran la puerta? Algo parecido a lo que sucede en los viajes espaciales.

—Mire, padre —me dijo el vecino del diez, el que tenía fama de *gourmet*—, no es que desconfiemos, y mucho menos de usted, no vaya a creer. Pero más vale aclarar todo desde el principio y no tener luego malos entendidos. Verá, nosotros aceptamos entregar lo que tenemos con la condición de que nos toquen raciones justas y suficientes. Si no es así, si vemos que desde el principio esto del racionamiento es motivo de una nueva injusticia en el edificio, mejor recogemos de vuelta nuestras cosas y ni quién se fije.

—Bastante trabajo nos ha costado tener una despensa llena —agregó su mujer—, y la verdad con ciertas cosas buenas que de seguro aquí en el edificio ni aprecian. Para serle franca, no vamos a cambiar nuestras latas por frijoles.

Les daba mi mejor sonrisa y hacía pasar al siguiente, y a otro más. Hacíamos recuentos frecuentes para no confundirnos.

—Un paquete de espagueti, una bolsa de arroz, otra lata de frijoles, media bolsa de azúcar, una botella con menos de la mitad de aceite, una lata de salchichas, un frasco abierto de mermelada, dos bolsas de harina para tortillas, una botella de rompope, una latita de chiles, media botella de salsa catsup... —yo recitaba mientras mi tía anotaba diligente.

La sala empezó a llenarse de comestibles. Había latas y bolsas hasta en las repisas esquinadas. Parecía que estuviéramos preparando el *set* para un anuncio publicitario. ¿En mi propio departamento, en donde siempre reinó la frugalidad?

Sonreí feliz de la vida al ver llegar a la vecina del trece con una bolsa de mercado repleta de rollos de papel de baño. Se disculpó al desembarazarse de su valioso cargamento sobre la alfombra, en el centro mismo de la sala. Eran dos paquetes con seis rollos de blanco y suave papel cada uno.

—Sí, es puro papel de baño. Siempre lo guardo de sobra, tengo esa manía, padre. Mi marido se burla porque la parte superior de la alacena está retacada de papel, no cabe nada más. "Cuándo vas a usar toda esa porquería", me gruñe cada vez que abre la alacena. Muy mi gusto, ¿no?

—¡El vecino del cuatro se va a poner feliz, acuérdate que cambiaba su colección de timbres por un rollo de papel de baño! —le bisbiseé a la tía.

Ella no paraba, anotaba todo en su libreta con letra menuda, algunas cajas las acomodaba una sobre otra, como los cubos de un juego infantil.

—Aquí todo lo de limpieza y aseo personal —llevaba las cosas a un rincón, corría de regreso a la puerta porque había llegado una vecina con cara de estar a punto de arrepentirse.

—Venga para acá —y le arrebataba la bolsa.

Al mediodía llegó la familia del once en pleno. Los hijos mostraban en la sonrisa el alboroto de la mínima aventura. La madre sacaba con sumo cuidado lo que llevaba en una bolsa de plástico, como si se tratara de fina porcelana.

—No pensábamos hacerlo, pero nos convenció con su sermón de ayer, qué cosas nos dijo sobre el Reino de Dios. Esto es lo que podemos aportar para entrar en él: una lata de sopa Campbell's, dos paquetes de fideo, media bolsa de frijol negro y una lata de atún, dos latas de chiles en vinagre y otra de pimientos morrones, un poco de caldo de pollo en polvo y un paquete abierto de galletas de coco.

Todavía no salían cuando llegó acezante el hijo mayor de la señora del siete, arrastrando una caja de cartón con la aportación familiar al fondo.

—Aquí les manda esto mi mamá —dijo en tono seco—. Y dice que más vale que luego nos repartan de lo de todos porque si no en casa nos vamos a morir de hambre.

En realidad, de verdadero valor, la caja sólo contenía una lata medio golpeada de chongos zamoranos, una bolsa chica de un frijol pinto que nunca había visto yo, un frasco de cajeta casi vacío y otro de mermelada de piña; lo demás eran tres latas grandes de comida para gato.

*

Para mi sorpresa, el médico militar estaba a favor del sitio y se lamentaba de no haberlo podido apoyar de manera más decidida.

—Yo por mí, andaría afuera con ellos en uno de esos tanques, me cae que sí. Pero la mañana en que me puse mi uniforme y me asomé por la ventana a manifestarles mi solidaridad, me respondieron con un balazo en la pared. Lo entiendo, no pueden confiarse en cualquier hijo de vecino que se disfraza para unírseles. Es mejor así, me da todavía más confianza lo que están haciendo.

Estábamos en el despachito que utilizaba como consultorio, tomando coñac tras coñac (que se me subió ipso facto). Sacó una botella de X-O de la prehistoria, dijo, para celebrar. Se había confesado conmigo por la mañana y se veía jubiloso, con sus mejillas rubicundas a pesar de la máscara de arrugas.

En las paredes había motivos militares, diplomas, y cuadros familiares. Sobre el escritorio, carpetas en pirámide, un recetario, un recipiente de cristal abrumado por flores de plástico teñidas con los colores de nuestra bandera (algo en verdad cursi) y un vaso de cerámica donde desbordaban lápices y recetas garabateadas.

—Esto también me lo va a perdonar —dijo dando un paseo nervioso por la pieza—, junto con los pecados que le confesé en la mañana, pero yo creo que lo mejor que podía pasarnos es precisamente lo que nos está pasando.

—¿El sitio? —pregunté con palabras envenenadas.

—¡Claro que sí! El sitio. Después la situación se normalizará. Cuando se abra la puerta del edificio saldremos a otra ciudad: limpia y en orden. Un tanque por las calles y, ya vio usted, salen los rateros despavoridos.

—Los rateros y todos nosotros también.

—¿O prefiere el desmadre que había antes? Esta era ya una ciudad tomada por el enemigo, hágase a la idea, padre.

—No es para tanto —dije, con tal de llevarle la contra—. Se le pasa la mano con sus quejas, doctor, me parece.

Estuvo un rato haciendo jugar los dedos en el aire, supongo que para darles flexibilidad.

—¿Qué puedo hacer a estas alturas de mi vida si no quejarme? Se puede despojar a un hombre de todo, de todo. Sin embargo, una sola cosa es imposible tocarle, pues si se le priva de ella estará perdido irremediablemente: la facultad, mejor dicho, la voluptuosidad de quejarse.

El sudor le manchaba las axilas de la camisa blanca. Llevaba tres copas de coñac, y yo también, qué remedio. Me platicó de la afición en su familia a los desfiles y a la pompa militar.

—En tiempos de don Porfirio, la familia de mi padre hacía el viaje desde Zacatecas nomás para venir a pasar las fiestas patrias en la capital. Se alojaban en el hotel Iturbide. Las versiones eran contradictorias. Una tía me decía que aquello era maravilloso, los cadetes iban elegantísimos, con el capitán Ávalos, de la Guardia Presidencial, al frente de la columna; había que ver nomás la apostura del capitán Ávalos. Otra tía en cambio se quejaba: los divertía la chorcha que había en el cuarto, pero el desfile, lo que se dice el desfile, le parecía inaguantable. Todos los rurales iban borrachos, se caían del caballo y los demás los pisoteaban. Lo peor es que duraba horas y horas. Se iban a comer, regresaban y todavía estaban pasando rurales.

—Usted habrá heredado esa afición.

—Desde niño. Todavía alcancé a ver unas ametralladoras Hotchkiss de tiempos de don Porfirio, bellísimas, que desfilaron durante muchos años, o los cuatro cañones de tiro rápido que compró Obregón para sofocar la rebelión delahuertista, o las seis tanquetas especiales de Cárdenas para acabar con los cedillistas, o aquellos cañones de 75 milímetros con cierre Saint-Chamond que trajo Calles de Francia.

—¿Ha marchado muchas veces?

—Muchísimas, desde que entré a la escuela. A caballo, tocando la trompeta. Es más, ahí la tengo todavía, déjeme enseñársela.

Del clóset sacó una trompeta abollada y escarapelada y me la extendió. La regresé enseguida, tomándola con la puntas de los dedos. Se la llevó a los labios con gesto solemne y soltó dos notas desafinadas, taladrantes. Suspiró.

—Un México que no volverá —dije por decir cualquier cosa, bostezando contra el dorso de la mano. Con el coñac, o deliro o me entra una somnolencia insoportable.

—Pues por lo pronto va a volver para nosotros, y aquí mismo. Si me permite, tengo listo mi uniforme. Es increíble que todavía me quede. Ayúdeme, padre.

—¿Para qué quiere ponérselo? —pregunté parándome perezosamente del sofá.

—Ya le contaré. Hoy es un día muy especial para mí. Claro que me aprieta un poco, pero piense que desde que lo estrené han pasado casi cincuenta años.

Se veía ridículo. Era un uniforme verde oscuro, desteñido, con adornos de oro viejo. Le fue imposible cerrar los últimos botones de la casaca. Trató de ponerse el quepí pero no le quedó. Hasta la cabeza me ha engordado, se quejó, y lo lanzó al suelo, indignado.

En esas fachas, regresó a llenar las copas de coñac y fue a sentarse un poco más relajado al sofá.

—Uno de los graves errores del ejército mexicano —dijo acariciando su copa— ha sido alejarse de la Iglesia Católica y hasta pelear contra ella, como durante la absurda persecución religiosa que desató Calles. ¿Se imagina lo que hubiera significado para México la fuerza unida de religiosos y militares, como lo ha sido en España y en otros países latinoamericanos?

Le contesté en el tono más decidido de que era capaz en ese momento, pero la voz me salía aplastada, con un agujero en la mitad de cada palabra.

—Mire doctor, sus ideas militaristas no sólo me parecen aberrantes, sino que tocan (y de esto no tiene usted la culpa) una parte muy problemática de mi fe y de mi sacerdocio. La que tiene que ver con esa Iglesia que usted menciona, y que tanto me conflictúa.

La Iglesia que está hoy en día comprometida, por una parte, contra los anticonceptivos y por otra a favor de las armas, afanada en la defensa de la vida aún no nacida más que en la protección de la vida ya existente. La Iglesia que se ha mostrado inflexible en las transgresiones de orden sexual pero que justifica a los provocadores de las guerras. A los ojos de esa Iglesia, que es la suya, doctor, los pecados más graves de la humanidad continúan siendo los pecados de alcoba y no los cometidos en el campo de batalla. Una Iglesia sin Cristo, de la que me avergüenzo tanto como usted no tiene idea. Perdóneme, doctor, creo que debo marcharme. Le agradezco el coñac.

Pero él soltó una sonora carcajada y dijo que le encantaba mi vehemencia, la sinceridad de mis palabras.

—¿No? —le pregunté muy apenado. La culpa me carcome cuando bebo y a la vez me enojo. Me dio una palmada inncesariamente violenta en la espalda.

—Es más, no sabe cuánto le agradezco lo que acaba de hacer —dijo él— y le ofrezco no mencionar más el tema de las armas. Porque la verdadera razón por la que lo mandé llamar, que es muy grave, ni siquiera he podido mencionarla. Siéntese, vamos a acabarnos nuestra copa y a hablar de lo que verdaderamente nos une: la vejez, a la que sin remedio he entrado yo y usted no tarda.

Iba a aclararle que me llevaba casi treinta años, pero me pareció inútil. Con mis cincuenta y dos años a cuestas y el estado de ánimo que me cargaba, era fácil seguirle el juego.

—Ese es muy buen tema para nosotros en este momento —continuó—, ¿no le parece? El invierno de la vejez, cuando ya nada ni nadie puede arroparnos. Ya ve, hasta los recuerdos se nos empiezan a borrar. "¿No te das cuenta de que eres poroso?", me digo cada vez que se me olvida algo. "¿No te das cuenta de que el viejo cántaro rajado no retiene ya nada...?" ¿Sabe cuándo dejé de ir al club militar, padre? Cuando saludé dos veces seguidas a un mismo compañero y él me miró en una forma tan burlona que no lo soporté. A partir de ese momento descubrí que si nuestra mano tiembla al dejar la taza de café sobre la mesa, ese temblor es registrado burlonamente por todos a nuestro alrededor.

—A mí me sucede al arrodillarme en público, si no dispongo de un apoyo para levantarme. Es horrible. Y si algo hago yo es arrodillarme en público, nomás imagínese. Las piernas, que todavía pueden hacer un buen papel al caminar por la calle, carecen ya del bello poder de ponerse de pie de un salto.

Lo que no podía aclararle, es que en mi caso el problema era el alcoholismo y no la vejez.

—Nada me lastima tanto —agregó él— como los elogios a nuestro supuesto buen aspecto, a pesar de la edad. "Pero si está requete bien, doctor", mirándome todo doblado. Hijosdeputa. El que los hace sabe perfectamente que no es creído, y al que los recibe no le queda más remedio que abrir una sonrisa forzada, casi una mueca de asco. Se elogia el aspecto de un anciano cuando a nadie se le ocurriría convencer a un jorobado de que su espalda está más lisa de lo que en realidad parece.

—¿Y qué me dice de cuando llegamos a nuestro cuarto por las noches, doctor; cuando dejamos de ser vistos, es decir juzgados? —yo también me puse a dar vueltas por la pieza, me sentía menos mareado—. ¿No le sucede que entonces ya no tenemos edad porque volvemos a ser los que siempre hemos sido? De eso no tenemos ninguna duda. Los que siempre hemos sido. Nos conocemos por dentro lo suficiente para saber que no nos diferenciamos en nada, en esta hora del ocaso, del joven que se manifestaba ante el mundo con un mechón de pelo negro sobre la frente. Cuando detentábamos ese pasaporte maravilloso que legitimaba, en cualquier sitio y ante cualquier concurrencia, nuestra juvenil presencia. No es que hoy en día se nos pida documentación. No es necesario: la gente sabe sólo con vernos que somos extranjeros venidos de otro mundo...

—De otro México —agregó el doctor, arrastrando la lengua.

—Llenos de los recuerdos de un viaje que... a nadie interesa conocer.

—A ver, le sirvo otra copita —fue a servirlas—. Es lo que yo digo, ¿para qué engañarnos, padre? Extranjeros venidos de otro mundo o de otro México que a nadie interesa conocer o recordar. Hasta mi mujer hace caras cuando le hablo de mi pasado. Y lo prefiero así. Estoy convencido de que los mejores matrimonios se fundan en el desconocimiento mutuo.

—Salud de nuevo, doctor.

—Salud, padre.

—Pero vuelvo a mi tema —a esas alturas me sentía de la edad del doctor, es la ventaja del cuarto coñac—. En la habitación en donde volvemos a estar solos y no somos vistos sino por nosotros mismos y por Dios, el hombre que somos se encanta con una certeza de la que no intenta convencer a nadie. La certeza de que no se ha convertido en otro... En ningún otro, porque sigue siendo el mismo —levanté la copa—. ¡Oh permanencia del alma, oh identificación de uno mismo con uno mismo, desde siempre y para siempre! —hice una pausa para tomar aire—. Sabemos lo que vale la piedad en esos momentos. El Dios a quien recibimos entonces se parece al mendigo que llega en busca de las sobras de la comida. Dios, en nosotros, se nutre de los restos de nuestra vida: ésa y no otra es la religión del hombre que envejece.

—Y que lo diga usted, padre, con quién sabe cuántos años menos que yo y la coartada de un Dios todo bondad...

—Da igual a su edad o a la mía, doctor, porque siempre seguiremos siendo aquel joven, aquel niño. Por muy extraños que puedan parecer uno al otro, todos son igualmente... yo mismo. Muy en especial el niño. Un sacerdote amigo, ya anciano, me decía que nuestra infancia camina más lentamente que nosotros. Fíjese qué idea, doctor: nuestra infancia camina más lentamente que nosotros, de manera que sólo nos alcanza en el declive de la vida. A partir de ese momento, por fin, el niño que fuimos empareja su paso al nuestro, y nos tiende la mano, como para cruzar una última calle —con voz temblorosa, doblándome, apoyándome en un supuesto bastón.

—¿Pero usted tiene miedo a la muerte, padre? ¿Cómo es posible? Su relación con Dios...

Cambié de actitud, enronquecí la voz y me paré muy derecho (hasta donde me era posible).

—Ningún Dios nos protege del todo, no se haga ilusiones, doctor. Muy especialmente un Dios como el mío, que me ha privado de toda dicha, de toda alegría. Me privó también del amor a una mujer y no me ha dado nada a cambio como no sea Él mismo. Se quedó permanentemente en mí, es cierto, llenándome con su presencia... pero también con su insatisfacción, sin concederme jamás la paz, porque Él tampoco es la paz. Es lo contrario a la paz. ¿Sabe usted que durante un tiempo no pude rezar el padrenuestro? Fue a raíz de la muerte de mi madre. Una muerte muy dolorosa, después de una larga agonía. A partir de que ella murió, dejé de rezar el padrenuestro. Rezaba cualquier oración menos el padrenuestro. No podía decir aquello de: "hágase tu voluntad así en la Tierra como en el Cielo". No podía decirlo. ¿Comprende lo que es esto en un sacerdote, doctor? Porque no se trata de recitar una oración. Se trata de decir verdaderamente lo que se dice.

—¿Y luego?

—Luego, me resigné, supongo. Cuando una vida humillada no envenena el alma, o cuando por lo menos no la envenena demasiado, le da una especie de serenidad que la gente confunde con la dicha. Por las noches leía los salmos. Uno de los pocos libros en los cuales uno puede refugiarse por más desorientado y atormentado que esté. "¿Cómo no oirá Aquel que proyectó el oído? ¿Cómo no verá Aquel que dio forma al ojo?".

—Yo prefiero siempre el Nuevo Testamento. Ya hasta tengo preparado el pasaje que quiero que me lean en el momento de mi muerte. Mire, hasta tengo la hoja doblada en esta Biblia —la tomó del escritorio, la hojeó, la acarició, la dejó sobre sus piernas—. Usted, padre, ¿tiene preparado algo para el momento de su muerte?

Una de las desventajas del coñac es que me pone al borde del llanto al menor motivo.

—Me encantaría creer que... cerca de mí estará Jesús... Que, por primera vez, aceptaré su presencia sin reclamos ni angustia. Que podré decirle: "Vamos, entra ahora sí tranquilamente en mi habitación de moribundo, Señor. ¿Pero cómo nos las arreglaremos para hacer entrar también tu cruz? Porque no cabe por una puerta tan estrecha, pero tampoco es posible dejarla afuera". No me dé una copa más de ese brebaje, doctor —pasándome la manga de la camisa por los ojos. El doctor echó la cabeza hacia atrás en el respaldo de cuero y se puso a hablar para sí mismo: ya ni siquiera me veía de refilón, como hacía un momento.

—¿Acaso sabemos cuándo un hombre es un peso muerto, y cuándo no lo es? Un hombre puede ser el único que mantiene a su familia y ser, a pesar de todo, un peso muerto. Mientras que, por ejemplo, un niño nunca es un peso muerto, esté donde esté. Por eso yo digo que uno mismo sabe cuándo ya está muerto, muerto del todo, y entonces tiene que prepararse —hizo una pausa aplastándose los nudillos, haciéndolos sonar—. Entre todos los animales, el elefante es el que sabe morir mejor. Quiero decir, es el más alto ejemplo que nos da la naturaleza de cómo puede uno saber que ya está muerto, en lugar de estarlo y no saberlo.

—Doctor, a usted ya también se le subió el coñac.

—Es maravilloso cómo se mueren los elefantes. En cuanto advierten que ya son un peso muerto, ¡zas!, acaban: se consideran muertos y se mueren... En toda África... ¿Usted se recuerda que yo estuve en África, verdad padre?

—Cómo no voy a recordarlo. Fue en unas vacaciones de cacería y regresó con aquella enfermedad venérea que le dio tanta lata, según me platicó.

—Pues los cazadores como yo, que hemos ido al África, lo sabemos muy bien. En toda África no se ve, por los caminos de tierra o por los bosques, un solo elefante muerto. Y no puede decirse que los elefantes entierren a sus muertos. Ah, pero tienen cementerios secretos, que ellos mismos ignoran mientras están vivos, y allá van los viejos elefantes cuando creen que tienen que morirse.

Sin violencia, llegan al lugar, se echan por tierra y esperan la muerte. No esperan a encontrarse sin fuerzas. Levantan la trompa, lanzan un último bramido de adiós, y se encaminan a su cementerio secreto. Son animales demasiado orgullosos para aceptar la humillación de quedarse entre los otros cuando saben que han perdido el brillo de la piel, la elasticidad de sus miembros y la facultad de ser escuchados, ser escuchados de veras. Como ahora usted me escucha a mí, padre...

—Lo escucho con toda atención, doctor —mentí.

—Lo sé, padre. Pero creo que he hablado demasiado y, ¿sabe usted?, mi abuelo decía que cuando uno habla demasiado, sin parar, sin que tenga la costumbre de hacerlo, significa que está cerca de la muerte...

—Usted no puede estar cerca de la muerte, doctor. Lo que debe hacer es dejar de tomar tanto coñac y pedirle a su esposa que le dé sus medicamentos... —me iba a poner de pie, pero me detuvo con una señal perentoria.

—Al carajo los medicamentos, padre. Soy médico, acuérdese, y sé exactamente la dosis de veneno que necesito en mi copa para estar todavía aquí con usted... —miró su reloj de pulsera—, digamos unos cinco minutos más... Dios mío, ya no nos va a dar tiempo de leer nada.

Miré mi propia copa aterrado. Él fue a acostarse al sofá.

—No se preocupe, en su copa no eché nada, sólo en la mía. Por lo demás, es un veneno maravilloso, que no produce ningún dolor y permite una dulce y breve agonía. Con él se suicidó ese escritor inglés que usted tanto admira...

—Koestler.

—Ese. Se suicidaron él y su esposa en Londres, tomando el té, y hasta al perro le dieron un poco de veneno, por lo que al día siguiente los encontró la mujer que iba a hacer el aseo sentaditos, muy derechos, sonrientes, él con el perrito sobre las piernas. Todo de muy buen gusto. Tal como quiero yo morirme ahora, padre. No, no se pare, por favor. Imagínese a mi mujer aquí, Dios santo, ni porque voy a morirme es capaz de dejarme en paz. Tengo todos mis papeles en regla y dejé una carta para la ocasión en el cajón central de mi escritorio... Tuve buen cuidado de confesarme en la mañana, le consta, para no incomodarlo en estos momentos con mis pobres pecados. Quiero la compañía del amigo, no sólo la del sacerdote. Aquí tengo a mi lado el crucifijo con el que murió mi padre. Sólo que también quería pedirle un último favor.

La borrachera se me había bajado de golpe. Iba a recordarle que era el único médico en el edificio y con el sitio encima, la joven del veinte estaba por dar a luz y a su papá se le había agudizado el asma, no había manera de controlarle la diarrea a uno de los niños del siete, la señora del tres se quejaba de una reuma muy dolorosa, la sirvienta del nueve padecía unos dolores de cabeza extrañísimos, la vecina del diecinueve no salía de su depresión nerviosa, los problemas que teníamos para deshacernos de los cadáveres, había que lanzarlos por la ventana y los soldados nos respondían a balazos, él lo sabía muy bien, no tenía ningún derecho a abandonarnos así, pero supuse que ya ningún caso tenía reclamarle nada y sólo me hinqué junto a él.

—El que quiera, don Lucas.

—No se trata de una confesión, le digo. No quiero hablar de mi pasado, sino de mi futuro. Quería pedirle a Dios una nueva oportunidad en la Tierra. Sólo eso, y quiero que usted me ayude a pedirlo.

—¿Una nueva oportunidad en la Tierra? —debo haber puesto una cara como para dejarlo más pasmado que al señor Valdemar de Poe.

—No puedo irme así y ya, padre —continuó, a pesar de todo—. Así y ya. Quiero volver a vestir mi uniforme, con un cuerpo joven y esbelto. Quiero regresar a los desfiles, sobre mi caballo y tocando mi trompeta. Este país me necesita, créamelo, necesita todo lo que yo simbolizo. Van a venir tiempos muy difíciles, este sitio es apenas el principio, y yo necesito estar de nuevo aquí...

—Don Lucas, yo creo que no será posible, de veras...

—Usted debe recordarlo también. Recuérdelo. Está en Marcos. "Por tanto, os aseguro que todas cuantas cosas pidiereis en la oración, tened fe de conseguirlas... y se os concederán..." ¿No va así? Está en Marcos, sí. Y aun en Mateo. Padre, ayúdeme. Mateo dice que si tenemos fe y no andamos vacilando... vacilando, fíjese nomás. Cuando digamos a ese monte arráncate y arrójate al mar, así lo hará, y todo cuanto pidiéramos en la oración, como tengamos fe, lo alcanzaremos...

—Don Lucas, amigo mío... Yo creo que esto no... De ninguna manera...

—Déjeme continuar. Total, para qué quiero estas últimas fuerzas que me quedan sino para decir lo que estoy diciendo... Cristo lo anunció: todo es posible para el que cree. Todo. Todo el que pide recibe. Y también en Mateo está aquello de... de que si dos de nosotros nos reunimos en Su nombre para pedir algo... algo, sea lo que sea..., nos será otorgado... Nos será otorgado, dice Cristo. Porque donde dos se hallan congregados en Su nombre, en nombre de Cristo, allí se halla también Él, entre nosotros... Por ejemplo ahora...

Miró con ojos desorbitados a su alrededor. Parecía desfallecer. Le pasé un brazo por el hombro.

—Rece conmigo, doctor.

—Oh, espérese. Hay que saber lo que uno pide, si no para qué reza. Yo sé que la Iglesia no cree en la reencarnación...

—Tiene sus dudas. La reencarnación podría ser una de las muchas "mansiones" prometidas por Jesús en la casa de su Padre...

Al decirlo me mordí la lengua, Monseñor: ¿qué clase de "mansión" habitábamos nosotros durante el sitio?

—Lo importante es que yo aquí, con usted como intermediario, quiero pedirle a Jesucristo... que le conceda a mi alma otra oportunidad en la Tierra... en esta misma Tierra...

—Sólo Dios...

—No, padre, no lo diga... Porque aunque nunca antes... Jesucristo... Aunque yo fuera el primero. Fíjese, aunque yo fuera el primero... Necesito regresar aquí, aquí mismo, padre, se lo aseguro... El sitio, piense en el sitio... ¿Me lo concederá si de veras... lo pedimos... sin vacilar... sin vacilar...?

De pronto, aquello que tenía en mis brazos ya no era él. Ya ni siquiera era el viejo borracho, impúdico, que había sido un segundo antes, que aún alzaba la calvicie y los ojos para pedir lo imposible. La piel, razonablemente fatigada, se aflojó y dibujó el rostro de la calavera que había debajo. Un frío de tierra húmeda y silencio de cosa mineral pareció levantarse en él. Lo dejé recostado en el sofá y yo me puse a rezar:

—Señor, Tú que amas tanto los cuerpos que sufren que elegiste para Ti el más agobiado por los sufrimientos del mundo, ten compasión de mí: este pobre hijo tuyo que se hace pasar por tu representante en la Tierra. Yo el más pequeño, yo el más indigno, yo el más confundido por todas las miserias que ha traído tu Iglesia al mundo... Y, sin embargo, sólo en tu palabra creo... Sólo en tu palabra puedo creer... Por eso..., te pido que no permitas su reencarnación, aquí y ahora, Señor... No importa que me sacrifiques a mí, Señor, pero no le permitas a él regresar... Acepta mis manos, acepta mi sangre, acepta mi vida... pero a él, déjalo descansar en paz... Yo sólo te pido que lo dejes descansar en paz..., lejos de este mundo...

*

Ella, que no fumaba. Ahora estaba por terminarse los cigarrillos de él, gastándolos inútilmente porque ni siquiera les daba el golpe. Soltaba el humo enseguida y lo miraba desflecarse en lo alto, con la sonrisa sin destino visible.

La sonrisa de quien toma antidepresivos, pensaba él. Pero la vecina del seis no tomaba antidepresivos. Pasó los primeros días del encierro muy nerviosa y luego se quedó como pasmada frente a la ventana.

—Aquí me estoy un rato tranquila, ustedes no se preocupen por mí, olvídenme, hagan sus cosas —decía, llevando ella misma la silla del comedor, sentándose muy derecha.

Pasaban junto sin mirarla, o si acaso nomás de reojo para confirmar que ahí seguía, él buscándola por momentos en el reflejo del vidrio, la llamaba desde un silencio y una inmovilidad que hubieran debido llegarle, tenían que llegarle, como un reclamo, como un oleaje secreto.

Los niños se desataban a ciertas horas del día con sus juegos y sus gritos. No había poder humano que los metiera al orden. Pero qué caray, veinticuatro horas diarias encerrados en el departamento, podían haberse portado peor. Quién iba a suponer que no la molestarían ni siquiera con ese juego de los apaches, brincándole encima.

Silenciosa y perdida, con la sonrisa esa, mirando la mañana que se consumía afuera a través del ventanal de la sala y a ciertas horas de mucho sol con las cortinas de gasa, que metían una luz granulada.

Él, de preferencia, abría las cortinas gruesas pero dejaba las de gasa: evitaban la tentación de andarse asomando por ahí, a ver qué sucedía abajo. Exactamente abajo o en la acera de enfrente. En especial por los niños: cuánto podía afectarles en su desarrollo emocional —y hasta biológico, ¿cómo saberlo?— aquella visión inconcebible, justo a la entrada de su propia casa. Él se preguntaba: ¿qué hubiera sucedido si yo de niño veo algo así? ¿Sería el mismo que soy hoy?

En ocasiones, ella abría también las cortinas de gasa, sin decir nada, simplemente se ponía de pie y tiraba del cordón y dejaba el ventanal al descubierto, con toda la luz desnuda.

Permanecía fascinada frente a la ventana, con las manos juntas sobre el vientre o fumando sin saber fumar, los zapatos diminutos, brillantes y reunidos, si acaso siguiendo la evolución del sol en el piso y en las paredes. Minutos, horas. El sol trepaba y ella lo seguía con el asombro con que lo haría un bebé. O en la tarde, con las azoteas lejanas teñidas de un violeta profundo. Sólo la lluvia parecía alterarla en ciertos momentos. Hacía leves gestos de dolor si una ráfaga de viento desprendía de las ramas cercanas, ya ahítas, un efímero collar de gotas de lluvia. O bizqueaba con los hilos de agua que se formaban cerca del marco.

Una tarde llegó el vecino del cinco, quien también tenía dos hijos y se acababa de separar de su esposa para irse a vivir con la vecina del piso de abajo, y ella ni siquiera lo saludó.

No sólo los suyos, sino también los hijos del vecino del cinco le anduvieron brincando encima, pero ella no se inmutó.

—¿Qué le pasa a tu mamá?

—Está mirando por la ventana.

—Ah.

—Buenas tardes, señora —se despidió el vecino del cinco desde la puerta. Pero ella no se volvió a mirarlo.

—Está distraída —la disculpó su marido.

—¿No la habremos molestado? —señalándola.

—Para nada, vengan cuando quieran.

¿Era de preocupar? Los niños miraban a su padre como preguntándole: "Oye, papá, ¿no se estará volviendo loca mi mamá?", pero era preferible así, y mucho más soportable a sus nervios de antes, cuando sin motivo aparente se les aparecía con las lágrimas serpenteando hasta las esquinas de la boca.

Él trató de habituarse a los arranques de furia injustificados. Pero se habituó su oído, no su corazón.

Consciente de la imposibilidad de resolverle los problemas, él sentía una espuria y subrepticia culpabilidad.

¿Que podían hacer él y los niños por ella, dentro del encierro, sino dejarla tranquila, aunque en ocasiones pareciera de veras que ya no estaba con ellos, que el sol era un pretexto, que se volvía invisible para sus propios hijos? Al fin y al cabo, había que sobrevivir, aunque fuera a costa de estar distantemente juntos, amablemente amigos, respetando y ejecutando las múltiples, nimias, delicadas ceremonias convencionales de una pareja con dos hijos de doce y diez años, traviesos como el demonio.

Ella incluso comía frente a la ventana. Nadie la cuestionaba. Se llevaba su comida —raciones cada vez más frugales— en una mesita plegable y punto. Ellos la veían desde el comedor: comía igual que fumaba, con infamante desprecio.

Él dormía una siesta de media hora y, puntualmente, aprovechando la luz, les leía hora y tres cuartos a sus hijos, antes de cenar. No era manía, más bien una respuesta a lo que sucedía abajo, en la calle: fijar las cosas y los tiempos, hacer como que la vida continuaba, establecer ritos y pasajes contra aquel desorden a la entrada del edificio, lleno de agujeros y de sombras siniestras.

Para celebrar un fragmento de *Robinson Crusoe*, les llevó una cajita cerrada de pasas que encontró en el fondo de la alacena, ya entenderían por qué.

—Pasitas, pasitas, vean qué ricas pasitas —con el entusiasmo que rescata lo insólito.

A uno de los niños (el menor, siempre el más impertinente) se le ocurrió preguntarle a su madre:

—¡Mamá, vamos a abrir una caja de pasitas mientras leemos *Robinson*! ¿Vienes a oírlo?

Ella sólo los miró de reojo, volviendo apenas la cabeza, pero con un desprecio inexplicable, capaz de tragarse aquel presente y cualquier futuro posible como el mar a un naufragio (fue la primera vez que su marido pensó en lo de la "posesión"). El niño soltó un chillido súbito, como si hubiera estornudado.

—Mamá está cansada, pobrecita, ya ves cómo le ha afectado que no podamos salir a la calle, sin poder hablarle a tus abuelitos, con tu abuelita tan enferma, déjala que descanse otro rato ahí sentada, vamos nosotros a leer, ven.

"No escatimaba energías en lo que consideraba necesario para mi comodidad; estaba seguro de que criar aquellos animalitos al alcance de mi mano equivalía a tener un almacén de carne, leche, manteca y queso para todo el resto de mi vida, aunque durase más de cuarenta años ahí perdido..." Perdido o encerrado, les aclaró su padre, ¿no? Y continuó: "Criar las cabras cerca de mí exigía perfeccionar de tal modo las cercas que de ninguna manera pudieran escaparse; y como he dicho, obtuve tan buen éxito con el procedimiento de las pequeñas estacas que cuando crecieron vine a descubrir que eran demasiadas y tuve que entresacar algunas de las cabritas".

—¿Ya podemos abrir las pasas? —preguntó el niño menor, que casi no había prestado atención a la lectura por estar mirando la caja.

"Mis viñedos crecían también en la enramada, y contaba principalmente con ellos para tener pasas durante el invierno. ¿A qué puede compararse un puñado de pasas durante el invierno siendo náufrago en una isla? Cuidé por tanto de conservarlos bien, ya que las pasas me parecían el más rico de mis alimentos y el que reunía virtudes medicinales únicas..."

¿Qué anunciaban los ojos de ella? ¿Y si después del encierro, cuando abrieran la puerta, si la abrían, seguía mirando así?

"Y llego ahora a una nueva etapa de mi vida. Cierta mañana, a eso del mediodía, yendo a visitar mi bote, me sentí grandemente sorprendido al descubrir en la costa la huella de un pie descalzo que se marcaba con toda claridad en la arena".

¿Y si le pedía al sacerdote que bendijera la casa?

Fue una pena que no me lo pidiera, Monseñor, pero ahora que lo pienso debí echar agua bendita a la calle, a la entrada del edificio, pero nunca se me ocurrió. ¿Cómo hubieran reaccionado los soldados al sentirla en su piel?

Por la noche, después de acostar a los niños, él pasaba junto a ella con la cara redonda y preocupada, que simulaba la bondad, y le decía:

—Vámonos a la cama, ándale.

Ella obedecía a la primera llamada y se ponía de pie.

La noche de los ojos aquellos hizo la prueba, ya en la oscuridad, de oír más de cerca su respiración, palpar su cuerpo, deslizar sus labios por el cuello, buscarla con las piernas. Pero ella le dijo que estaba cansada, que la disculpara, quería olvidar el transcurso del día, la realidad, los recuerdos, las ensoñaciones, todo.

—¿Por qué? —preguntó ella cuando parecía que iba a volverse del otro lado de la cama para dormir.

—¿Qué?

—Todo esto.

A pesar de la tristeza en los pequeños ojos de ella, muy próximos, y las contracciones de la nariz, la cara de él construyó en la penumbra una expresión serena y empecinada.

—Quizá de veras nada de lo que es importante puede ser pensado, todo lo importante debe arrastrarse inconscientemente con uno, como una sombra.

—¿Entonces?

—Ten cuidado. Yo te ayudo, pero acuérdate la primera vez que te sucedió lo de la ventana —iba a decirle que te fuiste por la ventana, pero le pareció muy brusco—, cómo te pusiste de mal. Tuve que darte una cachetada para que reaccionaras. No quiero que los niños lo vuelvan a ver.

Pero ella se caía de sueño y ya no contestó.

Le robó un cigarrillo —ahora él se los robaba a ella— y se puso a fumar en la oscuridad, lentamente. A pesar de la enfermedad nerviosa de su mujer, la casa marchaba y él había estrechado la relación afectiva con sus hijos como nunca antes. ¿Cuánto tiempo tardaría aún en regresar a su trabajo en la Secretaría de Comunicaciones y Transportes, que por cierto a últimas fechas lo tenía harto? ¿Y si veía ese tiempo ahí encerrados como unas vacaciones obligadas? ¿Por qué no? ¿Y si algunos de los vecinos, ya que les abrieran la puerta, preferían no salir? Él mismo, ¿querría volver a salir? Una cierta sonrisa incontenible amaneció en sus labios.

*

Pero yo sabía, y de ese saber ya no podía escapar, que todo lo que respirábamos era una trampa. Que la prisión que compartíamos nunca había sido ni sería lo que ellos, ingenuamente, llamaban realidad. Yo mismo tuve que llamarla así para tender un puente; por inercia, por comodidad, por miedo a tropezar y sentir la obligación de sumar hasta el infinito dos más dos, que siempre me resultaban cuatro más yo mismo, que sumaba.

Tal era mi estado de ánimo al celebrar la misa. Uno nunca sabe cuándo le van a imponer un sitio al edificio donde habita, y de ahí la utilidad de nuestros altares itinerantes: cómodos maletines para guardar los ornamentos litúrgicos indispensables. A falta de obleas, la tía preparó pan ácimo con un poco de harina de trigo, sal y aceite. Vino, era obvio, no nos faltaría.

El portero prestó la mesa donde comían —era la más cercana aunque muy pequeña, imposible bajar alguna de los departamentos—, la cubrí con los tres manteles bendecidos y al centro coloqué el ara de piedra y el crucifijo que tengo en mi mesita de noche. A los lados, dos veladoras casi consumidas que donó la vecina del tres, y sobre el ara, el corporal donde descansarían el cáliz y el pan consagrados. Otra mesita medio enclenque, también del pobre portero, hizo las veces de credencia para las vinagreras. Por si había algún mal espíritu rondando el hall —y no tengo duda de que lo había— aquel altarcito serviría por lo pronto para exorcizarlo.

Improvisé la sacristía en mi recámara, con la ayuda de los muchachos del cuatro y del once, que nunca imaginaron que el sitio les serviría para convertirse en monaguillos, ante las burlas de algunos vecinos malévolos.

Oficiar esa misa en pleno sitio —lo que era como decir en algún lugar lejos de este mundo— me producía una emoción única, quizá sólo comparable a la que sentí el día de mi ordenación: el momento preciso en que me desplomé en el presbiterio de la Catedral, cuando me bastó levantar ligeramente la cabeza para descubrirlo a usted, su Ilustrísima, en el trono arzobispal, envuelto en nubes de incienso y en la dulce letra del salmo *Dixit Dominus*, que entonaba un coro de niños.

Me lavé las manos en una bandeja colocada en la cómoda, al tiempo que decía:

—Da, Señor, a mis manos la virtud de limpiar toda mancha del alma y del cuerpo.

El muchacho del once me ayudó a colocarme el amito en la espalda, a la altura del cuello, para que yo lo sujetara con sus cintas al frente:

—Pon, Señor, en mi cabeza el yelmo de la salud, para defenderme de las diabólicas acometidas.

Con el alba:

—Emblanquéceme, Señor, y limpia mi corazón para que, emblanquecido en la sangre del Cordero, goce de las delicias eternas.

Ajusté a mi cintura el cordón:

—Cíñeme, Señor, con el cíngulo de la pureza, y extingue en mis miembros el ardor de la lascivia, para que permanezca en mí la virtud de la continencia y de la castidad.

El pañuelo en el antebrazo izquierdo:

—Merezca, Señor, llevar el manípulo del llanto y del dolor para recibir con júbilo el premio de mi labor.

Colgué del cuello la estola y la crucé sobre mi pecho:

—Devuélveme, Señor, la estola de la inmortalidad, que perdí en la prevaricación del primer padre, y aunque me acerco indigno a tu sagrado misterio, merezca, sin embargo, el goce eterno.

Finalmente, tomé la casulla:

—Señor, que dijiste: "Mi yugo es suave y mi carga ligera", haz que de tal modo pueda yo portar ésta, que consiga tu gracia. Amén.

—Amén —repitieron los muchachos.

En semicírculo frente al altar —sentados en sillas que ellos mismos bajaron— estaban reunidos menos vecinos de los que yo esperaba. Algunos que incluso los días anteriores se habían confesado arrebatadamente, ya no asistieron a la misa. ¿Por qué? Quizá les fue suficiente la confesión, quizá lo pensaron mejor y perdieron interés, quizás influyó algún familiar. Como la esposa del médico militar que no quería ver a nadie. Algunos se habían arreglado para la ocasión. Me fijé que el viejito del tres llevaba saco oscuro y corbata. Su esposa trataba de imponer silencio en el hall con su voz chillona. Me sorprendió encontrarme al psicoanalista, algo que no hubiera supuesto; permanecía muy serio y con los brazos cruzados. La hija de la viejita del catorce se había puesto una mantilla blanca que me recordó la que usaba mi madre en los tiempos previos al Concilio Vaticano II. Las sirvientas, ésas sí, estaban todas.

Al llegar al altar, hice una reverencia, besé su superficie y me coloqué frente a mi pequeña audiencia.

—En el nombre del Padre, del Hijo y del Espíritu Santo —nos santiguamos todos.

Abrí los brazos procurando que mis movimientos fueran firmes y naturales a la vez, temeroso de delatar mi atribulada situación emocional, los estragos de mi cuerpo insomne. En aquella misa yo debía ser "otro", pero anular la dualidad. Que no hubiera más "otro" porque soy yo mismo. No yo + "otro", sino yo = "otro". La angustia nacía de ver al "otro" (esto es, a mí mismo) afuera. Quizá tampoco había afuera, era una pura ilusión.

—La gracia de nuestro Señor Jesucristo, el amor del Padre y la comunión del Espíritu Santo, estén con todos ustedes.

Hicimos una oración especial por los muertos —el subsecretario de algún sitio, la viejita villista y el médico militar— y luego el muchacho del cuatro leyó la Primera Lectura del Libro de Isaías: "El pueblo que andaba en tinieblas, vio una luz grande. Sobre los que habitan en la tierra de sombras de muerte resplandeció una brillante luz."

Pensé que la lectura del Evangelio debía ser significativa. Me decidí por la multiplicación de los panes y los peces. Un milagro así íbamos a tener que pedir para nosotros si no queríamos morir pronto de hambre. Después de la lectura, comenté:

—Si comparamos las dos multiplicaciones que nos narra el Evangelio, advertimos un hecho curioso. La primera vez los panes eran cinco y las personas cinco mil y quedaron doce canastas. La segunda vez los panes eran siete, es decir, dos más; las personas cuatro mil, es decir, mil menos, y al final sobraron únicamente siete canastas. Con menos panes se sació a más personas y sobró una cantidad mayor. Cuando los panes son más, se sacia a menos personas y queda una cantidad menor de pan sobrante. ¿Cuál podría ser el sentido moral de esta proporción inversa? El que cuanto menos comida tengamos, más podremos distribuir, tal como haremos nosotros en este sitio que padecemos. Si los panes hubieran sido todavía más escasos, habría quedado saciado un número doble de gente, y el sobrante habría sido mayor todavía; también, tal como deberá sucedernos a nosotros. El menos proporciona el más: es el milagro de la pobreza. ¿Por qué no sentirnos unidos, aquí y ahora, por la pobreza a que nos condena el sitio? Imaginen a Jesucristo tomándola de la mano y diciéndonos: "Reconocedla como vuestra reina, juradle homenaje y fidelidad". El pueblo de los pobres, como el judío, es un pueblo errante entre las naciones (o encerrado en un edificio como éste), un pueblo a la búsqueda de sus satisfacciones corporales, muy justas, un pueblo decepcionado de la caridad humana hasta lo más profundo de su ser. El pueblo de los pobres constituye un público fácil cuando se sabe cómo tomarlo. Habladle a un canceroso de su posible curación y lo veremos todo oídos. Nada más fácil que decir que la pobreza es una especie de enfermedad vergonzosa, indigna de naciones civilizadas, progresistas, y que en un abrir y cerrar de ojos se les librará de esa lacra. Pero quién, pregúntense, ¿quién de entre nosotros se atrevería a hablar así de la pobreza de Jesucristo? ¿Quién? —y los recorrí con una mirada circular—. Es ésa la pobreza que debemos imitar, elegir, producto de la renuncia voluntaria, no del fracaso y de la impotencia. Por eso yo los convoco aquí a santificar nuestra pobreza, a ver este sitio como una gracia de Dios...

Pusieron unas caras tan raras que preferí no seguir. Luego les pregunté a los muchachos y a mi tía si no se me habría pasado la mano, y me contestaron que no, al contrario, oyeron que algunos vecinos se emocionaron hasta las lágrimas e hicieron la promesa de renunciar a quién sabe cuánta cosa. La gordita del siete ofreció comer la mitad de lo que comía. Los del cuatro se propusieron ver una hora diaria menos de televisión apenas volviera la luz. Hasta el portero les pidió a las sirvientas con las que compartía su cuarto que prepararan platos más frugales. Eso sí, todos interpretaron mis palabras como una advertencia respecto a las raciones que, a partir del fondo común, debía preparar la tía ese mismo medio-día, lo que los dejó preocupados, y mucho.

—Nunca fue mi intención... —aclaré.

Pero por toda respuesta el muchacho del once se encogió de hombros.

También me llamó la atención que tan pocos vecinos comulgaran, quizá porque era la primera misa, pensé, y prefirieron prepararse a conciencia.

Una ola de saliva amarga me subió a los labios al dar una de las comuniones. Al tiempo que le extendía la hostia y decía: *Corpus domini nostri Jesu Christi*, el vecino del seis, que siem-pre había sido muy respetuoso conmigo, o por lo menos eso me parecía, dijo en voz baja:

—Pinche cura borracho. Vi la desespera-ción con que bebió el vino al consagrar.

Mi mano tembló, pero el vecino recibió la hostia como si no hubiera dicho tal cosa, se golpeó el pecho con el puño, cerró los ojos un momento e inició el rezo de una jaculatoria.

El muchacho del cuatro, quien había sos-tenido la palmatoria a mi lado, me aseguró no haber oído nada, y me tranquilizó pensar que pudiera haber sido producto de mi imaginación.

*

¿Cómo explicarle a su amiga, la vecina del cinco, la razón por la cual su corazón se llenó de lágri-mas? El más mínimo roce con su marido —qué mal estábamos ya al final— se resolvía en un llanto furtivo, el que casi no se escucha y a veces ni siquiera necesita de las lágrimas, sofocado por una almohada o a escondidas en el baño, así como le sucede a una hoja cargada de rocío, no bien el aire más leve la toca.

Medio hundida en sí misma al sacar el tema a colación, una doble papada le unía el mentón y el arranque de un cuello casi inexistente. Lucía su cara de plenilunio con dos mejillas redondas muy maquilladas y los ojos almendrados con marcadas sombras azules.

—Dirán lo que quieran del sitio, pero para mí tuvo la ventaja de abrirme los ojos. El infierno era aquél, no éste, aunque apenas si tenemos qué comer. ¿Puedes imaginar la humillación de aceptar todas las noches que tu marido se vaya a dormir a otro lugar? Y, lo peor: saber que ni siquiera hay otra mujer de por medio. Seguirle el juego a sus mentiras piadosas de cocteles de publicidad todas las noches, a sus promesas de que ya iba a estar bien, si dormía cinco horas seguidas pronto iba a dormir seis, cuando llegara a ocho y se curara del insomnio regresaría a nuestro lado. Sus justificaciones: el despertador, mis gritos para levantar a los niños de la cama, el gato, mis ronquidos, los somníferos más fuertes ya no le hacían efecto, compró hasta un seguro de vida e hizo un testamento.

—Pero, ¿de veras creía que iba a morirse por no dormir?

—De veras.

—Te admiro. En contra de lo que podría suponerse, dicen que los peores amantes son los hombres con insomnio crónico.

Estaban en el departamento de la vecina del cinco. La del siete había llevado el té. La del cinco sacó unas galletitas de vainilla que tenía escondidas por ahí; se las llevó su marido durante alguna reconciliación, cuando todavía se reconciliaban, hacía cuánto tiempo.

—A últimas fechas, y a diferencia de tu situación, nosotros nomás no nos hablábamos para nada. Cada quien dentro de su burbuja y santo remedio —dijo. Estaba desconocida la vecina del cinco por lo bien arreglada y maquillada, con un traje sastre y una blusa de encaje, ajustada, con un gran broche dorado con chispitas entre los senos agudos. Qué arreglada estás, le dijo la vecina del siete al llegar. Para recibirte a ti, ¿a quién más?, le contestó la del cinco.

Los hijos pequeños de la señora del cinco, además de los del seis (los más traviesos), tres de ellos casi de la misma edad y un chiquito al que llevaban a rastras, entraban a la carrera por un nuevo juguete, cruzaban la sala y el comedor a saltos, el departamento entero se cimbraba, salían en puntas de pies porque empezaron a jugar a las escondidillas, al encontrarse lanzaban chillidos tan agudos que rompían los tímpanos, iban a la cocina a beber agua como camellos sedientos.

Cada día más inquietos, era normal, hundidos en el encierro, pobrecitos, ¿no?

Harta por momentos, la vecina del cinco daba una palmada seca y los amenazaba con sus clásicos gritos en Si bemol, respuesta a los de ellos, meterlos al orden con la vara de los castigos: ahí mismo estaba, en el paragüero de junto a la puerta, les advertía muy seriamente. Sus hijos asentían con unas cabecitas compungidas que parecían sostenidas por alambres y salían en estampida. Hacían temblar las estalactitas de la araña del comedor, dejaban tras de sí el eco de un alarido interminable, iban detrás de sus tramposos compañeros quienes ya bajaban a otro departamento por el barandal de la escalera. Cuatro departamentos enteros para jugar, ¿cuándo se había visto algo así?, para brincar, para organizarse, para salir y entrar, para esconderse, para buscarse, para hablarse por unos *walkie-talkies* de pilas, para hacer apuestas sobre cuál mamá era más enojona o más buena onda. La de los niños del seis siempre ganaba porque no se movía de la ventana y podían hasta saltarle encima sin que protestara, lo tenían comprobado. Apuesta que, por supuesto, no incluía a la vecina del uno: no era mamá de ninguno de ellos y sólo les aleteaba las manos como si fuera a emprender el vuelo en cualquier momento y se le desorbitaban los ojos, muy nerviosa. O se encerraba todo el día en su recámara, por más que el papá de los niños del cinco, quien se había bajado a vivir con ella, le tocara la puerta hasta romperse los nudillos: ya no iban a gritar tanto, se lo juraban, ya iban a portarse mejor, eran niños, qué otra cosa podían ser, él le reponía a la brevedad el florero egipcio que acababan de romperle, que por favor saliera a comer algo, iba a morirse de inanición.

—Para una mujer como yo no es fácil hacerse a la idea de que molesta a su marido —continuó la vecina del siete, hundiéndose un poco más en el sofá—, que lo invade, que lo presiona, que lo despierta, que necesita alejarse para conciliar el sueño. Hasta consulté a un otorrinolaringólogo para ver si me quitaba los ronquidos, parece que tengo el tabique de la nariz medio desviado.

—Deja tu tabique en paz y aprovecha estas noches de asueto.

—Eso ha sido el sitio para mí: un asueto, un oasis, las vacaciones ideales, las que no programas y te llegan solas como un regalo del cielo, como una bendición de Dios.

—¿Y qué será de él, tú? —preguntó la vecina del cinco.

—Pobre, se ha de haber quedado en el departamento que alquiló para dormir, en el pecado llevó la penitencia, aquí cerca, a unas cuantas cuadras. Él cree que no lo conozco, pero una vez olvidó las llaves y lo fui a ver. Un huevito que huele a encierro, con una cama destendida por toda decoración y su piyama tirada en el suelo.

—¿Y de veras crees que no lleva mujeres ahí? —dijo la vecina del cinco, apoyando una mano en el brazo de su amiga.

—Qué va, si sólo piensa en dormir. Las últimas veces que hicimos el amor, ¿hace cuánto tiempo?, le daban palpitaciones y decía que dormía peor.

—Cuidado: con las mujeres ajenas luego renacen, ya ves lo que me pasó a mí —dijo la vecina del cinco, y encendió un cigarrillo en una larga boquilla rodeada por una hiedra de plata.

"Seguro también la boquilla la tenía arrumbada en el último cajón del ropero y la sacó cuando la abandonaron", pensó la vecina del siete.

—Pues no sé, pero no creo que se atreva a llevar mujeres, te digo. No que no quiera, dije que no se atreve. Por lo menos tendería la cama, supongo. Yo nunca he ido al departamento de un señor, y no sé bien cómo se comportarán.

—Yo tampoco, pero creo que vamos a necesitar hacerlo apenas nos abran la puerta. Mira, cómo no se nos había ocurrido —riendo y con unos ojos que ensayaban la fatalidad.

La vecina del siete pareció no entender la broma porque siguió hablando en su mismo tono opaco.

—Es tan frágil, tan dependiente, tan hipocondriaco, el pobre. Una vez tomó cuatro somníferos diferentes para dormir y ni así. Se pone unos tapones tan profundos que estuvieron a punto de perforarle los oídos. Sólo lee libros sobre eso —la vecina del siete hizo una pausa en que la tristeza se le notó más, como telas en los ojos—. No ha de tener ni qué comer porque ahí nunca comía, y ni siquiera conoce a los vecinos. Además de que no sabe prepararse un huevo tibio o un pan con mermelada.

—Te tenía harta, pero bien que te duele —con un brillo maligno en los ojos.

La vecina del siete sonrió en forma forzada, vaciló un segundo e hizo un gesto como para espantar un bicho.

—Claro que me duele, y a los niños también: aunque ellos igual que yo estaban cansados de sus simulacros para hacernos creer que éramos una familia normal. ¿Una familia normal en la que el padre no duerme en su casa? Estamos hartos pero nos duele, cómo no va a dolernos. Una cosa no quita la otra.

—Pues ya ves yo —dijo la vecina del cinco, dando una larga fumada a la boquilla, ahuyentando el humo—, aquí me tienes, abandonada por una bruja egipcia, que además vive exactamente abajo de mí.

—Puro cuento, me parece.

—Pues los niños me dicen que su casa la tiene llena de adornos egipcios y una vez que la invitaron a una fiesta de disfraces iba de egipcia —desprendió el cigarro de la boquilla y lo aplastó en el cenicero con una fuerza innecesaria, desintegrándolo.

—Capaz que es pose, así como a mí mamá le da por sentirse española y mi abuelo nació en Oaxaca.

—Me importaría un comino que se sintiera hawaiana y se disfrazara de hawaiana, o de lo que fuera, el problema es que los niños la han visto rezarle a unas figuritas de madera que parecen faraones en sus sarcófagos, con unas velas a los lados, y eso ya no me gustó. Imagínate que de veras atraiga a un dios egipcio hacia el edificio, bastante tenemos con el encierro, o que simplemente les meta en la cabeza a los niños ideas raras sobre la religión.

—Habría que llevar al cura del dieciséis para que le bendiga la casa.

(Otra, Monseñor.)

—Es tan rara que, ya ves, nunca hizo migas con nadie. Nada más a mi marido le echó el ojo, la muy maldita. Ganas me dan de yo hacerle brujería, y de la negra.

—Pero, ¿cómo te has sentido?

—Cómo quieres que me sienta —contestó la vecina del cinco con su actitud más displicente—. Igual que tú. Por una parte feliz y por otra chinche. Ahora tengo el clóset ordenado, no oigo hablar de futbol, duermo con cobijas pesadas sin que me las tiren al suelo porque hace mucho calor, educo a mi hijos como se me pega la gana. En cuanto pasaron los días de humillación (que no fueron más de dos) lo que hice, casi sin proponérmelo, fue empezar a disfrutar la vida que él me había hurtado. Volví a pintarme los labios del color que me gusta, a sólo barnizarme las uñas, a teñirme el pelo de un castaño más claro, como verás, tenía el frasco nuevecito pero no me atrevía a usarlo porque él prefiere el pelo muy oscuro, a ponerme la ropa que había dejado de usar, no para conquistar a nadie, y menos para seducirlo a él, que con su egipcia tendrá para rato, sino para rescatarme a mí misma, para verme en el espejo igual que cuando me probaba ropa nueva a los quince años y empezaba a usar *brassiere*. Junto a eso a veces me suelto llorando sin ningún motivo y estoy tentada de bajar a clavarle en el corazón un abrecartas de Taxco que bien podría pasar por egipcio. Sobrevivo, pues, al abandono y al encierro: no es poca cosa, los dos traumas juntos. Con amigas como tú todo será más llevadero. Ya ves, hasta me puse en tu honor mis mejores garras —los ojos se le humedecieron y la vecina del siete le tomó una mano entre las suyas y también apretó la boca, abultando más la papada.

*

Fue al terminar la misa y regresar al departamento para que la tía empezara a preparar las raciones del día, cuando descubrimos aterrados que nos habían robado buena parte del fondo común. Sólo eso nos faltaba. Como un golpe en el pecho me llegó el presentimiento de lo que estaba por suceder, de lo que mi mente huía como el ciervo acosado: la sed y el odio incrustados en los oscuros tabiques de nuestro edificio se empezaban a manifestar plenamente, sin ambages; punzaban mi conciencia y me regresaban sin cesar a la imagen inolvidable del soldadito que me dio un culatazo el primer día del encierro, al tiempo que me decía con voz cavernosa: "Ahora vas a ver, cabrón".

La tía puso el grito en el cielo y tuvo que apoyarse en la jamba de la puerta al comprobar el tiradero en que se había convertido su sala, la misma que llegó a parecernos el *set* para un anuncio publicitario.

—¡Yo los mato, los mato! —decía, espero que sin demasiada convicción.

En efecto, provocaba retortijones (sobre todo eso) comprobar la forma tan infame en que habían rastreado entre las cajas y las bolsas, revolviéndolo todo, dejando regado y hasta fuera de sus envases lo que no les interesaba. Se habían llevado lo que más alimentaba, era notorio, como las latas de leche en polvo, de atún o de sardinas, paquetes de espagueti o barras de chocolate, y en cambio habían dejado las bolsas de papas fritas, el pan duro, todas las latitas de chiles en vinagre y la comida para gato que nos mandó la vecina del siete.

—Aquí anduvo una mujer, salta a la vista —dedujo la tía con unos ojos de lince, mientras mostraba en alto un paquete de harina recién abierto, parecía que a arañazos.

El muchacho del cuatro, que venía atrás de mí con los ornamentos litúrgicos, al ver lo que había sucedido no salía de su asombro porque a sus padres también los acababan de asaltar. Se puso a hacer gestos y muecas de furia y a gritar maldiciones y groserías, aun las peores, y en presencia de mi tía, quien más bien ponía cara de secundarlo y estar de acuerdo con él.

Corrió a avisar y en unos minutos la mayoría de los vecinos estaba reunida en el hall. No fue difícil señalar a los sospechosos puesto que sólo tres departamentos —los tres del quinto piso— no habían participado en el fondo común, y en uno de ellos vivía la vecina que no podía ni moverse, además de que ya se les acusaba de asaltar otros departamentos pistola en mano. ¿Cómo pudimos ser tan confiados? Me sentía culpable por lo sucedido y así se los manifesté, mostrándoles en las manos abiertas mi desconsuelo. Se pusieron a discutir entre ellos, manoteándose unos a otros y también manoteándome a mí, y no faltó el que le echara más leña al fuego:

—Usted y sus pinches misas, padrecito. Para que vea de lo que sirven. ¿Ahora quién nos repone lo que le dimos, a ver? —me dijo el chaparro del diez, quien por cierto se había negado a que su mujer asistiera a la misa.

Algunos me hacían unas señas de las que yo prefería apartar los ojos. Dios mío, Su Ilustrísima, por más que me insultaran y me manotearan, sólo sentía pena por ellos. *Tui erant, et mihi eos dedisti, et sermonem tuum servaverum.*

—Mis hijos, qué van a comer mis hijos —le decía la vecina del once a su marido, mesándose el cabello como yo sólo lo había visto hacer en el teatro.

—Carajo, hasta nuestra última lata de café le dimos —dijo el chaparro del diez dándose una palmada en la frente, fuera de sí.

—¿No se le ocurrió que alguien tenía que quedarse cuidando ese departamento? Tanta discusión anterior sobre cómo organizarnos y ahora mire nomás —dijo el del once, chasqueándome unos dedos frente a la cara.

—Ya sabíamos que los vecinos del diecisiete y del dieciocho asaltaban pistola en mano, a los del cuatro les robaron quién sabe cuánta cosa, que cuenten.

Y contaron con detalles innecesarios lo que les habían sustraído los rateros.

—Hasta tienen su puerta atrancada con una cómoda y sólo salen a robar —dijo alguien más.

—Por eso ya nadie sube al quinto piso. Los del veinte tuvieron que irse a vivir con los del once, que son sus amigos, del puro miedo de estar en ese mismo piso.

Otra vecina, a la que había visto en la misa minutos antes, me blandió su mano regordeta y ofensiva frente a la cara, escupiéndome las palabras:

—No sé cómo le va a hacer, pero a nosotros nos regresa lo que le dimos, padre, ah sí, nos lo regresa.

Yo debía reprimir las lágrimas, dominar la tempestad que se desencadenaba en mi corazón y, hasta donde fuera posible, sólo pensar en los otros, sólo en los otros.

Algunos, como los del tres, la gordita del siete y Susila, salieron en mi defensa, indignados, pero no consiguieron atemperar mayormente las aguas, les era del todo imposible ofrecer argumentos sólidos porque, resultaba obvio, nunca debí dejar el departamento sin vigilancia.

Susila se veía hermosísima así, con el rostro arrebatado por la cólera. Su contracción violenta borraba aquellas insinuaciones de gordura, tan contradictorias con su tipo.

Mi tía, muy compungida, se disculpaba con el argumento de que ella personalmente echó doble llave a la puerta del departamento, lo que resultó peor porque la tacharon de vieja ingenua y pendeja, así, a grito pelado.

Sólo cuando se cansaron de insultarme (alguien hasta me dio un empujón) y descalificarme como preceptor, se habló de formar una pequeña comisión para ir a buscar al quinto piso a los ladrones.

—Estamos perdiendo el tiempo —dijo el chaparro del diez—. Vamos de una buena vez. El que se raje, que se quede.

Me ofrecí a encabezar la comisión y correr los mayores riesgos, al tiempo que les sugería calma y cordura. Pero era por demás. Estaban en tal grado de exaltación que ya se hablaba de quién iría al frente con la pistola.

—Ellos están armados, tendremos que defendernos —sugirió el viejito del tres, quien seguro andaba ansioso por estrenar una pistola que, me dijo, acababa de comprar.

—Yo, por si acaso, me llevo un bat —dijo entusiasmado el joven del cuatro, a quien sin embargo sus padres negaron enseguida el permiso para formar parte de la comisión.

—Habrá que tirarles la puerta porque dudo que la quieran abrir por su propia voluntad —argumentó el vecino del once, y alzó conminatoriamente un puño.

—Y si ya nos asaltaron una vez, ¿quién nos garantiza que mañana no volverán a hacerlo?

—Tienen tomado el quinto piso, ¿cómo sabemos que no van por el cuarto?

A cada nueva frase, a cada nuevo comentario, aumentaba en todos el escozor del peligro, justificaban la cólera, hablaban de todo tipo de precauciones por tomar.

También se propuso improvisar botellas incendiarias, llevar un hacha que tenía el vecino del nueve, soltarles un par de plomazos a las cerraduras de sus puertas, subirse a la azotea y llegarles por el balcón de su sala.

Me empecé a sentir mal (no había bebido durante toda la mañana, con excepción del trago de vino consagrado). La atmósfera se me hizo irrespirable. Un sudor de agonía lo impregnaba todo; las luces irisadas que se filtraban por los cristales altos de la puerta principal comenzaron a danzar ante mí, a entremezclarse en figuras caprichosas, en estallantes floraciones. Una avispa, cien avispas, mil avispas zumbaban a mi alrededor. ¿Quién podía soportarlo? El abismo abría sus fauces y el vértigo me precipitaba en él.

Sin embargo, la caída empezaba y seguía y seguía, pero no terminaba nunca, porque a pesar de la mirada vidriosa, el zumbido en los oídos y las piernas temblorosas, debía continuar de pie, tenía que continuar de pie. No había opción: imposible disculparme un momento —yo, el principal culpable de lo que había sucedido— y correr al departamento a dar un trago a la botella de ron, si no es que también la habían robado. Me iba a ver ridículo, regresaría peor de tambaleante, con más razón se reirían de mí. Poco que fuera, y aunque no lo reconocieran en ese momento, pero necesitaban de mi presencia y de mi aplomo.

Traté incluso de mostrarme muy dueño de mí mismo y aclarándome la voz y levantando la barbilla pedí que me permitieran, antes de tomar cualquier medida precipitada, subir a hablar yo con los bandidos. Respondieron con carcajadas y gestos despectivos.

—Usted lo que quiere es volverse mártir, padrecito, para que le perdonemos lo del robo, pero no se le va a hacer —dijo el chaparro del diez, que estaba en una actitud inaguantable.

—La Iglesia no necesita mártires —le aclaré—. Un mártir supone siempre un verdugo que lo sacrifique. Y es un pecado sin remisión tratar de volver verdugos a nuestros adversarios. Lo que hace falta es la cordura y la discreción; por eso, y no por otra cosa, es que quiero subir por delante de ustedes.

Se negaban pero insistí. ¿Qué perdían con intentarlo? Les hablaría a los bandidos a través de la puerta con todo mi poder de persuasión —"que no es poco", acotó la gordita del siete, muy amable—, tendrían que escucharme, nadie deja de escuchar a un sacerdote en tales circunstancias, por más que estuvieran encerrados a piedra y lodo. En la historia de México podían encontrarse infinidad de ejemplos.

Aceptaron, pero a condición de que alguien más me acompañara. El viejito del tres alzó el índice enseguida, con el gesto de las grandes ocasiones. Su esposa lo abrazó, conmovida.

El vecino del cuatro y el periodista, se le agregaron, gárrulos y excitados. Las mujeres permanecían dentro de una salmodia ininterrumpida.

Hubo quien propuso quejarse del asalto con los soldados de afuera y la respuesta fue una carcajada general.

—Los soldados de afuera están todos sordos como una tapia, ¿a poco no se han dado cuenta? —preguntó entre risas el muchacho del cuatro, provocándonos a todos, creo, un estremecimiento súbito.

Empecé a moverme con notable lentitud al subir las escaleras. Arrastraba los pies, el cuerpo echado hacia atrás, tomado del pasamanos...

—¿Se siente bien, padre? —preguntó el periodista que iba a mi lado.

—Me siento perfectamente. ¿Por qué lo preguntas?

—Lo veo raro.

...no como si subiera aquella mañana del encierro, después de oficiar misa en el hall, sino como si estuviera en cualquier lugar alejado y recordara otra mañana en que iba subiendo las mismas escaleras, haciendo el menor ruido posible para parecer tranquilo. Con la esperanza, cubierta por los párpados, de que en cualquier momento despertaría sobrio, sin culpa, sabiéndome dueño de mí mismo y de mi fe...

—De veras, si quiere nos regresamos, padre.

—¿Qué sucede? —preguntó atrás de nosotros el viejito del tres.

—Nada, nada. Vamos —les aclaré a todos.

...en realidad, mi malestar era tan agudo, que esperaba lo que iba a suceder como si no tuviera que hacerlo yo. Como si fuera un visitante, algún otro, que subiera las escaleras peldaño a peldaño, dificultosamente. Cerraba los ojos y me veía como si me mirara desde un piso alto, o más arriba, mucho más arriba. Como si más que en aquella escalera interminable por la que iba, en realidad estuviera en mi propia cama, sudando, cubierto por mi enfermedad, por mis culpas infinitas, por la distancia tan corta que me debía de separar de la muerte si seguía bebiendo como bebía. ¿Me explico, Monseñor?

—¿Están seguros de que no debimos traer por lo menos un cuchillo o un palo? Yo tengo hijos —preguntó el vecino del cuatro, con una voz que se quebraba.

—Si quieres, regrésate —le dijo el periodista.

—Nomás decía.

—Pues no digas porque nos contagias el miedo a los demás.

Yo apretaba en una mano el crucifijo de metal que siempre cargo conmigo, y cuyo torso arqueado proyectaba en la pared cercana una sobrecogedora sombra. También, por si acaso, llevaba una pequeña Biblia en el bolsillo del saco: las únicas armas de que podía disponer.

Sofocado, casi sin aliento, llegué ante la puerta del departamento diecisiete y toqué con insistencia pero nadie contestó, tal como habíamos calculado. Insistí en el departamento dieciocho, pero era por demás. Entonces les grité a voz en cuello las palabras más conminatorias e intimidantes que pude encontrar. Hasta citas de la Biblia les leí, ante el asombro de mis acompañantes:

—Amigos míos, soy el padre Juan, me conocen muy bien. Creo que hasta bauticé a un hijo de ustedes, ¿se acuerdan? Venimos en son de paz,

desarmados, en representación de los demás vecinos del edificio. Queremos llegar a un acuerdo
razonable con ustedes. ¿Me oyen? Los entendemos,
les perdonamos lo que hicieron —alguien me picó
la espalda, pero yo seguí—. Sabemos que se en-
cuentran tan angustiados como nosotros...

Esperé un momento, pero sólo escuché la
respiración nerviosa de mis acompañantes. Volví
a golpear con los nudillos y levanté aún más la
voz.

—Vean el significado tan grande que tiene
la comida, todo lo que se refiera a la comida, en
este encierro nuestro que no sabemos cuánto tiempo más se prolongará. Hay aquí ancianos, mujeres y
niños. ¿Cómo pueden ustedes robarnos lo poco que
tenemos para alimentarlos? ¿Cómo es que no se tien-
tan el corazón?

—Creo que ahora sí está usted predicando
en el desierto, padre —dijo el periodista atrás de
mí, sonriéndose. Pero yo seguí, estaba seguro de que
alguien me oía, alguien adentro tenía que oírme
porque también ahí había mujeres y niños.

Me desgañitaba:

—Porque si no hacen caso por las buenas,
quiero advertirles lo que sucederá.

Y me puse a leerles la Biblia:

—"Se levantarán naciones contra naciones y
reinos contra reinos y vecinos contra vecinos, so-
brevendrán grandes terremotos y pestes y encierros
y escasez de comida insufribles. En diversos lugares
ocurrirán fenómenos espantosos y grandes señales
en el cielo para quienes sepan verlas."

Debía hacer largas pausas por cómo me emocionaba yo mismo al leer.

—Pero ésas son sólo las advertencias preliminares —aclaré—. Porque el orden del mundo se perturbará del todo. La tierra, que estaba en paz hasta entonces, se levantará contra los hombres que la violaron, la mancillaron y la contaminaron con sus residuos tóxicos, se estremecerá bajo sus pisadas, deshará sus casas, vomitará cenizas, como si quisiera arrojar por la boca de los montes todos los muertos acumulados, y negará a los fratricidas todo alimento que pudiera extraerse de sus cultivos, fíjense, negará todo alimento a los fratricidas. Entonces, cuando todo esto haya ocurrido, caerá el verdadero castigo sobre el pueblo que no quiso renacer en Cristo y no aceptó el Evangelio.

—¡Ya padre! Hasta a nosotros nos está hartando. Mejor ya vámonos —dijo el vecino del cuatro, que seguía con sus nervios.

—Permítanme un momento —supliqué—. Este pasaje de la Biblia es de tal actualidad que tendrá que conmoverlos. Oíganlo bien. "Cuando veáis a Jerusalén rodeada de ejércitos, entenderéis que su fin está próximo. Repito: ¡cuando veáis a Jerusalén rodeada de ejércitos! Cuando veáis la desolación de que habló el profeta Daniel establecida en el lugar santo; entonces, los que estén en Judea huyan a los montes y los que estén en las ciudades salgan de ellas cuanto antes, y los que estén en los campos no entren en la ciudad. El que se encuentre en el jardín no regrese a llevarse las cosas que hay en su casa, y el que esté en el campo no vuelva la vista atrás. ¡Ay de las mujeres preñadas y de los lactantes en aquellos días! Y pedid que vuestra fuga no vaya a ocurrir en invierno ni en día sábado, porque entonces habrá una aflicción como no la hubo jamás desde el principio del mundo..."

Surtió efecto porque la puerta se abrió de pronto y apareció el vecino del diecisiete, quien con la cacha de la pistola me dio un golpe en la quijada.

—Ya me tiene usted hasta la madre... —alcancé a escuchar que decía, antes de que yo perdiera el sentido y cayera como trapo al suelo.

*

El encierro se llevó a la vecina del diecinueve tan despacio que ella misma apenas si lo notó. Hubo un dolor final muy intenso en el pecho, hasta el rojo y el fuego, pero tan fugaz que ni siquiera alcanzó a agarrotar las manos. Las lágrimas ya no fueron de ella, con los ojos húmedos protegidos por los párpados caídos.

Quedó estirada en la cama, boca abajo, con la cabeza colgando hacia el suelo. Las lágrimas bajaban despacio por las sienes y se perdían entre el pelo.

El hombre fue a voltearla, haciéndola rodar sobre el nudo de cobijas. Le limpió las lágrimas con un pañuelo y le acomodó los brazos a los lados del cuerpo, con las manos abiertas, delgadas y venosas. La besó en la frente y en el puente de la nariz y regresó al sofá de raso.

Él también había muerto de un infarto, en el comedor de ese mismo departamento, después de una discusión con ella.

—Me tienes harto, ésa es la razón —fue lo último que él le dijo.

—Harto, ¿eh? —contestó ella, empujando el plato recién servido hacia el centro de la mesa, poniéndose de pie y creciendo más de lo que él calculaba que podía crecer ella al ponerse de pie, después de tantos años de conocerla.

—¿Te duele oírlo?

Lo dijo sin mirarla, acodado en la mesa. Había llegado demasiado lejos y era difícil echar marcha atrás porque ella había tomado muy en serio lo de "me tienes harto". No que no lo tuviera harto, lo tenía harto, pero tampoco había querido decirlo como lo dijo. Y mucho menos quería irse del lado de ella, por Dios: no quería irse del lado de ella aunque lo tuviera harto. Dejó los ojos dentro de la copa de vino mientras escuchaba el inicio del llanto, el latigazo de la servilleta sobre la mesa, la voz sincopada por un sollozo:

—Vete al diablo.

También escuchó el portazo y la imaginó llorando aún más, mirarse el llanto en el espejo del baño, recogiéndolo con delectación porque nada la victimizaba tanto como enjugarse las lágrimas frente al espejo y comprobar la hinchazón de los ojos, de toda la cara, que le hubiera gustado hacer añicos con un puñetazo, con un parpadeo.

Él se sirvió más vino y encendió un cigarrillo que se le volvió ceniza en la mano. Miró el reloj de pulsera y calculó que ella ya estaría dormida. Era la ventaja de cuando lloraba: se dormía enseguida, se enrollaba como un caracolito y continuaba con los sollozos hasta que se le iban dentro del sueño, con una tristeza casi infantil andándole por la cara, afilándole las facciones.

Iba a servirse un poco más de vino cuando le dio el dolor en el pecho, la presión punzante que le atravesaba hasta la espalda, la ola amarga que le subía del estómago, más prolongado que el de ella porque él alcanzó a tirar el cenicero de un manotazo y aunque ya no consiguió llamarla —la voz se le iba hacia adentro y sólo la llamaba interiormente— pensó que era una pena que el final fuera así, después de una discusión tan absurda, producto de un mal entendido, que eso debía haberse aclarado, tendría que aclararse.

Para ella, hasta ese momento de su propia muerte, todo había sido moderadamente amargo y difícil pero al despertar y verlo ahí tuvo una nueva sacudida espasmódica que la obligó a girar la cabeza a uno y otro lado.

—Ah, eres tú, qué susto me diste —dijo.

Y agregó enseguida:

—Pero si tú estás muerto.

—Sí, y tú también —contestó él, poniéndose de pie.

Ella se replegó en la cama. Sus ojos mostraron una rápida mirada luminosa de desesperación, más poderosa que la voluntad, también renacida, de controlarse, de no empezar a llorar ante él como siempre, con un hipo hondo y seco.

—¡No! —gritó largamente.

*

Luego me enteré de que también golpearon al viejito del tres —lo dejaron fuera de combate de otro cachazo en la cara—, quien muy valiente se lanzó encima de mi agresor. Él no perdió el sentido, como yo, pero permaneció en el suelo, con la cabeza echada hacia atrás para contener en la medida de lo posible la abundante hemorragia de la nariz.

Cuando el vecino del diecisiete les apuntó con la pistola, el periodista y el miedoso vecino del cuatro tuvieron que poner las manos en alto (éste como para colgarse del techo) y se les advirtió que si regresaban los recibirían a balazos, no querían saber nada de nosotros y lo más que podían ofrecer era dejarnos en paz si nosotros los dejábamos en paz a ellos.

—¿Ya qué más podrían quitarme si fui el primero al que robaron? —dijo muy triste el vecino del cuatro.

Cuenta el periodista que alcanzó a mirar hacia el interior del departamento por la puerta entreabierta, y vio a los vecinos del quinto piso ahí reunidos, sentados a la mesa del comedor o de pie entre las cajas y las bolsas de comestibles robadas, como sonámbulos, difuminándose en la penumbra porque tenían las cortinas cerradas.

—Todos con mucho miedo, eso era evidente —me dijo después.

Los niños se hacían bolita en un rincón, compartían señas de guardar silencio, se incorporaban con sigilo y corrían a abrazarse a las piernas de sus padres.

El vecino del diecisiete (a quien, en efecto, hacía unos años le había yo bautizado un hijo), lo amenazaba con la pistola, no quería oír más palabras, con las mías había tenido suficiente, pero el periodista aún insistió en el riesgo de su actitud radical, de la violencia que podía desencadenar, tarde o temprano todos tendríamos que necesitar de todos, nadie sabía cuánto iba a durar el encierro.

—Me vale madre —dijo el vecino del diecisiete: su mirada, su piel, la mano que sostenía el arma, parecían en efervescencia—. Precisamente porque no sabemos cuánto va a durar el encierro no vamos a arriesgarnos. Háganle como quieran, pero la comida no se las regresamos. A balazos vamos a defenderla. Entre que se mueran de hambre ustedes a que se mueran de hambre nuestros hijos, ustedes se van a morir de hambre primero. ¿Está claro?

—Estás jodido.

Del interior del departamento se oyó una voz femenina conminatoria:

—Ya, Eduardo, ya, te están oyendo los niños.

—Yo también tengo hijos —alcanzó a argumentar el vecino del cuatro, antes de que a él y al periodista les dieran con la puerta en las narices.

Me ayudaron a incorporarme y a bajar las escaleras. Susila me rescató en el segundo piso y casi a rastras me obligó a entrar a su departamento, donde me dejé caer al borde de la cama, con la sensación de que el aire recorría infinidad de obstáculos para llegarme a los pulmones.

—¿Y mi tía? —pregunté—. Se va a preocupar.

—Primero repóngase, padre. La va a preocupar más si lo ve llegar así —dijo Susila con su voz tan convincente.

Me limpió la cara con una toalla húmeda y me puso un ungüento pegajoso y con olor a alcanfor en el golpe de la quijada, lo mejor para bajar la hinchazón, aseguró.

Me echó una frazada encima y anduvo hurgándome por abajo de ella para quitarme los zapatos y desabrocharme el cinturón. Yo la dejaba hacer —el dolor se esfumó— y le preguntaba por lo sucedido a los vecinos que me acompañaban. Me contó a grandes rasgos y ordenó que estuviera tranquilo, la conmoción cerebral que sufrí no era cosa de risa por el tiempo que estuve inconsciente, ella sabía de eso.

También me desabotonó la camisa y puso otra toalla tibia sobre mi pecho con más ungüento, no entendía yo para qué si no tenía gripa, pero el malestar impedía hacer demasiadas preguntas. Un par de veces le sonreí porque su pelo me hacía cosquillas en la cara y casi me obligaba a estornudar. En realidad, estaba feliz y sentía que flotaba entre sus manos tan suaves. Sugirió que practicáramos juntos la meditación trascendental, necesitaba relajarme después del día que había tenido, pero yo apenas cerré los ojos me quedé dormido hasta que horas después fue la tía por mí y regresé a nuestro departamento.

*

Esa noche, ya solo en mi recámara, padecí una de las peores alucinaciones porque en ella intervino nada menos que usted mismo, Monseñor, qué pena. Quizás influyó el golpe tan fuerte que recibí en la cara, los arrumacos de Susila, mi facilidad para fugarme al país de los sueños, le pido perdón por anticipado.

Tenía muy presente a Susila, sus manos fantasmales andándome por el cuerpo. Revivía, una y otra vez, el momento en que me desabrochó el cinturón, en que me quitó los zapatos, en que una onda de su pelo castaño casi me obliga a estornudar. Quizá la llamaba en voz alta sin darme cuenta.

Una inquietud antigua despertaba otra vez en mi ánimo; flujo de voces y deseos que yo creía muertos para siempre, resurrección de una imagen perdida de la felicidad, que supuestamente había sepultado en el primer otoño de mi vida.

Después de dormir un par de horas, desperté en plena calle, afuera del edificio, ante la noche extensa. Me quedé un instante petrificado: ¿qué hacía ahí, cómo había logrado salir? No había nadie, sólo un silencio inflexible, como de bestias dormidas. Pensé: los soldados no tardan en llegar, debo aprovechar su ausencia para huir. ¿Pero huir a dónde?

Con una actitud que quería disfrazarse de displicente, atravesé la calle, doblé una cuadra y me dirigí hacia un parque contiguo. Ahí no pude aguantar más y corrí ahogándome sobre el pasto húmedo que me frenaba, retenía mis talones. El viento se alzaba en todas direcciones, hacía una temblorosa simulación de furor, silbaba entre las ramas de los árboles.

Pero en mi febril fantasía no hice sino llegar a un lugar diferente a todos los que había visto yo en la Tierra: un paisaje yermo y helado, como una región astral. Estaba envuelto en una vieja blancura lunar, como oída en alguna música cuyo nombre no recordaba, con una tristeza desgarradora de gran noche de diciembre (aunque no estábamos en diciembre).

¿A dónde había ido a caer? ¿Dónde estaba, por lo menos, mi pobre edificio sitiado para regresar a él? Hay pájaros que, dicen, vuelan en busca de su jaula.

Todas las construcciones que anteriormente había edificado mi locura se abatieron en un pavoroso derrumbe interior. Cualquier lugar era preferible al vacío helado en que me encontraba. Era necesario reconstruir una imagen, cualquier imagen, línea por línea, volumen por volumen, gesto por gesto, y mantenerla después bajo la mirada del alma, sin desmayo ni distracciones; era preciso evocar los detalles de un lugar cualquiera, y luego juntarlos en una simultaneidad viviente para que así los contemplara mi corazón, aunque se rompiera de angustia ante su propia obra.

La voluntad, aún en los sueños, lo puede todo. La niebla se disipaba y el territorio era ya visible merced a cierta claridad lechosa que parecía brotar, no de lo alto sino a nivel mismo del suelo, rasante, y que aumentaba gradualmente como la luz de una lámpara cuya mecha sube poco a poco. Estaba en lo que parecía el interior de un escenario, con su telar, sus decoraciones, sus figuras de yeso y sus bambalinas, de donde surgía la luz que me alumbraba. Había también una mesa y unas sillas. Comprendí sin esfuerzo que me estaba prohibido tocar ningún objeto, mover ninguna silla.

Una luz violeta me cegó.

—Baja las luces —oí que gritaban entre bastidores—. Te he pedido que bajes las luces al empezar. ¿No les dijiste en la cabina?

—Se los he dicho. Se los digo cada vez que vamos a empezar. ¡Dios mío, si no se los habré dicho!

—No soporto esas luces. Anulan la atmósfera. En cambio, si de entrada enfatizamos la zona de la mesa...

Un haz de luz muy brillante cayó verticalmente y penetró la pequeña mesa, sin violencia.

—Ahora sí vamos a empezar. Da la tercera llamada.

El telón se alzó con un frotar de terciopelo y me envolvió una ráfaga de aire tibio. Delante de mí tenía la butaquería ocupada por los vecinos del edificio. Alcancé a distinguir a varios de ellos, como al chaparro del diez en una primera fila, con una bolsa de palomitas en la mano, al lado de su esposa; a la gordita del siete sentada junto a su marido extraviado; a los vecinos del nueve y a los del once; a la joven embarazada acompañada de sus padres; a la viejita llamada Obdulia que acababa de morir (no entiendo qué hacía ahí); a los jóvenes del cuatro y del once más atrás, señalándome y riéndose entre ellos, me temo que burlándose de mí; en un palco del primer piso a los viejitos del tres, al psicoanalista del dos, y al vecino del diecisiete que acababa de golpearme y ahora se me aparecía muy derechito, con un rostro imperturbable; en el palco de junto, la mujer que, me dijeron, se había pasmado, y sí, aún parecía medio ida y muy pálida. Susila y mi tía estaban en otro palco, saludándome. Más arriba, el paraíso (qué término) y las galerías altas estaban a oscuras y vacías, si acaso con algún despistado o un técnico que rondaba por ahí, como una mosca.

Hice una reverencia de agradecimiento —¿qué otra cosa podía hacer?— y les mandé un saludo general. La risa de ellos y el viento temblaban, concluían por sorpresa, se mezclaban girando. Era el mismo viento que llenaba los espacios del escenario, se apoyaba sobre los objetos como rasguños y manchas de una larga historia teatral; una vocación actoral impuesta a costa de obras mediocres, días lluviosos, se alzaba desde la alfombra polvorienta, descendía del telar y los haces de luces.

A la derecha adiviné la pequeña caverna de los bastidores, de donde, supuse, surgirían los sombreros de copa, las pecheras blancas, las pelucas y las espadas de lámina a acompañarme. No estaba mal como refugio para uno de mis peores delirios.

Pero quien entró en el escenario fue nada menos que usted, Monseñor, con el palmear suave de su sandalia bordada.

—¡Monseñor, qué honor! —dije corriendo a recibirlo.

Conservaba usted la mitra. En una mano enguantada sostenía el báculo centelleante de piedras preciosas y en la otra llevaba un grueso libro polvoso. Por lo demás, la dalmática bordada que lo cubría hacía pensar... no tanto en un Príncipe de la Iglesia, como es usted, sino en un gran pájaro agorero... Algo horrible que sólo podía ser producto de mi estado febril.

Agradeció muy de pasada los aplausos que se le dedicaron, puso el libro sobre la mesa, levantando una nube de polvo, y me dirigió unos ojos encendidos:

—Y bien, ¿qué me dice este sacerdote conspirador?

Caí de rodillas y besé su anillo pastoral.

—Perdón, su Excelencia, perdón.

—Dígame lo que ha de exponer en su descargo porque dispongo de muy poco tiempo.

Debo haber palidecido, sentía en efecto desvanecerme.

—Le repito que dispongo de muy poco tiempo —dijo con un gesto de lo más despectivo al levantarse la manga de encaje del roquete y mirar el reloj de pulsera—. Le concedo diez minutos, ni un segundo más —y dirigiéndose a mí pero también un poco hacia el público, insistió—: ¿Me ha escuchado usted?

—No soy un sacerdote conspirador, su Ilustrísima —dije con mi voz más impostada—. Tan sólo estoy confundido. No imagina lo confundido que estoy.

—Se nota, se nota.

Una nueva luz muy brillante me cayó encima como un balde de agua, turbándome aún más. Di unos pasos a los lados, pero la luz me siguió, implacable. Hice un verdadero esfuerzo para explicar:

—Hoy comprendo, quizás a consecuencia de las alucinaciones que he padecido, y al dolor y la expansión de la conciencia que me han implicado, que los sacerdotes católicos vivimos en dos mundos antagónicos. Uno es el de la Iglesia que usted representa, en tanto institución religiosa y política, con sus jerarquías y sus leyes implacables, y otro muy distinto es el mundo interior de la experiencia mística, del conocimiento o por lo menos de la intuición directa de eso que llamamos Dios...

Ante mi asombro, y creo que el del público, uno de los santos de yeso, colocado en lo alto de una columna, y en el que reconocí la imagen de San Agustín, dijo con voz enronquecida, moviendo ostentosamente los labios, como si en realidad se tratara de una cara enharinada:

—*Yo erré, Señor, como la ovejuela perdida, buscándote con industrioso discurso fuera, estando Tú dentro de mí. Mucho trabajé buscándote fuera de mí, y Tú tienes tu habitación dentro de mí, si yo te deseo y anhelo por Tí. Rodeé las calles y las plazas de la ciudad de este mundo buscándote y no te hallé. Porque mal buscaba fuera lo que estaba dentro de mí mismo.*

—¡A eso me refiero, Monseñor! Rodeamos las calles y las plazas de la ciudad y es aquí, dentro de nuestro propio edificio y en nuestras habitaciones, donde tenemos la respuesta.

—¡Este edificio está apestado! —gritó usted, con el tono y el gesto de una descarada sobreactuación.

—Pero es el nuestro, Monseñor, y la puerta está cerrada. O encontramos la respuesta aquí o no la vamos a encontrar en otro lado. Yo mismo, gracias al encierro que padecemos, he conocido algunas de las experiencias fundamentales en mi vida. Ahora mismo, acabo de regresar del departamento de una vecina que ha logrado afectarme hasta lo más profundo de mi ser y de mi fe. Nomás de recordarla, mire cómo se me pone la piel chinita —le mostré un brazo y a la vez miré de reojo hacia el palco donde se encontraba la propia Susila, seguro de que sólo ella entendería el sentido de mis palabras.

—¡Oh, Dios!

—¿Será que me enamoré de ella y que este sentimiento es una gracia de Dios? ¿Será que nosotros los sacerdotes católicos, por nuestro imperdonable orgullo, lo hemos negado y por lo tanto al hablar del amor simple y sencillamente no sabemos de qué hablamos? Ayúdeme —pedí, sudando hielo.

Su Ilustrísima se puso a hojear el libro con tal coraje que, me pareció, le salían llamaradas (o casi) por las narices. Dijo:

—Desde hace siglos, la Iglesia sabe que los pecados que consumen y enloquecen a este pobre mundo son los cometidos en las relaciones amorosas. ¿Una mujer es quien te ha perturbado y te provocó la alucinación que ahora padeces? Crisóstomo lo dejó muy claro en su escrito sobre el sacerdocio. Dice que hay en este mundo tentaciones que pierden el alma, pero de todas ellas, el primer lugar lo ocupa el trato con la mujer. Porque sólo el ojo maligno de la mujer es capaz de llegar hasta lo más hondo de nuestra alma masculina. Aleja de ti a las mujeres si quieres ser un buen sacerdote. Aléjalas del todo.

—Es absurdo. No quiero darme más cinturonazos en las nalgas para evitar las tentaciones. Tiene que haber alguna forma de misticismo que lo concilie todo.

Desesperado, me di una vuelta por el escenario con las manos anudadas a la espalda y mirándome las puntas de los zapatos salpicadas de lodo. Usted no pareció oírme porque continuó en el mismo tono grandilocuente.

—El propio San Agustín, después de su conversión, nunca permitió que una mujer pusiera el pie en su casa, nunca habló con una de ellas sin la presencia de una tercera persona ni fuera del locutorio. No hizo excepción siquiera con su hermana mayor ni con las sobrinas, religiosas las tres. ¿Por qué? Porque sabía el riesgo que corría su santidad al enfrentar la simple mirada de una mujer, ya que él tenía experiencia en esto, como lo sabes, puesto que hasta un hijo procreó.

Di unos pasos hacia el proscenio y me puse de perfil para dirigirme tanto a usted como al público.

—Pero Jesús era amigo de las mujeres, Monseñor. Es cierto: el primero y casi al mismo tiempo también el último amigo de las mujeres en la Iglesia. No solamente tuvo doce discípulos sino también muchas discípulas, entre ellas incluso damas de la más encumbrada sociedad como Juana, la esposa de un alto oficial de Herodes. Pero estas mujeres en torno a Jesús no eran oyentes pasivas. Fueron ellas las primeras en anunciar la resurrección de Jesús. Lucas lo dice: las mujeres anunciaron esto y aquello a los discípulos y a todos los demás. Una información, la que difundieron, no meramente privada porque la palabra griega —*apaggellein*, anunciar— tiene un carácter oficial. ¡O sea, fueron las voceras oficiales de Jesús, casi nada, Monseñor!

Hubo aplausos sueltos entre el público, muy especialmente de Susila, desde su palco, que se rompía las manos aplaudiendo. Lo agradecí con una sonrisa apenas insinuada.

Usted continuaba hojeando su libraco, pasaba las páginas apergaminadas con tal fuerza que parecía a punto de desprenderlas. Levantó la voz para replicarme:

—Pues sí, pero no debes olvidar que el trato de Jesús con las mujeres molestaba a sus propios discípulos, acuérdate, léelo, entérate —y permitió que una sonrisa victoriosa le recorriera la cara.

—Pero, entonces a quién hemos de seguir, su Ilustrísima, ¿a Jesús o a sus discípulos? —hubo quienes aplaudieron mi pregunta pero, como en un encuentro de vientos contrarios, los aplausos enfrentaron una ráfaga de silbidos. Usted dio una palmada en la orilla de la mesa.

—A sus discípulos, por supuesto. Y a los santos padres de la Iglesia, que son quienes nos han dado las normas a cumplir, ya que si nos hemos atenido a la pura actuación de Jesús, la Iglesia sería hoy un verdadero desastre. Recuerda que San Agustín, junto con sus desvaríos místicos, consiguió también fundir en una unidad sistemática el cristianismo con la repulsa a la mujer, y por ello mismo al placer y a la sexualidad.

El santo de yeso en lo alto de la columna habló de nuevo con voz honda y retumbante:

—*El esposo cristiano abomina de la unión carnal, que es mortal, y se vuelve hacia aquello que es eterno y que le permitirá entrar en el Reino de los Cielos. Con tal propósito ha de intentar educar a su esposa en el mismo anhelo de santidad. Por eso, a su esposa la ha de amar porque es persona, pero la ha de odiar porque es mujer. De ahí que la virginidad sea un valor más alto que el matrimonio, y el matrimonio sin relaciones sexuales sea más valioso que el que sí las tiene.*

Creo que casi nadie más oyó el primer grito, ahogado y breve, como de espasmo amoroso o de histeria, pero yo lo ubiqué con toda claridad porque la joven del veinte estaba justamente abajo de mí. Los siguientes gritos, por su fuerza creciente, me resultaron imposibles de ubicar. También los silbidos y los murmullos aumentaban. Un enorme zumbido de colmena alborotada terminó por volver inútil cualquier parlamento. Usted, Monseñor, con lumbre en los ojos y los brazos en alto, se dirigió al proscenio para pedir silencio, un poco de respeto a la representación que hacíamos, pero alguien de la primera fila, creo que el psicoanalista del dos, alcanzó a tomarle un tobillo y lo hizo caer. Aterrado, empezó usted a gatear hacia el fondo del escenario, buscando una salida seguramente. La ola de rostros rubicundos, de cuellos transpirados, de manos crispadas, empezó a levantarse de sus asientos, como para reventar arriba mismo del escenario. Por uno de los pasillos vi acercarse a la vecina del seis, blandiendo un índice en señal de negativa, de desacuerdo. Su marido iba atrás, tratando de detenerla. La señora del veinte, una mujer que yo había visto tan apacible, logró desprenderse de su asiento y del brazo de su hija y pegó un brinco de una agilidad inusitada, para estar en un segundo al lado nuestro y correr detrás de usted, Monseñor, que casi alcanzaba el telón de fondo. Hasta la viejita Obdulia, que yo suponía ya muerta, vociferaba y hacía aspavientos desde su butaca.

De todas partes confluía el público hacia el escenario y, ya sin sorpresa, vi a los vecinos del tres y del diecisiete saltar de los palcos del primer piso.

Hasta ese momento yo miraba la escena con una especie de espanto lúcido, por encima o por debajo de lo que ocurría, pero al descubrir que el vecino del diecisiete se abrazaba a la estatua de San Agustín para hacerla caer, traté de interponerme, furioso, explicándole que me era del todo imposible permitir un desacato de esa naturaleza. Lo que recibí en respuesta fue un bofetón, y en el instante mismo de llevarme la mano al sitio del golpe, desperté sobresaltado, sudando a chorros, sobándome el golpe anterior, que me había dado el propio vecino del diecisiete, por cierto.

*

A la mañana siguiente me levanté muy temprano, no me di tiempo a pensar en el malestar, dije mis oraciones y fui a despertar a la tía para que hiciera un breve recuento de lo que quedaba del fondo común. Había que proponer nuevas raciones a los vecinos, que no tardarían en reunirse en el hall para comentar lo sucedido el día anterior.

—Pero si casi no dejaron nada —me dijo desconsolada desde la cama, con una cofia y un chal en los hombros—. Van a ser unas raciones verdaderamente miserables.

—No importa, lo que sea. Algo dejaron de arroz, ¿no?

—Muy poco. Pan duro también dejaron bastante.

—Ahí está. Tenemos que ofrecerles algo, sobre todo para los niños, porque de otra manera son capaces de subir en bola al quinto piso y armar una guerra civil dentro del edificio. Tengo que convencerlos de que se conformen con lo que hay, que den por perdido lo que nos quitaron, que no intenten reclamarlo.

—Lo veo muy difícil. Y si quieres que te diga la verdad, yo sería la primera en festejar que subieran a arrebatarles a esos bandidos lo que es nuestro, lo que con tantos trabajos organicé y acomodé.

—Ay, tía, no sabes lo que dices.

—Déjame ponerte árnica en el golpe, mira cómo lo tienes hinchado.

En efecto, me vi al espejo y casi no me reconocí. Al fondo de un pómulo muy inflamado brillaba un ojo como de carbón.

Desayuné una pieza de pan duro mojado en un poco de ron, y fui a preguntar por el estado de salud del viejito del tres, a quien también habían golpeado brutalmente.

Me recibió su esposa y me invitó a pasar a la sala. Pregunté si no importunaba y respondió que estaban despiertos desde la seis de la mañana, hora en que su esposo se ponía a hojear los álbumes familiares, de los que tenía un montón. Era su nueva manía desde el encierro. Veía y veía las fotos de sus antepasados, y no se cansaba de verlas; hasta parecía que pudiera irse dentro de una de tanto como se metía en ellas.

—¿Y el golpe?

—Mírelo, padre. Tiene la nariz muy hinchada pero no ha vuelto a sangrar. A usted lo veo peor, la verdad.

El vecino estaba sentado en un sillón, en piyama, con una cobija sobre las piernas y, en efecto, lo que parecía un álbum de fotos familiares en las manos. Tenía la nariz como una berenjena.

—Ofrécele un té al padre, mujer.

Se decía que había heredado los muebles de su familia y por eso su departamento era el mejor decorado del edificio. Había mesas de caoba tallada, un aparador con platos antiguos y una sopera garigoleada, sofás de cuero renegrido, cuadros familiares arriba del piano, vitrinas y relojes. En los prismas de la araña del comedor se encendían arco iris temblorosos.

Tenía el labio inferior estremecido por una respiración dificultosa. La nariz golpeada se exaltaba triunfante de la decrepitud y la grasa de la cara.

Resumió la situación que habíamos vivido el día anterior:

—Si las premisas son el miedo y el odio, el resultado será sin remedio la locura, padre. Créamelo.

El tono angustiante era consustancial a la respiración: buscaba las palabras como en una canasta las frutas ya maduras.

—Una vez en la caída, no hay regreso posible. Yo le aseguro a usted que, hoy mismo, podríamos empezar a morirnos de hambre ante la indiferencia de los demás. Uno piensa: esto no podía suceder en un edificio de plena colonia Condesa, pero sucede. Déjeme contarle que hace unos meses, en un vagón del Metro (otra forma del encierro), presencié cómo dos asaltantes, después de desvalijarnos a los pasajeros que ahí íbamos, desnudaron a una pobre mujer sin que nadie, fíjese usted, nadie hiciera nada por impedirlo. Yo mismo, qué doloroso confesarlo, no hice nada por impedirlo porque nadie se movía a mi alrededor y sentí terror de que los asaltantes pudieran hacerme daño con los cuchillos con que nos amenazaban. Ya nos habían quitado las bolsas, las carteras, los relojes y alguna cosa más, pero no conformes, se fueron contra la mujer y entre risas y manotazos se pusieron a desnudarla. ¡A desnudarla frente a todos nosotros! Ellos eran dos y nosotros cincuenta, o más. Hubiera bastado con que alguien se arriesgara un poco —hombre, ni siquiera traían una pistola sino tan sólo un par de cuchillos— para impedirlo, estoy seguro de que podíamos haberlo impedido. Cuando la puerta del vagón se abrió, salieron corriendo y nosotros, los pasajeros, salimos atrás de ellos apretujándonos y sin demasiada convicción para alcanzarlos. ¿Y sabe usted lo que hicimos entonces? Nos pusimos a gritar como niños asustados, así. Llamamos a la policía, nos quejamos unos con otros, las mujeres lloriquearon y apretaron a sus hijos contra su pecho, alguien habló de ir a levantar un acta a la delegación. Yo, le confieso, tardé días en reponerme, pero no por el susto o por lo que pudieran haberme quitado, sino por mi imperdonable cobardía, por mi incapacidad para defenderme y defender a quienes me rodeaban, muy especialmente a la pobre mujer que desnudaron.

—Hasta se compró una pistola. A ver, dile —dijo su esposa, pequeñita, medio hundida en una esquina de otro sofá, las curvas de la boca trabajadas por el tiempo y la pena.

—Claro que me compré una pistola. Y me juré que la usaría si volvían a tratar de asaltarme. No me importa perder la vida en el intento. Total, cualquier circunstancia es buena para morir si lo hace uno con dignidad. Pero, ¿por qué vamos a aceptar con esa indiferencia vergonzosa que un par de escuincles mugrosos nos humillen en esa forma a nosotros, ciudadanos responsables? ¡No y no! ¡Juré que no volvería a permitirlo! —hizo una pausa en que se le aflojaron los músculos de la cara—. Y sin embargo ayer...

—¿Qué hubiera sucedido si has llevado la pistola? —la mujer se estremeció y lo miró entrecerrando los ojos.

—Fue una suerte que no la llevara —tercié yo, enseguida.

—Hubiera disparado, se lo juro. No tengo duda de que hubiera disparado.

Me pareció que había una gotita de falsedad en el tono de su voz, que el hiperbólico juramento provenía de la imposibilidad de comprobar si hubiera disparado o no. Qué equivocado estaba yo, Monseñor.

Luego me hablaron de sus respectivas familias y me mostraron un álbum de fotografías. ¿Qué interés suponían que podía tener yo en aquellas imágenes de un tiempo tan lejano, que se desvanecían en el aire tras de su ronda fantasmal? Jardines y terrazas con provectos caballeros e imperturbables damas, niños posados en muelles cojines y con el pelo peinado en tirabuzones. La mujer pasaba las páginas con desmayado ademán bajo la luz clara de la mañana que entraba por la ventana. Me sentí dichoso de aspirar el aroma antiguo y mohoso del álbum e invadir de tal manera vidas ajenas —las presentes y las pasadas. Poder meterme en aquellas inmovilizadas fotografías, desvaídas y amarillentas, como en un espejo mágico. Los espectros familiares posaban una y otra vez para mí, como en concertadas repeticiones de una sola escena inmortal.

En eso estábamos cuando oímos el alboroto en el hall. La mujer fue a asomarse al pasillo.

—Ya se están reuniendo. Qué barbaridad, algunos cargan hasta palos y sartenes.

*

Sentada en la cama, de un tirón desabrochó la bata, desnudó un pecho turgente y con el gesto más antiguo del mundo lo acercó a la boquita gritona. El bebé mordió rabiosamente aquel pezón amoratado, lo soltó luego y contempló a su madre con una sonrisa de asombro.

—Ándale, bebé, ándale.

El bebé volvió a morder, entrecerrando los ojos, con avidez. Pero un instante después regresó su expresión de asombro, dentro de una burbuja de llanto que reventó y le contrajo la carita como la de un mono.

—Ya casi no tengo leche —le dijo la vecina del doce a su marido, quien andaba por el ropero, con los ojos quién sabe en qué—. Han de ser los nervios porque comí bien ayer, te consta. Algo me queda de leche en polvo, se la voy a preparar.

—Va a haber una reunión en el hall para organizarnos y subir a rescatar los víveres. Se pidió que lleváramos las armas de que disponemos —anunció él, frente al ropero, poniéndose en puntas de pie para alcanzar algo en uno de los entrepaños más altos.

—¿Qué buscas?

Él le mostró la caja con la pistola y las balas.

—¿Estás loco, Ramón, para qué llevas eso?

—Por si acaso.

La mujer, con la bata mal abrochada y el bebé en los brazos, lo miró con los ojos de desencanto que a él le crispaban los nervios. Hacía cualquier cosa por no verle esos ojos.

—Si llevas eso no te dejo ir.

—Ah, qué caray. Yo sabré lo que hago.

Entonces ella se lo suplicó, sin cambiar de ojos. ¿Cuál era el caso de arriesgar la vida así? Bastantes preocupaciones tenían ya con el encierro para ir a enfrentarse con los locos del quinto piso, capaces de cualquier tontería: que nomás viera cómo le habían dejado la cara al señor cura. ¿La comida que les robaron? Ya Dios proveería. ¿No tanto le preocupaba que a ella se le fuera la leche? Pues así se le iba a ir más rápido, sin duda. Comerían cualquier cosa, el bebé iba a aguantar si los veía contentos y resignados, el sitio no podía durar demasiado tiempo, lo presentía.

Él se encogió de hombros, entornó los párpados, y dejó la pistola en uno de los entrepaños del ropero, arriba de unas camisas.

—Está bien. No la llevo.

—Dame un beso —pidió ella, acercándosele con un gesto mimoso.

Le dio un beso fugaz en los labios y salió del departamento.

En el hall había un alboroto como de verbena. Todos llevaban unas caras irreconocibles, como si se hubieran puesto máscaras, opinaban a gritos y mostraban en alto las armas de que disponían: cuchillos de cocina, palos de escoba, tenedores de mango, abrelatas, sartenes y cacerolas, rodillos de madera, desarmadores, martillos, picahielos, abrecartas. Hubo quien llevó un gato hidráulico. El joven del cuatro blandía su bat ante una pelota invisible. El viejito del tres dijo que contaran con su pistola y fue por ella, ante los ojos admonitorios del cura, quien llegó acompañándolo.

—¿Alguien más tiene una pistola? —preguntaron, y el vecino del doce se mordió la lengua para no contestar afirmativamente.

—No importa, con una pistola es suficiente porque seguro que ellos también tienen sólo una.

Una vecina propuso hervir aceite, ahora que todavía tenían un poco de gas, lanzarles cal viva a la cara, dejarles veneno para ratas en los rincones de sus casas.

Hasta los más reacios a la violencia se daban cuenta de que ya no era posible retroceder, de que era necesario seguir adelante aunque no contasen con el auxilio de la invulnerabilidad.

Las mujeres parecían las más decididas, hablaban en un tono que el vecino del doce no les habría supuesto.

—¡Esa comida es nuestra y la vamos a rescatar!

—¡Sí, la vamos a rescatar para nuestros hijos! ¡Nadie tiene derecho a quitarles el pan de la boca a nuestros hijos! ¡Nadie! Y menos un vecino de nuestro propio edificio.

—Cueste lo que cueste.

—Sí, cueste lo que cueste. A ver quién nos detiene.

—Nomás por ser más nosotros tenemos que ganar.

—Ellos están armados.

—También nosotros estamos armados —dijo la esposa del chaparro del diez mostrando un picahielo en alto.

—¿Y si disparan?

—Que disparen, total. ¿Qué puede ser peor a este encierro?

—Si llegamos en montón le van a sacatear.

—Como en la toma de la Bastilla en la Revolución Francesa, así fue.

—Un momento, ¿a dónde creen que van? —dijo el cura poniendo unas manos abiertas al frente, con la actitud de ir a detener un ferrocarril.

El chaparro del diez lo empujó de fea manera.

—¡Pinche cura metiche, usted tiene la culpa de todo!

—Ahora sí que no le vamos a hacer caso para nada, padrecito —le dijo el vecino del once, apuntándolo con su destornillador—. Se lo advierto. Más vale que se aparte de nuestro camino porque de todas maneras vamos a subir al quinto piso por lo que nos pertenece, esté usted o no de acuerdo.

—¡Sí, que se largue, que no se meta el cura! Ya vimos que no sirve para nada —gritó la vecina del siete, que el día anterior tanto lo había apoyado.

—No vamos a quedarnos con los brazos cruzados, de eso puede estar seguro, padre —dijo el vecino del veinte, un instante antes de que la tos lo pusiera morado.

Pero el cura insistió, y al vecino del doce le causó verdadera pena verlo hacer el ridículo. Porque se puso a correr alrededor del grupo como hormiga espantada, intentando arrebatarles algunas de las armas a los vecinos, suplicándoles cordura y resignación, un tenedor aquí, un martillo allá, una botella vacía que alguien llevaba en la bolsa interior del saco, el bat al muchacho del cuatro, quien tanto lo había ayudado antes. Era por demás, porque volvieron a empujarlo con más fuerza y aterrizó al pie de la escalera, sobándose un codo. Su tía y la vecina del ocho fueron a consolarlo, a ayudarlo a ponerse de pie, a llevarlo a su departamento, a pedirle que no insistiera, era peor para todos.

Y me dejé conducir, Monseñor, con una necesidad infinita de que toda esa pesadilla terminara de una buena vez y yo pudiera tomarme una copa. Por supuesto, sé lo que usted piensa: cómo iba a terminar si yo me tomaba una copa.

El vecino del doce se metió a la bola, ocupando uno de los primeros sitios de esa marcha desatinada y delirante porque el chaparro del diez lo jaló de un brazo y le dijo que debería ir al frente: era joven y fuerte.

El grupo subía las escaleras como un gran animal torpe, desarticulado y acéfalo, entre un rumor creciente y fluctuante. De pronto empezaron los gritos:

—¡Mueran los del piso cinco! ¡Mueran los del piso cinco!

El vecino del doce se les unió:

—¡Mueran los del cinco!

—¡Que mueran!

Pero la verdad es que el vecino del doce se sentía acosado. Se aceleraba su respiración y el pulso le golpeaba rudamente en las sienes, como a una bestia capturada en una trampa.

Al cruzar unas miradas con el vecino que iba a su lado, el del once, lo descubrió irreconocible porque sus facciones se habían como aguzado, hundido, crispado.

También la vecina que iba detrás parecía otra persona: había pliegues en su frente y le chocaban los dientes.

El viejito del tres le dio un balazo a la chapa del departamento diecisiete y luego empujaron entre todos para desplazar el mueble que con toda seguridad habían puesto del otro lado para atrancar la puerta.

Al entrar al departamento impulsado por los vecinos que iban detrás de él —tanto como por el propio grito: "¡mueran los del piso cinco!"—, el vecino del doce vio de refilón cajas, frascos vacíos y rotos por el suelo, muebles desvencijados, alacenas revueltas, a una mujer que se replegaba contra la pared como para fundirse con ella en un intento pueril de ampararse, al hombre que le apuntaba con la pistola.

Los tiros retumbaron por toda la pieza. Sordas detonaciones abrían un hueco en medio del vibrante griterío.

Fue como un bofetón brutal que provocó el estallido de luces en su interior. Giró sobre sí mismo y cayó al suelo, cubriéndose con las dos manos la herida en el pecho, intentando torpemente taponarla, detener la profusión incontenible, la sensación de vacío creciente, compacto y negro. Hacía esfuerzos inauditos por alcanzar algunas bocanadas más de aire, las buscaba en un lado y en otro, la ansiedad lo ahogaba más, las imágenes sueltas del pasado inmediato —Dios mío, su mujer, el niño—, y también de más atrás, de mucho más atrás. La sensación de que todo tenía que ser así y no de otra manera. Había nacido para esto, por absurdo que fuera. Toda su vida se reducía ahora a la preparación de aquel momento. ¿Por qué no perdía la conciencia? ¿Por qué, por el contrario, parecía aumentar? Todo era tan claro. Cada vivencia anterior, aun las más lejanas, las primeras, de felicidad o de dolor, de rechazo o de amor, de rabia o de compasión, cobraban sentido allí y no antes, llegaban en el recuerdo a encontrar recién su destino.

*

Me encerré en mi recámara —me quedaba menos de un cuarto de la última botella de ron— y empezaba a beberla cuando la tía me tocó la puerta al tiempo que gritaba:

—¡Recuperaron los víveres, pero en el asalto murió el vecino del doce, el del bebito, y uno de los bandidos está herido en una pierna! ¡Tienes que subir, rápido!

Me sentí desfallecer.

—*Mea culpa, mea culpa* —dije, golpeándome el pecho con una fuerza innecesaria.

Di un largo trago a pico de botella. Dos tragos. Tres. Mis últimos tragos porque no me quedaba más alcohol en la casa y estaba decidido a no beber más, fueran las que fueran las consecuencias de rebeldía en mi organismo. Ni una gota más. Así me lo dije a mí mismo:

—Mi último trago de ron. ¡No vuelvo a beber! —y dejé caer la botella vacía al suelo, sin romperla, pero produciéndome el golpe seco la sensación de que iba a perforar la duela de madera e irse al mero centro de la Tierra. O más allá. Atravesar el mundo. A llegar a la luna. Mi última botella, nomás imagínese lo que sentí al abrir la mano y soltarla, Monseñor.

En ese momento volvió la luz y se abrió la puerta de la calle, no me cupo la menor duda.

Las palabras de la tía no hicieron sino confirmarlo:

—¡Volvió la luz, ven a ver!

Ningún caso tenía asomarme a la ventana: sabía lo que estaba sucediendo.

Salía de la recámara con la estola en los hombros y mi maletita —tenía que correr al quinto piso: la muerte reclamaba mis servicios— cuando vi de reojo en la televisión al locutor enardecido, quien hacía un llamado de lo más emotivo para restablecer el orden en todos los sectores de la sociedad y no permitir nunca más (¡nunca más!, alcancé a oír que gritaba) que traidores a la patria nos impusieran un sitio como el que habíamos vivido.

No pude evitar una sonrisa burlona y dolorosa a la vez, Monseñor. Si supiera el pobre locutor —si supieran todos— quién era el culpable del sitio, me dije, convencido, además, de que en ese mismo momento, y con esa misma sonrisa burlona y dolorosa, empezaba mi verdadero calvario. Mejor dicho, mi verdadera cruda. O sea, acababa apenas de subirme a la cruz.

*

Pero el periodista tenía otra versión de los hechos y en su reportaje escribió que fue la muerte del vecino del doce la que acabó súbitamente con aquel estado de locura. Su sacrificio se inscribió en la leyenda del edificio así como una medalla circunscribe a una efigie. Mentira que casualmente se abrió la puerta a los pocos minutos del asesinato. ¿Cuál? ¿A poco? Qué coincidencia. La abrió él con su sangre derramada. Alguien tenía que inmolarse para que se abriera la puerta de la calle y él lo hizo yendo al frente de aquella marcha desatinada y delirante, siendo el primero en entrar en el departamento diecisiete, desarmado, ya con los brazos abiertos y la frente en alto. Sabía a quién enfrentaba: al mismísimo Cancerbero, guardián de las puertas del infierno. Alguien alcanzó a oír sus últimas palabras:

—¡Tómenme a mí!

La policía llegó horas después por los culpables —simbólicamente, la primera llamada que se hizo apenas funcionaron los teléfonos fue a la policía—, dos patrullas abrieron de cuajo el aire frío del atardecer con sus sirenas ululantes, y un policía chaparro y enérgico, que se daba el pleno derecho a sonreír burlonamente con dos cuernos de chivo protegiéndolo atrás de él, se plantó en la puerta principal —también, simbólicamente, la primera persona que entraba por esa puerta, después de que fue abierta—, que nadie se moviera, arriba las manos, tres vecinos al frente para explicar lo sucedido, y después de escuchar el relato que hicieron la señora del siete y los vecinos del diez y del tres, testigos presenciales, voces que se entreveraban discordantes y se contradecían, se les indicó que debían levantar un acta en la delegación a la brevedad. Subieron por los vecinos del diecisiete y del dieciocho, éste último con una herida leve en una pierna, y se los llevaron a empellones, entre el abucheo del edificio en pleno, con las manos atadas a la espalda, como ya los habían dejado el viejito del tres y los muchachos del cuatro y del once una vez que tomaron el departamento y recuperaron los víveres robados —una rebatiña infame, según se cuenta, porque todos se decían dueños de todo, lo que ocasionó que la vecina del siete se le fuera a las manos a la del diez por unas latas de sardinas portuguesas, y hasta hubo quien se quería adjudicar la comida del gato sin siquiera tener gato. Las vecinas del diecisiete y del dieciocho también resultaron golpeadas y arañadas en fea forma y una vez que se llevaron arrestados a sus maridos, ellas se quedaron en sus departamentos, al lado de sus espantados hijos, sin dejar de proferir toda clase de insultos y maldecir al edificio entero, desde sus cimientos.

Los vecinos estuvieron de acuerdo en que por ningún motivo se permitiría que al cadáver se lo llevaran para hacerle la autopsia, faltaba más. A ver quién era el valiente en enfrentar la voluntad popular, después de lo que acababa de suceder, preguntó la viejita del tres, que adquirió un aire de lideresa. Es nuestro muerto, es nuestro representante ante Dios, dio su vida por nosotros, dijo. Esa noche se le velaría en el hall del edificio y al día siguiente recibiría cristiana sepultura. El policía se encogió de hombros, lo consultaría con sus superiores, qué otra cosa podía hacer, de todas maneras la ciudad estaba patas para arriba.

Y así fue. Las mujeres que lo habían lavado, peinado, vestido de traje y corbata —la viejita del tres aseguraba que no hay nada más difícil en el mundo que vestir a un muerto, qué falta le hizo un poco de vinagre aromático— no pudieron reprimir un estremecimiento cuando tuvieron que resignarse a dejarlo en manos de los hombres, quienes lo llevaron a la mesa, ya preparada en el hall, con dos cirios y unas cuantas flores que alguien había conseguido de milagro.

Por fin, un cadáver al que no tendrían que arrojar por una ventana, era como para festejarlo. Se puede renunciar a un montón de cosas, pero no a un ataúd para un ser querido. Los de la funeraria llegarían a la mañana siguiente, les aseguraron, a pesar de que no había un ataúd en toda la ciudad, y si lo había costaba una fortuna, se los advertían.

Permanecieron apelotonados en los primeros escalones, nomás mirando al muerto. Nadie gritaba, nadie caía de rodillas, nadie rezaba. Se convirtieron en estatuas. Hasta parecía que evitaban mirarse unos a otros, como si al encontrarse, en un momento tan supremo en la vida del edificio, sus ojos pudieran revelar suciedades recíprocas, vergüenzas íntimas, anhelos inconfesables.

—Aquí, precisamente en el hall, donde él estuvo en tantas reuniones con nosotros, casi sin decir nada porque era muy callado, pero seguramente ya consciente de que él era el elegido, dispuesto a entregarse, seguro de que sólo saldríamos de la trampa si él nos daba su sangre —dijo el miedoso del cuatro en voz baja, con los ojos húmedos, a quien el periodista nunca le supuso tales arrebatos metafísicos.

La esposa del vecino del doce fue la primera en acercarse a la mesa y pararse a un lado del rostro amoratado, el coágulo casi imperceptible en la comisura de los labios, los huesos que se le afilaban como un pedazo de roca.

Lo miraba con algo que participaba del despecho y del reproche. Elegía la más vertiginosa de las fugas del dolor: la de la inmovilidad irremediable y el silencio. Sin embargo, no podía hurtarse de la contemplación de aquel ser apagado, hasta hace unas horas suyo, y ahora vuelto del todo hacia adentro, hacia sí mismo, más lejano que cualquier imagen del pasado. Recuerdos gratos o vergonzosos empezaron a girar autónomamente en su memoria, dando tumbos, atropellándose y combatiéndose unos a otros. Y cuando su conciencia trastabilló de pánico ante la desnudez del hecho simple —estaba sola, él se había ido— sintió que una mezcla de grito y de sollozo ascendía desde el corazón a su garganta. Lloró como quien recupera la respiración después de salir del agua fría. El periodista la vio tan humillada, tan deshecha y tan sola, que su corazón, supuestamente endurecido, empezó a derretirse como la escarcha bajo el sol.

El sacerdote se hincó a un lado del cadáver a rezar un padrenuestro. Del otro lado, Susila, también hincada le habló en un tono de lo más sugestivo:

—Ahora puedes soltarte. Suéltate del todo. Abandona este viejo cuerpo que ya no necesitas. Deja que se desprenda de ti. Sigue hacia la luz, sigue.

La vecina del uno también trató de rezar a los pies del cadáver, pero el tumulto de su alma la desbordó cuando levantó los brazos y dirigió hacia lo alto unas palabras en un idioma rarísimo. Un copioso sudor le escurrió de las sienes, empapándole el cuello y la blusa. Sus miembros rígidos se crisparon. Repentinamente, profirió un grito y cayó convulsionándose en el suelo. Gemía y entre sus dientes apretados se filtraba una espuma espesa y abundante. Se retorcía como un culebra pero no dejaba de decir palabras incoherentes, aparentemente sin sentido.

Varios vecinos fueron a auxiliarla y la llevaron cargada a su departamento, entre otros el del cinco, con quien, se decía, vivía a últimas fechas. Un hijo del vecino del cinco dijo que él ya la había visto rezar de esa manera, con esos ojos y en ese idioma, pero su mamá le dio un pellizco y le ordenó que se callara.

Insistieron en sólo encender un foco lejano; la luz disminuía otra vez en la punta de las velas. El periodista planeó llegar a su departamento y encender de golpe todas las luces. ¿Por qué preferían los vecinos continuar en la penumbra, por más que velaran a un muerto? Por momentos, sólo se oía el chisporrotear de los pabilos. Conforme se consumían, la llama se agrandaba en torno a cada pabilo y reculaban las espantadizas sombras hacia los cuatro ángulos del improvisado recinto fúnebre.

Pensó en las próximas horas de insomnio, en los últimos informes de que tomaba nota: la vecina del veinte dio a luz en el trayecto al hospital, alguien encontró a la del diecinueve muerta de inanición en el quinto piso, la del nueve había localizado a sus hijos, el del siete acababa de regresar y su esposa no paraba de llorar de la emoción. ¿Qué les deparaba el resto de la noche?

Imaginó el gemido que haría el viento en la calle hasta el amanecer.

*

El periodista no podía terminar el reportaje del encierro sin una referencia a su mujer, con quien lo compartió, y escribió una nota final: "Supe desde siempre, desde un pasado tan lejano que quizá nunca existió, que te estuve queriendo y esperando antes de que tú nacieras, por más que en apariencia hoy seamos de la misma edad. Mi amor por ti palpitó escondido debajo de todas mis alegrías y mis penas, tan antiguas que no sé de qué vida son. Y mañana, cuando en esta vida actual tu primavera se derrumbe, como la arquitectura de una flor, estaré contigo igual que ayer y hoy".

Descubrió que ella estaba atrás de él, con esa actitud que tenía como de falsa indiferencia, y a él se le desbocó el corazón.

—A ver —dijo ella para quitarle el cuaderno.

—No.

Nunca se lo hubiera dicho. Sin más, se lanzó como tromba sobre de él y entre borbotones de risa trató de sacarle a la fuerza el dichoso cuaderno. Lo escondía a sus espaldas, visto lo cual, ella lo abrazó por la cintura, le trabó los movimien-

285

tos y le buscó las manos escondidas. Pero él rompió la cadena de aquellos brazos y levantó el cuaderno en el aire. Entonces ella se irguió sobre las puntas de los pies y aún trató de alcanzarlo, apoyándose toda en el pecho de él. ¿Qué hizo entonces? Pasó el cuaderno por atrás de ella, quien quedó sin remedio como la prisionera de su abrazo, y pudo besarla hasta que ella se hartó —y nunca se hartaba— de festejar el final del sitio.

*

Organicé mi propio sitio y me encerré en mi recámara a esperar que la tormenta pasara (todas terminan por pasar). Total, si ya estaba encerrado desde antes en una ciudad, luego en un edificio de esa ciudad, y por último en un departamento de ese edificio, lo mismo daba reducirme a una recámara de ese mismo departamento.

Los primeros días, sin beber, me sentía morir, Monseñor. Parecía que no solamente mi cuerpo iba a desintegrarse, sino el mundo entero (aunque, lo sabemos, era al beber cuando yo lo desintegraba).

No podía estarme quieto, daba vueltas por la pieza sin lograr concentrarme en nada ni en nadie, rezaba a trozos y mal. Temblaba todo el tiempo, sudaba a chorros y cuando no podía más de cansancio me dejaba caer en la cama como un gran sapo humedecido, deshuesado, ¡plaf!

Tenía terror a dormirme porque soñaba que bebía, que volvía a beber, que la copa de ron añejo (tenía que ser de ron añejo) introducía por fin en mi cuerpo una luz dorada, redentora.

Entonces despertaba, arañando el aire.

Me veía muerto, lanzado por los vecinos al patio interior, donde los niños del siete tiraron el cadáver de su gato: mi pobre cuerpo convertido en una melcocha, en una pestilente y sanguinolenta mazmorra de huesos, sangre, pelos, pedazos de ropa y zapatos (mis zapatos, los únicos que tengo), todo revuelto, patas para arriba, sepultado en el tambo de basura entre el resto de desperdicios.

—¡El pinche cura borracho tuvo la culpa de todo, de todo, ahora que se pudra!

Pinche cura borracho.

En lugar de velarme, los vecinos organizaban una fiesta en toda forma en el hall para celebrar mi desaparición, bailaban como arrastrados por un vértigo —bailaban hasta los que murieron durante el sitio, por ahí andaba la viejita Obdulia ensayando una polcas norteñas con Villa, y la deprimida del diecinueve muy acaramelada al lado de su esposo también muerto, el médico militar con su traje de gala, pero también estaban la pasmada haciendo cruzados con su marido y un mesero, la muchacha del veinte llevaba en brazos a su bebé recién nacido ante la sonrisa del psicoanalista que le pasaba un brazo por el hombro, el periodista y su mujer siempre muy apretados y de cachetito, los niños del seis y los del cinco soplaban trompetillas y lanzaban serpentinas hacia lo alto, el del doce mostraba la herida del pecho como una vieja cicatriz, los del diecisiete y el dieciocho departían con el resto de los vecinos, usted mismo,

Monseñor, bailaba torpemente con la estatua de yeso de San Agustín—, todos girando como trompos de colores, describiendo trayectorias inverosímiles bajo las lámparas iridiscentes, al son de cuerdas enloquecidas, del chirriar de los metales y de acordes disonantes como si una mano descuidada cayera de pronto sobre las teclas de un piano.

Pinche cura borracho.

Mis ojos recelosos se desbandaban a derecha e izquierda, buscando en la noche de afuera lo que no lograban encontrar en el interior. A través del vidrio de la ventana estudiaba los síntomas de la noche, como si fueran los míos propios. Pero mi soledad excedía tanto a la de la noche que sentía lástima de mí mismo; habría llorado sobre la oscuridad de mi propio desierto, si algo en mí hubiera podido llorar aún. Buscaba en mi ser la imagen de Aquél y el desierto oscuro de mi abstinencia alcohólica me respondía con nuevos temblores. Ciertamente, el Señor no estaba en mí, pero tampoco yo estaba en mí, sino fuera.

Y, lo peor, la seguridad de que hasta la fe tambaleante en Dios dependía de una copa, de una sola copa.

Recordé aquello de Pascal de que si un hombre no pudiera salir de su cuarto vería resueltos todos sus problemas, y me quedé ahí.

¿Por qué tratar de prever lo que ocurriría? Si tengo miedo, diré: Señor, tengo miedo. Sin sentir por ello ninguna vergüenza.

Lo mismo si me falta la fe: Señor, hoy te ofrezco mi incredulidad.

Mi tía me preguntaba a través de la puerta, se preocupaba hasta el llanto, mandaba llamar a médicos y amigos a los que yo no les abría, me llevaba una comida riquísima, ahora que podía salir a la calle a comprarla, que yo apenas probaba.

Locus solus, el lugar lleno de soledad, y al que el *locus* le da una connotación muy especial.

Pinche cura borracho.

Me refugiaba en el trozo de cielo que me mostraba la ventana por las noches: la sensación de que en cualquier momento se transformaría en punto central y ordenador: conjunción de lo exterior y lo interior, de la acción y la inacción, del encierro y de la libertad: pequeño filtro que haría converger hacia mí, como al centro de una rueda, todos los rayos de la luna (que casi nunca veía).

Me sentía como el pobre payaso aquel que, en medio de su representación ridícula, alza la cara enharinada hacia el agujero negro de la carpa: único contacto con el cielo, con una esperanza que lo deja boquiabierto, inmóvil, aún más grotesco que antes.

Recordé vivamente las palabras del padre Velázquez sobre la Crucifixión:

—Olvida usted la humildad suprema de Jesucristo. Claro que Él siente su Gloria en todo momento, está en su naturaleza sentirla; pero dispone también de una humildad suprema. Jesucristo no se glorifica a Sí mismo por beber el caliz que la víspera lo llenaba de angustia; lo bebe y bebiéndolo asume todas las formas del mal, se traga todo el mal del mundo, toda la esencia del mal, se transforma en el maldito, en el desterrado por todo y por todos, en el solitario, y cae en la sima del dolor, en la suma y los desgarramientos de todos los dolores. Ahora entienda: el que lo levanta de allí y lo glorifica es el Padre, Su Padre, después de que Jesucristo, en el abandono total, ha pagado por usted, por mí y por todos.

Hasta que una de esas noches me pareció que despertaba, no sólo de ese sueño, sino de otro incomparablemente más largo, algún otro que incluía a ese mismo sueño. Un simple vaso de agua fortalecía mi ánimo con no sé qué rigor saludable. A la paz que bajaba por la ventana respondía, por fin, la de la Tierra. Suspiraba de alivio y me atreví de nuevo a posar una mirada tranquila sobre las cosas, sin el temor de alterarlas, de ponerlas a girar alrededor de mi cabeza.

Pude verme directamente a los ojos en el espejo y descubrí que detrás de aquella máscara glacial ardía un fuego vivo, pero que era ya como la brasa que se disimula bajo su propia ceniza. ¿Bastaría soplarle un poco para reavivarla?

La tía casi me saca a empujones a mi primera salida a la calle, a un parque cercano (llamado México, paradójicamente), donde corté un ramito de flores amarillas que le llevé a Susila, quien lo apretó contra sus labios carnosos, entendiendo cómo podía regalarse toda la travesía por el desierto en un manojo de florecitas amarillas. Me recomendó una dieta vegetariana inmejorable y me prestó una pila de libros. Antes de despedirme de ella respiré profundamente su olor, inconfundible,

290

seguro de que —por lo menos para los humanos— el olfato es el menos culpable de los sentidos.

A insistencia de mi tía he adquirido la costumbre de ir al parque por las mañanas, un rato. En una ocasión, con una hoja de periódico que el viento llevó a mis pies hice un barquito y lo puse a flotar en un arroyo que hay ahí. Era un prodigio de estabilidad, increíble que todavía supiera yo hacerlos. Cabeceó entre una rama y un trozo de madera y se dirigió hacia la voraz fuente de tres chorros. Se trepó en la cresta de una pequeña ola oscura —resistiendo más de lo que yo esperaba—, entró en un remolino, en donde giró obsesivamente, y luego una nueva ola lo arrastró a la pequeña caída de agua, en donde sucumbió.

Pensé: mi mayor culpa es haber renunciado a las mañanas que me estaban reservadas en este parque, ésas en las que sólo yo podía haber dado sentido a la conjunción de un sol naciente y un arroyo que arrastraba un barquito de papel hacia una fuente de tres chorros.

A lo mejor si no hago el barquito de papel el sol no termina de redondearse.

Me he vuelto el héroe de los niños que ahí concurren, ya lo supondrá usted.

Es por eso que faltaré a mis deberes en los próximos días y le pido a usted una dispensa. Serán unos cuantos días más, se lo aseguro.

Hoy entiendo que nada está perdido si reconocemos que todo está perdido y hay que volver a empezar.

El Sitio terminó de imprimirse en septiembre de 1998, en Litográfica Ingramex, S.A. de C.V. Centeno 162, Col. Granjas Esmeralda, C. P. 09810, México, D. F. Cuidado de la edición: Dolores Latapí, Marisol Schulz y Freja I. Cervantes.